東京塾戦争　板橋開戦・一九八六

三尾野秀代

鳥影社

『東京塾戦争　板橋開戦・一九八六』　目次

『東京塾戦争　板橋開戦・一九八六』

――登場人物表――

・青砥《あおと》和子　夜間の第二理学部化学科を卒業。若桜スクール新入社員。
・吉野秀実（ヨッシー）　和子と同期入社の新入社員。夜間の第二文学部を卒業。
・小枝《こえだ》文哉　和子、秀実と同期入社のベテラン塾講師。
・田嶋伸義（シンギー）　若桜スクール塾長。田嶋健寿堂経営者の息子。薬学部中退。
・田嶋由利子　伸義の妻。田嶋健寿堂薬剤師、若桜スクール役員。
・宮山《みやま》　若桜スクール大和教室教室長。
・丸川　若桜スクール若木教室教室長。
・宮野（塾長モドキ）若桜スクールのアルバイト講師。田嶋塾長と風貌が似ている。
・下田　若桜スクールのアルバイト講師から正社員に。
・卜部《うらべ》新一　文筆家、哲学者。妻子はグリーンシティ在住。
・卜部歩　卜部新一の妻。
・卜部進　卜部歩の息子。若桜スクールの塾生。
・筒井輝子　青砥和子の大学時代の友人。薬剤師。

・川口　若桜スクール社員、東大進学セミナーに転職。
・西尾要一　東大進学セミナー塾長。塾経営セミナーを主催。
・西田秀雄　国語専門の塾講師、教育学者。
・柏木　白樺進学研究会の塾長。
・北村律子　グリーンシティ在住、ONOセミナー主催。
・岡村治　ONO進学ゼミナール塾長。北村と共同でONOセミナーを主催。
・島村博一　ヒロカズ進研セミナー塾長。都議会議員に立候補。
・谷元龍太郎　関西在住の教育学者。
・小田切勝　谷元龍太郎の教え子で教育学者。
・尾野俊輔　谷元龍太郎の教え子で弁護士。
・中川功太郎　白樺進学研究会の講師、医師。
・関昭信　生物学者。
・高見沢　白樺進学研究会の元講師。

「人生の表と裏、すべてを見せるのが本物の教育である」　田嶋　伸義

（吉野秀実著『本物の教育を求めて　田嶋伸義の闘い』より）

——序章　新たな道へ——

—序章　新たな道へ—

幕が上がり舞台の中央にバスローブを纏った嬢が、スポットライトを浴びて立っている。嬢は俯き加減のまましばらく佇んでいた。バスローブのはだけた胸元から、嬢の豊かな左乳房が剝き出しになっている。ローブの下はおそらく全裸なのだろう、青砥和子は一緒に銭湯に行ったとき見た嬢の透き通るような白い肌を頭に浮かべた。

音楽が流れてきた、これは嬢が好きなリストのハンガリー狂詩曲第二番だ。和子は、嬢の住む渋谷のアパートでこの曲を聴かせてもらったのを思い出した。嬢の部屋には、ラジカセと大量のカセットテープが置いてあった。他には、本棚と電気炬燵だけの殺風景な部屋だった。時々、ＮＨＫの集金人が来るから、テレビは持ってませんって言って部屋の中見せてあげるの、不思議そうな顔して帰っていくよ、と言って嬢は笑っていた。

音楽に合わせて、徐々に嬢の躰が揺れ始めた。ゆっくりと躰を回転させながら、舞台の上に円を描くように時計回りに回った。突然右足を跳ね上げると、大きく弧を描いた。一瞬、バスローブから下半身が剝き出しになり股間が覗いた。ゴクンと、和子の隣の男が生唾を飲み込む音が聞こえた。和子と男は同じテーブル席に座っていた。テーブルには、サービスのワンドリンクの紙コップと灰皿が置いてあった。

この男、名前は何だっけ？　和子は思い出そうとしたが、すぐに諦めた。終演後に嬢に紹介する約束だが、その時は自分で名乗ってもらおう。岡山の事業家の御曹子と聞いたが、まだ二十代そこそこの東大の学生だ。

和子は、嬢の本名も知らない。嬢は芸名だかペンネームだかよく知らないが、昔インドネシア人の恋人がいてどうのこうのと嬢は言っていた。初めて嬢と会ったのは、一緒に新宿のホテルでエロ本のモデルをした時だが、互いに名乗ることもなかった。撮影中、カメラマンが彼女をじょう、じょうと呼んでいた。嬢とは、撮影後になぜか意気投合して新大久保駅近くの焼き肉屋に入り久しぶりに鱈腹食べてから、あんた学生と訊かれて和子が頷くと、どこの大学？　と訊かれて、和子はちょっと躊躇した。大学名は言わず理学部の化学科、二部だけどと付けくわえたが、凄い、理系なんだ、頭いいのねと嬢は少し驚いたように口を丸くして言った。嬢は演劇をやっているという。自分で脚本書いて自分で演じるというから、そっちの方が凄いよと和子が言うと、アングラだけどねと嬢は笑って付け加えた。

舞台では、白シャツ、ステテコに腹巻きを着て上っ張りを着流した男が現れ、嬢を怒鳴りつけている、客が来てる、さっさと用意しろとか何とかと。男が嬢のバスローブを剝ぎ取り、嬢の後ろ向きの裸身が晒された。ゴクリと、また隣の男が生唾を飲んだ。舞台の男は嬢の尻を蹴飛ばして、嬢は全裸のまま上手からはけた。

お見苦しいものを見せてしまいまして失礼した、あの女も、あれでかわいそうな奴でしてと前置きして、男が客席に向かって踊っていた女の来歴を語り始めた。両親に捨てられ伯父夫婦に育てられたあの女は、育ての親を実の親と信じて育ちましたと、なんとも陳腐な設定だと思いながら和子は聞いていた。育ての親の夫婦に実子が生まれてからは、女は家族の中に入れてもらえず邪険にされ、住み込みの女中のように家のために身を粉にして働き、どうにか家族の残飯にありつく毎日でしたと、男は淡々と語り続けた。

ちらちらと隣の男に目を遣ると、男は真面目な顔で舞台上の男の口上を聴いている。男の指に挟んでいる煙草から灰が落ちそうだ、和子はテーブルに置かれた灰皿を取って煙草の下に差し出した。男は、口を僅かに開けたままピクリともしなかった。

舞台上の男の口上が終わり、内幕がゆっくり上がる。あっ！　後ろ手に縛られた全裸の嬢が横たわっていた。何度目だろう、隣の男がゴクンと生唾を飲んだ。ザワザワしていた客席が静まり返った。嬢を後ろ手に縛る縄は弦楽器の弦のようにピンと伸びて、くの字に曲げられた嬢の両足も縛っていた。嬢は猿ぐつわをかまされ、モゴモゴと唸るような声を立てていた。

ちょっとサービスし過ぎだろうと和子は思った。そういえば新宿のホテルでの撮影のとき嬢は嬉々として縛られているようだったが、あれは演技だったのだと和子は後から気が付いた。和子自身は仕事と割り切って撮影に来たつもりだったが、自分が縛られるときは嫌悪感が込み上げた。

いいね！　その顔、すごくいいね！　縛られた和子を写すカメラマンの煽る声が飛ぶのをなんとなく覚えているが、その後の記憶はほとんどない。胃から込み上げてくる嘔吐物の酸っぱい味と匂いが記憶に残っている。撮影後に我に返ると、膝が小刻みに震えていた。撮影が終わってホテルのシャワーを浴びていると、嬢が入ってきて和子の耳元で囁いた、辛そうな顔してると付け上がるよ、男は。嬢の言葉で、あの時の和子は少し冷静になれた。

上手から背広にネクタイ姿の男が歩いてきた。背広の内ポケットから煙草を出してライターで火をつけてくゆらせる。縛られて呻いている嬢の頭の横に腰を下ろし、客席に虚ろな視線を送る。下手から、パラソルを持った花柄のワンピースの女が歩いてくる。男に目を遣り、軽く会釈する。いい天気になりましたね、と言って女は嬢の足の近くに座る。戦争が始まったみたいですね。そうですね、夫は明日前線に送られるようです。そうですか、あなたも新婚早々大変ですねと、虚ろな声での会話が続いた。

軍服を着た男が四人、舞台の上手から下手へと歩いていく。

あの軍人さんたちも戦場に送られるのでしょうか。そうでしょうね、男たちは皆戦場に送られていくでしょうね、私もいずれ召集されるでしょう、あなたは女でよかった。あなたは、お父様がご立派な政治家の先生ですから、前線に送られることはないでしょう。いやあ、私も父には愛想を尽かされていまして、父は妾に産ませた弟にぞっこんで、弟に家を継がせると言ってます、といった会話の途中で女は全裸で縛られて呻いている嬢の方を見た。あら、こんなところに人が捨てられていますわ。いや、その女は調教されて金持ちの慰みものにされたのですよ。あら、もったいない、戦場に持っていって兵隊さんたちの慰みものにさせてあげるとよろしいのに、と話していると先ほどの軍服を着た男たちが下手から歩いてくる。ちょっと、ちょっと兵隊さん、ここに人が捨てられていますわ、拾ってさし上げたらいかがでしょう、前線に送って兵隊さんたちの慰みものにしてあげると喜ばれるんじゃないかしらねえ。女の声を聞いて、軍服姿の男たちは顔を寄せて何やら相談し始めた。二人が下手に走っていき、麻袋を持ってきた。軍服の男たちは縛られている嬢を麻袋に入れ、全員で抱きかかえて上手の方に歩いていった。

隣の男は、指に挟んだ煙草をテーブルの灰皿に置いた。

「あの女の人がこの劇団の団長ですか？」

男に訊かれて、和子は頷いた。団長だか座長だか主宰者だか知らないが、嬢がこの劇団を作ったと聞いている。

「彼女はファッション雑誌のモデルをやっているの」と、和子は男の方を向いて言った。

この男とは、和子がバイトしている巣鴨のスナックで知り合った。男は東大の学生だが、地元選出の国会議員の下で政治活動をしていると言っていた。政治活動って、どんなことをするんだろう？　和子が通っている大学の近くに、過激派の活動家がたむろする大学がある。そこからは、いつも学生のアジ演説の声が響いていて神田川の反対側にある和子が通う大学のキャンパスにも聞こえてきた。この男も、メガホンを持ってアジ演説でもしているのかと最初は思っていたが、いろいろ話を聞いてみると違っていた。男は、神奈川県の逗子市長を失脚させる活動をしているようだった。

舞台上では、背広の男と花柄のワンピースの女の単調な会話が続いている。新婚の女は軍隊に行った夫の舅の愚痴やら何やらを、男は自分の父親や異母弟の悪口を会話というより独り言のように語っていた。

和子の隣の男は、いつも政治家の秘書に連れられてスナックに来る。ある時、秘書の男がスナックのママに語っていたのは、逗子市長が国の方針に逆らって池子弾薬庫跡地に米軍住宅を建設するのに反対しているので計画が進まない、逗子市長は自然と子どもを守るなどと耳触りの良いことばかり並び立てるので主婦が中心メンバーの市民活動家たちには人気が高いが、実際は偽善者で市民活動家の主婦とも不倫関係だったりでどうのこうのと、和子にはあまり関心の無い話だった。だが、この東大生は逗子市長のスキャンダルを曝いて失脚させる活動を本気でやっているようで、議員秘書の男は、この男を褒めていた、彼はよくやってくれる、市長側の活動家たちの懐に入り込んで渡り合い、その主張の矛盾や弱点に気付いたら堂々と反論もする、まだ若いのに日本の将来を思う情熱には頭が下がると。

正義感が強いのか、別の思惑があるのかは和子にはよくわからないが、この男は真面目に政治活動とかに取り組んでいる感じはした。ある時、男が演劇について学びたいと思っていると言ったので、和子はファッション雑誌のモデルをやりながら劇団を運営している子を知っていると話したら、興味を持ったようだった。民衆を惹きつけるためには演劇の経験が役に立つ、劇団を組織するような能力も政治活動には必要だ、その人と話してみたいと男が言うので、今度、その子の劇団の舞台があると和子は話した。

初めて嬢と会った日、新大久保の焼き肉屋で鱈腹食べてから一緒に新宿で遊んだ。ゲーセンに行って、ナンパしてきた高校生たちを喫茶店で適当に相手して、居酒屋で飲んで嬢は酔い潰れた。渋谷に住んでいるというから、タクシーで送ろうかと和子が言うと、酔い覚ましに歩いて帰ると言って嬢は千鳥足で歩き始めるので何となく心配でついていくと、小一時間ほどでボロボロのアパートに着いた。渋谷にもこんなアパートがあるんだ、和子の住んでいる板橋のワンルームマンションの方がずっと高級な感じだと思った。部屋に泊めてもらうと深夜に隣のマンションから女の喘ぎ声が漏れてきた、こんなところでよく暮らせるなと和子は嬢の逞しさに憧れさえ覚えた。翌朝、和子は嬢のアパートからバイト先の学習教材販売会社に出勤し、夜は大学の講義に出て実験実習を終えて最寄りの飯田橋駅まで出ると、何となく嬢のアパートに向かった。誰も居ない板橋のマンションより、嬢のボロアパートの方が落ち着く気がした。こうして、和子は時々嬢のアパートに行き、嬢が居ない時は鍵の掛かってない嬢の部屋に入りラジカセを聴きながら大学のテキストを出して勉強した。

ドッカーンと爆発音がして、舞台に閃光が走った。舞台上の二人の男女は慌てて立ち上がり、ドタバタと動き回った。ああ、何が起きたの、戦場は海の向こうのずっと遠くのはずでしょ？

と女は持っていたパラソルを放り投げた。男はバタバタと走っていき、パラソルを拾いあげた。上手から軍服姿の男たちが五人、いや、最後に現れた五人目は嬢だ、嬢が軍服を着て登場した。あの男を引っ立てろ、嬢が命令すると軍服の男たちが背広の男に向かった。背広の男は盾のようにパラソルを広げて防御するが、抵抗空しく取り押さえられる。あの女はお前たちが好きにしろ、と嬢が言うと、軍服姿の一人が腰を抜かしたように座り込んでいる女の腕を摑んで引きずっていこうとする。ああ、どうして、どうしてと女は引きずられながら譫言のように呟く。ドカーンとまた爆発音がして閃光が走ると、軍服の男たちがひるんだ隙に背広の男が逃げ出す。連続して起こる爆発音と閃光の中、逃げ惑う背広の男と追う軍服姿の男たちが舞台上で交錯する。やってしまいな、嬢が叫ぶと、パン、パン、パンと銃声がして背広の男が倒れる。勇ましい楽曲が流れてくる、ドン、と楽曲に合わせ大砲が鳴り、派手な金管楽器の大音響が終わると幕が下りた。

客席が明るくなり、最初に口上を述べた腹巻き姿の男が幕の前に出てきた。

「ここで、しばらく休憩をいただきますが、ドリンク、つまみの注文をよろしく。お席には役者が回りますが、お触りは良識の範囲内でご自由に」

挨拶して捌けるかと思ったら、男はかぶっていたハットを手にして客席を回り始めた。客がお捻りをハットに入れると、男は会釈したり客の求めに応じて握手したりカメラに一緒に収まったりした。軍服姿の男たちが客席に来ると、若い女性客から歓声が上がった。揉みくちゃ状態の役者もいる、まるでアイドル歌手みたいだ。札や硬貨を握った客の手が伸びて、軍服のポケットをまさぐっていた。

腹巻きの男が和子のテーブルに近付いてきてハットを差しだした。

「あのワンピースの女優さんは？」と、隣の男が訊いた。

「もうすぐ出てきます。ここに来るよう伝えときます」

腹巻きの男が、笑顔で答えた。

隣の男がハットに硬貨を入れると、腹巻きの男は笑顔で行ってしまった。

「あの曲は、チャイコフスキーの一八一二年序曲ですね」

隣の男は、和子が訊きもしないのに最後に流れた曲について話しはじめた。ナポレオンのロシア遠征がどうのと、世界史に疎い和子には興味の無い話だ。

注文したコークハイの紙コップを両手に持って、花柄のワンピースの女がテーブルに来た。

「素晴らしい脚本だった。それに演技もよかったです」と言って、男が紙幣と一緒に名刺を差しだした。

あれっ？　こいつ、この女を座長だか団長だか主宰者だかと思ったのか？　和子は、口を挟まず二人を見ていた。

「東大の学生さんですか？」

女が名刺を見ながら言った。女のワンピースは、ところどころ破けて下着や白い肌が露出していた。

「東大法学部の蔵本です」

男は、生真面目な感じで名乗った。そうだった、政治家の秘書が男を蔵本くんと呼んでいた、と和子は思い出した。

「わたすは、津田塾大学英文学科の学生です」

と、女は訛ったしゃべり方で自己紹介した。女は、塾でバイトしながら演劇活動をしているという。

「塾なら、今仲間と新しい塾を立ち上げるところなんで、うちの塾でバイトをやりませんか?」

こいつ、ナンパしてるのか? と和子は頭の中でつぶやいた。まあ、どうでもいい。和子は、つまみのピーナッツとアタリメを一人で平らげていった。

塾のバイトは時給がいいと昼間部の学生から聞いたことがある。和子は夜間の第二理学部で、二年留年した。今年は卒業までいけそうだが、就活に身が入らないし、このままバイトしながら東京で暮らすのもいいかと思いはじめていた。卒業すれば夜の時間帯が空くので、スナックのバイトを入れやすくなる。塾講師もやってみたいが、自分の学力じゃ難しいか。和子は、卒業後も島根の山間の町にある実家に帰るつもりはなかった。

ワンピースの女は蔵本の横で、塾業界やら演劇やらの話を続けている。中学時代に演劇部に入って以来ずっと演劇を続けている、東京に出たのも演劇をやりたいからで、塾講師のバイトも演劇活動の資金にするため、大学卒業後も働きながら演劇を続けたい、塾講師をするのにも演劇をやっていたのが役に立っている、役者として塾講師を演じているつもりになると生徒を惹きつける授業ができる、などと女は語った。

「わたす、中学時代に演劇部の部長しててね、生徒会長もやってたの」

「私も、中学、高校と生徒会長をやりました。その頃から政治に興味を持っていました」

そう言って蔵本が話しはじめた。政治の世界でも演劇的な能力を必要としている、民衆を動かすには役者として政治家を演じなければならない、などと語り続けた。女は笑みを浮かべて頷きながら聞いている、これなら嬢をこの男に紹介する必要は無さそうだと和子は思った。

蔵本は、女の連絡先を訊きだして手帳にメモし、コークハイを飲み干した。結局、嬢は客席に姿を見せなかった。ワンピースの女はコークハイとつまみの代金を受け取り、戻っていった。

運動会の駆けっこで流れるような騒々しい楽曲が聞こえてきた。何て曲だろう？　和子が蔵本の方を見たが、蔵本は何も言わない。どうやら、この男も知らない曲のようだ。

音が大きくなり幕が上がると軍服姿の嬢が中央に立っていた、あーっ、その後ろに全裸の男が後ろ向きに縛り付けられていた。男は両手脚を広げられ、まるで蜘蛛が巣で脚を広げたような格好だった。客席がどよめいた。嬢が男の髪を掴んで横を向かせると客席が更にどよめいた。あの、背広にネクタイ姿だった男だ。嬢の手には棒状の鞭が握られていた。男の背中には、鞭打たれた痕の赤い線がいくつも走っていた。

嬢は、客席に向かって挑発するように一人語りを始めた。学が無く、親の愛も金も無く、身体ひとつで今まで生きてきたが、自分に誇れるものがあるとすれば誰からも束縛されず自由に生きてきたことだ、この男は親の地位と財産だけで安穏と暮らしてきたが、親の庇護がなくなればたちまち生活が立ちいかなくなる。そう言って嬢は男の尻を鞭の先でつついた。キャー、キャーッ！客席から若い女の悲鳴のような声が聞こえた。嬢は挑発するように、悲鳴の聞こえた方を向いて、にやりと笑顔を作った。嬢は劇の始まりでステテコ姿の男が語った話の続きを、中学を卒業して養父母の家を出てから都会で自立して暮らせるようになるまでの話をした。

嬢のモノローグが続いた後、重々しい楽曲が流れてきた。

「ベートーベンの交響曲第三番、エロイカの第二楽章、葬送行進曲です」

蔵本が独り言のようにつぶやいた。エロイカ？　エロイカって何だろう？　和子が考えていると、軍服姿の男たちが花柄のワンピースを着た女を連れて上手から出てきた。楽曲に合わせて四人の男たちは行進する、女は両腕にかけられた手錠の紐で男たちの一人と繋がっていた。

この女も、夫の庇護が無くなればたちまち生活が成り立たなくなる育ちのいいブルジョアだった、でも、今はこの男たちの慰み者になって生きていく術を見つけたようね、と言って嬢は女の顔に鞭の先を這わせた。生憎ね、私はブルジョワジーの出じゃあない、あなたの考えているような階級の出とは違う。あら、あなた、自分が貴族の家柄だとでも言うつもり？　ふふふ、私もプロレタリアートなのよ、うちの両親が革命家気取りでね、山村に籠もってナロードニキになろうとしたの。ナロードニキ？　ふふふ、ナロードニキは農民を啓蒙して革命運動に参加させるの、あなたもきっと誰かにどこかで啓蒙されたのよね。わっ、私は、啓蒙なんてされてない、私は誰からの影響も受けてない。ふふ、そうかしら？

女は、パチンと指を鳴らした。軍服姿の男の一人が、女にかけられた手錠を外した。またパチンと、女は指を鳴らした。軍服姿の男たちが嬢に襲いかかって手にした鞭を取り上げ、嬢を押し倒した。嬢のズボンのベルトを外し、上着とシャツとズボンを脱がした。嬢は無抵抗だった。厚手のパンツだけの半裸になって、嬢は胸を両手で隠して上半身を起こした。またパチンと、女が指を鳴らした。軍服姿の男たちが一斉に軍服を脱ぎはじめて、ふんどし姿になった。パチン、女が指を鳴らすと、あっ、今後は男たちがふんどしを脱ぎ捨てたが、局部は葉っぱの形の前貼りで隠れていた。客席から笑い声が漏れた。またパチンと鳴らすと、軍服だった男たちが全裸で両手脚を縛られた男の縄を解いた。ぐったりとした男が前を向くと、この男の局部にも葉っぱの前貼りが付けてあった。また客席から笑い声が漏れる。

どう？　この男たちは私の言いなりよ、あなたみたいに体を使わなくても私は男たちを言いなりにできるの。あなたは、ノーメンクラトゥーラね、特権階級の出なのね。ふふふ、そうよ、私の両親はノーメンクラトゥーラ、その特権を私も受け継いでいるの。

ノーメンクラトゥーラって何だろう？　和子は、隣の男の方を見た。真面目な顔で舞台を観ている。そういえばnomenclatureという単語が大学の講義で出てきたのを覚えている、化合物の命名法のことだ、何か関係がある言葉なのか？

「ノーメンクラトゥーラというのは、ソ連の特権階級のことです。元々は名簿を表す言葉でした」

隣の男がつぶやくように言った。

あんたも全部脱いでしまいなさい、と女は言って嬢の方に手をむけてパチンと指を鳴らした。全裸の男たちが、嬢の方に動こうとする。いい、自分で脱ぐから、と言って嬢は後ろ向きになって厚手のパンツを下ろした。嬢の白い尻が剝き出しになった。ゆっくりと前を向くと、嬢の局部にも葉っぱの形の前貼りが付いていた。

どうよ、私の力には誰も逆らえないの。そう言って女はまた、パチンと指を鳴らした。腹巻きにステテコ姿の男が下手から出てきた。女の前に立つと、パチン、パチンという女の指の音に合わせて、着流していた上っ張りを投げ捨て、シャツと腹巻きとステテコも脱ぎ、ふんどしも取って葉っぱの前貼りだけの姿になった。客席からは笑い声が聞こえる。うふふ、舞台の女の笑い声が混ざる。

あなたも脱ぎなさいよ、嬢が言ってパチンと指を鳴らした。

私は脱がないから、と女が嬢に向かってパチンと指を鳴らして返した。

一人だけ服を着て恥ずかしくないの、あなたも脱ぎなさいよ。そう言って、嬢が指を鳴らし続けた。裸の男たちも女に向かって指を鳴らす。パチン、パチン、パチン。

私は、絶対に脱がないから。女が言って舞台の中央に移動しながら、客席に向かって指を鳴らす。全裸の男たちに囲まれ、一人だけ花柄のワンピースを着て中央に立つ女の姿には異様な存在感があった。嬢は、舞台の隅に移動して指を鳴らし続けていた。

客席からも、指を鳴らして女に返す音が聞こえた。ぱちん、ぱちん、ぱちん、ぱちん。おまえも脱げ、の声が客席から聞こえた。

私は絶対に脱がない、絶対に脱がないから。パチン、パチンと女が客席に返す。客席からの音と交錯する、ぱちん、パチン、ぱちん、パチン。

客の中には、立ち上がって服を脱ぎだす男もいた、いや、女もセーターを脱いでブラウスのボタンを外しているのが和子の目に入った。

ぱちん、パチン、ぱちん、ぱちん、パチン、パチン、ぱちん、ぱちん、ぱちん、……、私は絶対に脱がないから、女の声が繰り返され、ゆっくりと幕が下りた。

客席が明るくなって、半脱ぎのズボンを上げる男が見えた。はだけたブラウスからブラジャーを見せたまま笑う女もいた。あちこちから笑い声がした。拍手が起こり、徐々に大きくなった。拍手と歓声が続く中、幕が再び上がった。舞台の中央でワンピースの女が頭を下げると、裸の男立ちも一斉にお辞儀した。裸の嬢も隅っこでお辞儀していた。

再び幕が下りた。拍手は鳴りやまなかった。

拍手と歓声がしばらく続いた後、再び幕が上がった。軍服だった男たちが銘々にカジュアルなセーターやカーディガンを着て並んでいた。中央に花柄のワンピースから赤のセーターとジーンズに着替えた女が立っていた。和子は嬢の姿を探した。男たちの陰に隠れるように、淡いブルーのシャツを着た嬢が見えた。

腹巻きにステテコ姿だった男が、こざっぱりしたポロシャツにスラックス姿で舞台中央に歩いてきた。少し遅れてネクタイに背広姿の男も後に続いた、この男だけは舞台衣装と同じような服装だ。

先生、初舞台は如何でした？　ポロシャツの男がネクタイの男に訊ねると、ネクタイの男はプッと吹き出したが、何も答えなかった。

この方は、親のコネで大学の非常勤講師になったんですよ、でも去年でクビになったそうです、噂だと女子学生に手を出したそうですが、本当ですか？　ポロシャツの男が畳みかけた。ネクタイの男は、またプッと笑ったが何も答えない。きょうは、教え子だった学生さんも先生の晴れ姿を観にきているそうですが、とポロシャツの男が言うと、客席から笑い声が聞こえた。せんせー、せんせー、と客席から叫んで手を振る女の集団がいた。

うちの劇団も今回で去っていくメンバーがいて、とポロシャツの男が言いかけると、エーッと客席から驚きの声が上がった。ポロシャツの男はにやっと笑って、少し間を置いて続けた。次回の公演はメンバーを新たに再出発します、今後ともよろしくお願いします。ポロシャツの男が言うと、他の役者たちも、よろしくお願いしますと言って一斉に頭を下げ、拍手の中、幕が下りた。

あーあっ、まだ眠気が取れない、と和子は布団の中でつぶやいた。きのう、東京駅で嬢を見送ってから、ほとんど眠れてない感じだ。

前日の夜、嬢から電話をもらい、明日東京を発つからと言われ、慌てて、予約した新幹線の出発時間と号車番号を訊いて、朝五時に起きて東京駅に向かった。新幹線ホームに行ってみると、嬢は一人で立っていた。

急に、どうして？　と訊こうとして和子は言葉に詰まった。おはよう、と声を出すのが精一杯だった。嬢は前から東京を出たいとは言っていたが、それにしても急だ。

「きのうは、夜遅くにごめんね、劇団の子たちには内緒だったの、あの子たちに会うと別れが辛いから」

そう言って嬢が笑って、じゅん子ちゃんたちをよろしくね、と付け足した。

じゅん子ちゃんって？　あっ、そうだった、あの花柄のワンピースの女だと、和子は思い出した。舞台がはねてから、出口のところで役者たちが帰っていく客を見送っていた。あの女が、赤いセーターを着て先頭で手を振っていた。じゅん子ちゃん、じゅん子ちゃん、と若い女の客たちがあの女に声援を送っていた。一緒に観にいった蔵本はあの女が気に入ったらしい、話しかけたいようで客たちが帰っていくのを待っていた。嬢は隅にポツリと立っていて、声をかける客はいなかった。先に帰るね、と言って蔵本を残して和子は駅に急いだ。お高くとまっている嫌な女だと和子は思った。後で公演の冊子を見ると、出演者名の最初に野上じゅん子と載っていた。出演者の最後にCinta嬢の名前があった。脚本・演出もCinta嬢とあるので、嬢が脚本を書いて自分で演出したんだ。どうして、あの女を脱がせなかったんだろう。あの女が脱ぐのを嫌がったとしか思えない、むかつく女だと、和子は思った。

「エヘヘッ、もう潮時だと前から思っていたの、好き勝手にやってきたけど私がいても大して芽が出ないからね、あの劇団は、私がいないほうがいいの、もう時代遅れね、私は」

嬢はそう言ってまた笑った。

「あの花柄のワンピースを着てた人が野上じゅん子さんでしょ?」と、和子は思い切って訊いた。

「フフッ、彼女、根性あるでしょう?」と、いたずらっぽく嬢は笑った。

ええ、まあ、と和子は曖昧に濁した。

「彼女が舞台で脱がなくて、変だと思った?」

嬢に訊かれて、和子は頷いた。

「フフッ、狙い通りね」

えっ、狙い通り?

「彼女は、脱ぐって言い張ったんだけどね」

えっ、そうだったんだ。

「私が止めたの。まだ、早いって」

早い?

「彼女は、私の夢なの、私の夢を実現して欲しいの」

夢？　何だろう、夢って。劇団を大きくすること？　女優として成功すること？

「彼女は、自分で塾をやりたいって、塾の経営者になりたいのよ。すごいでしょ？」

えっ、塾を？

あっ、そうだった、きのう塾の採用試験を受けたんだ、嫌なことを思い出してしまったと、和子は頭の中でつぶやいた。

「ねっ、あなた理系なんだから彼女を助けてあげて」

無理、絶対無理、と和子は頭を左右に振った。きのう、新聞の募集広告に載ってた板橋の学習塾の採用試験を受けたけど、数学の問題ができなくて受かる気がしなかった、と和子は話した。

「まだ、結果は出てないんでしょ？　だったらわかんないよ、駄目でもまた挑戦すればいいよ。じゅん子ちゃんに塾の仕事、紹介してもらえるように頼んどこうか？」

和子は、かぶりを振った、あの子は、じゅん子って女は蔵本の塾に誘われていたし、あの女には関わりたくないと思った。

イルカの『なごり雪』を歌う声が聞こえてきた。ホームで、若い学生風の女を見送っているグループが歌っていた。和子も一緒に歌いたかった。卒業して東京に残る人、故郷に帰る人、別れの季節なんだと実感した。

新幹線の車両がホームに入ってきた。停車してドアが開いた。乗客の列が、開いたドアから車内に吸い込まれていった。

「落ち着いたら手紙を書くから、じゅん子ちゃんをよろしくね」と言って嬢は車両に入っていった。ドアが閉まり、新幹線が動きはじめた。和子はしばらく、走っていく新幹線の車両を見つめていた。

東京駅で嬢を見送って、そのまま杉並の学習教材販売会社に行って仕分けと取り出しと梱包の仕事をして、夜は巣鴨のスナックでバイトし、深夜に巣鴨から新板橋のマンションに戻って寝ようとしたら、急に寂しさが込みあげてきた。ベッドに横になって、何度か眠ったが変な夢をみてすぐに目が覚めた、夢の内容ははっきりと覚えてないが、嬢と一緒に舞台に立ったり、嬢が大学の研究室にいたりと、嬢の出てくる夢ばかりだった気がする。ピンポーン、ピンポーンとドアのチャイムが二度鳴った。あおとかずこさーん、電報です、と声が響いた。

起き上がって、ジャージのまま電報を受けとった。

えっ、「サイヨウケッテイ、レンラクコウ、ワカサスクール」とある、おととい受けた板橋の塾からの採用通知だ。和子は、電報を持つ手が震えるのを感じた。すぐに電話の前に行き、募集広告にあった番号にダイヤルを回した。まだ午前中だから出ないだろうと思っていたら、おはようございます、若桜《わかさ》スクール大和教室の宮山《みやま》でございます、の声が聞こえた。

あっ、あの、先日採用試験を受けた青砥和子ですが、と言うと、青砥さまですね、おめでとうございます、採用が決まりました、塾長の田嶋が青砥さまを高く評価して是非採るようと申しておりまして、と言うのが聞こえた。夢みたいだ、和子は、ふさいでいた気分が急に晴れ上がったような気がした。きょう、時間があれば契約に来てほしいと言うので、二つ返事で承諾して電話を切った。

電話を切ってから和子の頭に、大学を卒業するまでの六年間の様々な出来事が去来した。学費のため、生活費のためにいろんな仕事をした、エロ本やビデオのモデルもした、二度留年している間に、和子と同じ高校を出て上京した子は四年で大学を卒業し今は故郷の島根に戻って教師をやっているはずだ、和子には戻れる故郷はないと感じていた。

塾に採用されて、六年間の苦労がすべて報われたと思った。新しい道が開け、未来に灯りが点った気がする。きょうは、学習教材販売会社は休みだ、夜のスナックのバイトはあるが、独りで新しい道を祝いたい気分だった。

――第一章　ONO《オーエヌオー》進学ゼミナールの女が語ったこと――

—第一章　ＯＮＯ進学ゼミナールの女が語ったこと—

1

〝オオッ、オオッ、オオーッ！〟

塾長室から怒鳴り声が聞こえた。また、田嶋塾長が怒ってる、とんでもない所に就職したぞ、と青砥和子は改めて思った。

〝オオッ、オオッ、……オオーッ！〟

それにしても最後のオオーッは、いままでにない大絶叫だ。オオッ、オオッっと二回語尾を上げ、三回目はオオーッと上から下がってくる、まるで獣の咆哮みたいだ。いつも以上の激しい声に、きっとあの若木町の塾に因縁つけてるんだろうな、と和子は思った。

教室長の宮山が苦笑しながら席を立った。

〝丸川は、まだ動揺しているぞ。いい加減に大人になってよ、自由競争でやってんだから。何処に教室開こうが自由だからな。うちは教室出せるとこは、どこにでも出す方針でやってんだ。……なっ、理解してくれよ。なっ、大人になってよ〟

大声で怒鳴ったあとは、懐柔するように穏やかな口調になるのが塾長のいつものやり口だ。塾長の授業は、毎回教室から同じような怒鳴り声が聞こえてきて、泣いている生徒には最後は優しい声で話しかけて終わりになる、泣くなよ、先生も辛いんだよ、と。

受話器を置く音がして塾長室の扉が開き、塾長の田嶋伸義が笑みを浮かべて出てきた。

「宮山はどうした？」と、伸義が訊いてきた。

「今、出ていきましたが」

和子が答えると、伸義はうん、うん、と笑顔で頷いた。怒鳴りつけてすっきりしたようだ。

「青砥さんは、それで大学は夜学だったのか？」

伸義が、電話で怒鳴りはじめる前の話題に戻った。和子は頷きながら、だから履歴書にそう書いてあったのに、ちゃんと見たんだろうか、と頭の中で呟いた。

「それで学費や生活費はどうしてたの？」

「入学金と一年次の授業料だけ親に出してもらって、あとはアルバイトで稼いでました」

「どんなバイトしたの？」

和子は、音楽事務所と学習教材出版社の名前を出した。アダルト関係やお水のバイトのことは言えない。

伸義は採用面接の時は、塾の自慢ばかりしていた。この塾は将来的には株式公開を視野に入れている、社員にも持株会で株式を持ってもらい経営参加してもらうつもりだなどと、景気のいい話を一方的にした。応募者側の話はほとんど聴かないで、塾長面接は終わった。

今日、入社してから初めて伸義に声を掛けられた。職場には慣れたかと訊かれ、和子は緊張しながら、はいっ、少し慣れましたと答えた。和子との話の途中で電話が鳴って宮山が取り、丸川さんからですと言って伸義に渡した。受話器を受け取り、二言三言話して伸義は激昂し、受話器を投げつけるように置いて、塾長室の扉を乱暴に開けて中に入り、バタンと閉めた。また若木でトラブルだな、と宮山がにやけながら呟いたのがついさっきだ。

「うちは夜学の出身者でも差別しないよ、実力主義の職場だから」

伸義は、そう言って笑った。温厚な紳士然としている、この笑顔だけ見ると。

一通り和子の身上を訊いたら､伸義はまた塾の教育理念を話し始めた。この話を始めると長い、学生時代にインドとネパールに留学した時の話から始まる。東洋の伝統医療を学びにいって、教育の重要性に気付かされたと、先週の新人社員研修の塾長講話と同じ話を繰り返した。

宮山が戻って来て、和子は伸義の話から解放された。

「あとは、宮山さんから聞いといてよ」

そう言い残して、伸義は笑みを浮かべて出ていった。

宮山は、にやにやしながら自分の席に座った。机の上の教材を整えてから、和子の方に向いて尋ねた。

「青砥さん、授業をやってみてどんな感想ですかね？」

「そうですね、思った以上に大変でしたが、子どもたちは可愛いですね」

まだ試用期間だから、このくらいが無難だろうと、和子は思った。

「そうですか。それは良かった。それでなんですが、来週から若木教室に行ってもらいたいんですがね」

えっ、来週から？　まだ、ここで一週間授業しただけなのに。

「来月から若木教室が開校するんで、そっちの準備を手伝って欲しいんです」

こっちの授業は？

「大和教室の青砥さんの授業は、吉野さんに引き継いでもらいますので」

えっ、ヨッシーに？　だって彼女は理数系は全然駄目だって言ってたのに。まあ、でも算数も数学も基本的な教材だから難しくはないだろうなと、和子は思い直した。

「それから、週末にもう一つやってもらいたい仕事があるんです。少し、厄介な仕事ですが」

宮山から笑顔が消え、少し硬い表情になった。何だろう？　と、和子が身構えたとき、事務室のドアが開いて川口が入って来た。

宮山が、こんにちはと笑顔で挨拶して、和子も続いて挨拶した。川口は暗い表情のまま挨拶を返した。

英語の専任の川口は、些細なことで毎日のように塾長の伸義から怒鳴られている。勤めはじめたばかりの和子には経緯は分からないが、伸義には嫌われているようだった。教室長の宮山とも川口はあまり話さないが、塾長や宮山がいないときは他の職員と気さくに話している。

「ちょっと出てきますから。仕事の話は授業の後でしましょう」

そう言って宮山が出ていった。

急に川口が笑顔になって、和子に話しかけてきた。

「塾には、慣れましたか？」

「さっき、塾長にも宮山さんにも同じようなことを訊かれました」

川口が、にっこり笑った。

「あの塾長と話すと緊張するでしょう？」

和子は頷いた。

「あの塾長と馬が合う職員はいないですよ、薬局のどら息子だからなあ」

「そうなんですか？」

「塾長の母親もヒステリーで有名だから、下の薬局の若い女の子はすぐ辞めていくし」

「そうなんですね」

「まっ、あの塾長は女には甘いかも知れませんがね。今まで女の社員はいなかったから」

「そうなんですか？」

「ああ、学生のバイトは女も来ることがあったけど」

「そうなんですね」

和子は、適当に相づちを打ちながら聞き流していた。

「女子大生はいいな。こっちにも紹介して欲しいよ」

「ええ、そうですね。あっ、私は理系だったので女子は少なかったですよ」

「理系でも、薬学部とかだったら女が多そうだけど。薬学部に知り合いとかいなかったの？」

「夜間部だったので、薬学部の子とは話す機会がなかったです」

「そうか、残念ですね。もっとも薬剤師でも、塾長の嫁さんや母親みたいな女ならいらんなあ」

「そうですか？」

「そうですよ。塾長の嫁さんは、最近顔を出さないけど、気の向いたクラスだけ授業して、それでも、月給五十万は貰ってるね、役員待遇ですよ。去年のボーナスは嫁さんだけ、こんな分厚い封筒でね。嫁さんは下の薬局からも給料貰ってるって話だからね」

この大和教室があるタジマビルの一階は「田嶋健寿堂」という薬屋だ。看板に本店とあるので、支店もいくつかあるのだろう。塾長の田嶋伸義はこの薬屋の息子で、九州の大学の薬学部に入ったが中退して塾を始めたと、前に川口から聞いた。塾長の母親が薬剤師で、塾長は九州の大学で同級生だった薬剤師と結婚したことも川口から聞いていた。タジマビルの三階から五階が「若桜スクール・大和教室」になっている。

「青砥さんは、いつも薬とかは、どこで買うの？」

何が訊きたいのだろう？

「特には、決めてないですが」

「ここの薬局は、値付けが高いから止めといた方がいいですよ」

にやにやしながら話す川口の視線が、纏わりつく感じがした。ここの職員のほとんどが、塾長がいなくなると態度が変わる。

しばらくは川口の退屈な話の相手をするしかない。まあ、これも仕事のうちなんだろうな。

採用試験の数学の問題があまりできなかったので和子は落とされると思ったが、一緒に採用試験を受けた中年の男が帰り際に、ここの塾はしょっちゅう新聞に募集広告出してるから人の入れ替わりが激しいいんじゃないかな、理系の講師は貴重だから、多分あんたは合格するよ、と話してきた。五人の応募者のうち数学で受けたのは和子だけだった。数日後に採用通知の電報が届いた。週末から来るようにとの指示だった。まだ二月だから研修だろうと思ったが、塾に行くと来週からすぐ授業するようにと言われた。採用試験で一緒だった中年男と若い女も来ていた。どうやら採用試験は簡単に合格するらしい。その日は新人社員研修の資料を受け取り、他の講師の授業を見学して終わった。楽そうな職場だと思ったが、教室長の宮山以外の職員が、塾長の前では暗い表情なのが気になった。

授業の見学が終わって地下鉄の駅に向かおうとしたら中年男が、お茶でも飲まないかと誘ってきた。もう一人の女にも、一緒にどうかと誘っていた。どうやらナンパではなく、情報交換したいらしい。ナンパだったとしても、和子は当て馬だろう、もう一人の女はコケティッシュな感じだし、服装からして紺のタイトスカートにワインカラーのブラウスが男の目を惹き付ける。ジーパンに灰色のセーターだった和子とは、雲泥の差だ。採用試験を受けた時も和子は同じような服装だったが、さすがにこれはまずい、仕事に来るときは就活用に買ったスーツにしようと和子は思った。

三人で中山道沿いのハンバーガーショップに入った。

「あんたらは、塾業界は初めてなの？」

男に訊かれて、和子は頷いた。

「わたしなんか採用されると思わなかったの」と、女は困惑した表情で言った。

「英語の問題も全然できなかったし」

「えっ、あんた、あれは公立高校レベルの問題だよ。まともな大学卒なら満点とらなきゃあ」

男は、そう言って笑った。

「英語の文法なんか忘れてたし、わたしは第二文学部で、そんなに英語できないから」

女はこのまま塾に就職するか迷っていると話した。

「卒論が書けなくて就活が遅れて、もう就職できないと思ったの」

ダメ元のつもりで受けたら、受かったらしい。和子も似たようなものだ。男は塾業界に十年以上いるという。

「だいたい、どの程度の塾か見当つくよ、ここは」

板橋区内の主だった塾のレベルは知っていると男は言った。

「ここは、中の下のレベルだな」

そう言って、男は小枝《こえだ》文哉と名乗った。以前は、同じ板橋区内の白樺進学研究会という塾にいたという。

「あそこは進学実績なら、板橋区じゃあトップレベルだろうな。だけど、しょせん個人塾だから」

若桜スクールは企業化して大きくなる、と踏んで応募したと話した。

女は吉野秀実と名乗った。学生時代はヨッシーと呼ばれていたと話した。第二文学部の国文科にいたという。

「それだったら、英語より国語で腕を磨いたらいい、塾業界でも国語が教えられる人材は重宝されるよ」

小枝に言われて、

「でも、わたしは理数系が駄目で英語も苦手で、それで国文科に入ったから特に国語ができる訳じゃないし」

と、吉野はまた困ったような顔で言った。

「それでも、試験は英語で受けたんだ」と言って小枝は笑った。

「卒論のテーマで日本文学の英訳の研究をやって、英文をさんざん読んだから、英語ならできると思って、でも、文法とかは全然できなくて」

と、吉野は泣き出しそうな声で言った。

小枝が吉野の卒論のテーマに興味を持ったようで、内容を尋ねると吉野は打って変わって饒舌になった。『源氏物語』の英訳はアーサー・ウェイリー版とサイデンステッカー版が有名だが、海外の日本文学研究に最も影響をあたえたのがウェイリー版だと実例を出して長々と説明した。日本文学だの英訳版だのは、和子には退屈な話だった。

「あんたは、説明がうまいなあ、塾講師の才能があるよ」

小枝に誉められて、吉野は嬉しそうに笑った。

小枝の視線が、吉野のスカートの奥を中心に泳いでるのが和子にもわかった。吉野も小枝の視線に気付いたのか、開いていた膝を揃えて座り直した。ほうら、やっぱり私は当て馬だったと、和子は思った。

「あなたは、専門は何だったの？」

小枝が和子に訊いてきた。何だか、ついでにみたいな感じだ。

「わたしも夜間の理学部化学科にいました」と、和子が返事した。

「そうか、オレも社会科学部だが夜の講義だったからな」

小枝がぽつりと言った。

偶然にも、三人とも夜間の大学に通っていた。

「二人とも新卒か。昭和三十八年生まれか？」

小枝が訊くと、吉野は頷いた。和子は微妙な顔をした。

「悪いこと訊いたかな」

小枝が笑って言うので、和子は首を左右に振り、わたしは二回留年したので六年かかりました、と言った。

小枝は笑って、オレも六年在学して学費未納で除籍になったよ、と話した。その日は、それ以上立ち入った話はしなかった。

中山道沿いの高速道路の高架橋下を歩いて、地下鉄の駅に出た。駅に入ると、小枝と吉野は同じ方向のホームに下りていった。反対側のホームに和子が立っていると、吉野は笑顔で手を振ってきた。和子の乗る電車が入ってきた。車両越しに、コートのポケットに手を突っ込んでる小枝の腕に、吉野が両手でしがみつくのが見えた。

あの日以来、和子は小枝と吉野とは会ってない。

—第一章　ONO進学ゼミナールの女が語ったこと—

授業が終わって、宮山が若木教室への地図を描いてくれた。地下鉄の駅を降りたらグリーンシティという高層マンション群が見えるから、その方向に歩けばいいという。駅から随分離れている。新人社員研修の塾長講話で、うちは駅から徒歩五分以内に教室を展開するのが教育理念だと話してから、若木教室だけは例外だ、あそこは特別だと付け足した。教育理念？　駅から徒歩五分以内に教室を出すのがどういう教育理念だか、和子には理解できなかった。

若木教室を出した理由は、和子が働きはじめてから川口が教えてくれた、若木町にある塾を潰すために、隣に教室を出したと。

宮山が、和子に週末の仕事を説明した。えっ、それは無理です、絶対に無理ですと和子は言ったが、塾長の指示だからと宮山に強く言われ指示書を渡された。指示書は企業秘密だから、私と塾長以外は若木教室の教室長の丸川しか知らないことだ、他の誰にも言うな、記憶したら回収すると言われ、和子は懸命に覚えた。

指示書を宮山に返して、階段を下りるとビルの出口で中二の女子生徒が数人、和子を待っていた。二回数学の授業をしただけだったが、ありがとうございましたと言われ、和子は嬉しかった。しばらく勉強の話やら学校の話やらをして、生徒たちは帰っていった。

地下鉄の駅の入口からタジマビルを見上げると、塾の看板に灯りがついていた。事務室と塾長室も、まだ明るかった。

しばらくは大和教室とはお別れだ、一週間だけだが出会った生徒や職員の顔が浮かんだ。

2

地下鉄の駅を出て、和子は高層マンション群を目指して歩いた。

地下鉄は、この辺りでは地上に出て高架橋を走る。地下鉄の高架橋に沿って歩いて行くと、高架橋は右方向にカーブしていくが、和子は真っ直ぐ歩いて高速道路下を渡ると、高層マンション群の入口に着いた。

宮山の描いた地図を見て、高速道路下を歩いて行くと若桜スクール若木教室の看板が見えた。和子は若木教室の入居するビルの裏にまわり駐車場の横を通ると、地図にあるONO進学ゼミナールの看板が見えた。大和教室の職員がポンコツビルと呼んでいた三階建ての古いビルの二階に塾はあった。

階段を上がっていくと、錆びた鉄製の扉があった。まるでプレハブ並みの建物だ、こんな塾に生徒は来るのだろうか？

狭い廊下に入りドアをノックすると、はーい、と若い女の声がした。あれっ？　塾にいるのは塾長の男一人だけだと聞いていたのにと、和子は思った。

「こんにちは、オーエヌオーゼミナールの入塾案内をいただきたいのですが」

ドアから顔を覗けた女に、宮山の指示書通りに和子が話した。

「あのう、うちの塾は紹介していただいた方に来てもらってるので、特に入塾案内とかは作ってないんですが」

女は、関西系のイントネーションで話した。ここで引き下がる訳にはいかない。

「進学実績を、教えていただけませんか？」

「進学実績も、公表してません。小さい塾なので、毎年合格校は、ばらつきがあって」

不信感を持たれたかな？

「あっ、いえ、あの、娘がいまして、今度、グリーンシティに越して来るもので、四月から通う塾を探してまして」

指示書には、父兄に成り済ますとあったが、見えるだろうか、小学生の母親に？

「何年生ですか？」

「四年生です、四月から五年生になります」

「四谷大塚の日曜教室に通ってます？」

ほら、やばい事になったぞと思いながら和子は首を縦に振った。

「会員ですか、準会員ですか？」

「かっ、会員です」

女はにっこり笑って、どうぞ、お入り下さいと和子を招き入れた。

狭い部屋に、机とホワイトボードと黒のダイヤル電話があった。他には誰もいない。女の後に続いて和子は奥の部屋に入った。奥の部屋は更に狭い、よくこんな安普請で生徒が来るなと、和子は思った。


ＯＮＯ進学ゼミナールを出て、和子は駐車場の横を通って若桜スクール若木教室に入った。新築のマンションの一階で、ＯＮＯ進学ゼミナールのポンコツビルとは格段の差だと、和子は思った。

事務室の中から話し声がしたのでノックすると、ハイッ、と返事が聞こえスーツ姿の男が出てきた、教室長の丸川だ。丸川は、長身で色白の神経質そうな男だった。

他にも数人の職員がいるなと思ったが、バイトの学生が遊びに来ていたようだ。大和教室にバイトに来ている学生がいた。

和子は丸川に挨拶して、調査報告は来週書いて来ますと言うと、丸川が、ここで書いていくようにと指示した。

空いている教室に入って、和子はレポート用紙を出した。和子が報告の内容を考えていると、男がノックもしないで入って来た。大和教室で見たバイトの学生だ。長身で腹が出て、ネクタイを締めて貫禄がある。

青砥さん、お疲れさまですと、慇懃に挨拶してきた。

男は下田と名乗って、近くにある大学の法学部の大学院生だと自己紹介した。大学から若木教室までは、歩いて来れるほどの距離だという。

若桜スクールの高島平教室というのが下田の住むマンションの近くにあって、ずっとそこでバイトしている、時々板橋本町にある大和教室にも手伝いに行くと下田は話した。前からいる若桜スクールの職員は、この若木教室は駅から離れていて不便だとこぼしているが、下田の通う大学が近いので、そこの学生が数人、講師として若木教室に来る予定らしい。

「ところで、ちょっと訊きたいことがあって」

下田は、にやにやしながら切り出した。

「青砥さんの代わりに大和教室に来る吉野秀実さんが、昨日挨拶に来ましてね」

そうか、こいつヨッシーが目当てだな。

「宮野さんが、吉野さんに一目惚れしたみたいですよ」

宮野さん？　教室長の宮山さんとは違う人かな、誰だろう？

「吉野さんとは採用試験を一緒に受けて、研修の帰りに少し話しましたが」

と和子が言うと、下田がドアを開けて、みやのさーん、と呼んだ。ハイ、ハーイ、と甲高い声が返ってきた。おでこが大きくて髪の薄い男が入って来た。風貌が塾長に似ている、背が低いのも塾長と同じだ。

「初めまして宮野です」

甲高い声が響いた。

「こちらの青砥さんが、吉野さんのことを知ってますよ」

下田が言うと宮野は嬉しそうに笑った。

「吉野さんには、彼氏がいますか？」

宮野が、にやにやしながら訊いてきた。

そんなこと、知ってる訳がない。小枝の顔が浮かんだ、そして、地下鉄のホームで小枝の腕に摑まったヨッシーの嬉しそうな顔も。

「年の離れた彼氏がいるような話を聞いたような」

和子が言いかけると、宮野の顔から笑顔が消えた、単純な人たちだ。

「宮野さんは、この塾の長老だから大丈夫ですよ。他にも相手がいますからね」

下田が冷やかすように言った。

「お前だって、生徒を大学に連れて行ってただろ」

「だって、あの子は卒業生だからいいでしょ」

「まだ、高校生だろ！」

「宮野さんだって、高島平の生徒と映画に行ったでしょう」

あっ、そうか。川口が、生徒から塾長モドキと呼ばれているバイトの学生がいると言ってたのは、この宮野という人のことだな。若桜スクールが高島平の教室を開いたときから講師のバイトをしていると聞いた、まるでインカレのノリでバイトしてるって。そうだ、レポートのネタになる情報を訊いちゃおう。

「あのう、ここの裏にある塾の塾長ってどんな人かご存知ですか？」

和子が訊くと、二人はゲラゲラ声を出して笑い始めた。

「オーエヌオーの塾長ですね。すごい、貧乏臭い奴ですよ」

下田が宮野の方を向いて言った。宮野が大きく頷いた。

「三年くらい前に若桜スクールに入社したんだけど、三ヵ月で速攻、辞めてってな」

「こんな楽しい職場は無いのに、馬鹿ですね」

と笑いながら言い、四月から僕も国語の正社員になるんですよ、と下田は付け加えた。学生のバイトはインカレのノリでやってられるが、正社員は散々こき使われて疲弊していると、川口が言っていたのを和子は思い出した。

「どうして、三ヵ月で辞めたんですか？」

和子に訊かれて、宮野は少し考え込んだ。

「塾長と合わない感じだったなあ」

宮野は呟くように言った。

どうやら、本当のところは知らないらしい。そもそも、あの塾長と合う人がいるのだろうか？と、和子は思った、毎日のように川口は怒鳴られていたが、他の社員も塾長の前では無表情な人がほとんどだった。

若桜スクールを辞めて、しばらくしてONO進学ゼミナールを開いた、と宮野は話した。塾長の負けず嫌いな性格を知ってて近くに塾を開くのは無謀だったなと、宮野は付け足した。

あの塾長の性格を知ってて社員になるのも無謀な気がする。どうも、レポートのネタになりそうな話は聞けそうにないなと、和子は思った。


「これだけか？」

丸川は、憮然とした表情で言った。入塾案内は無い、進学実績はわからない、生徒数や時間割、月謝もすべて不明で、何のために調査に行ったんだと。

「向こうの塾長は、昨日吐血して病院に行ってるそうですが」

和子は言った。一瞬、丸川は顔をこわばらせた。こっちの塾長に電話で怒鳴られたのが原因だったことは伏せた。でも、丸川も見当がつくだろう。あっさり和子の正体がばれたことは、もちろん言えない。

「それで、向こうの教室には入ってみたのか？」

和子は頷いた。レポートに書いた通り、教室は十二人分の机がある大きいのと、奥の八人分の小さいのだけだ。生徒数は小学生と中学生で分けても一日最大四十人、全部で八十人が限界だが、実際はそんなにはいないだろう。生徒数は三十人から五十人くらい、どう考えても若桜スクールの敵ではない。レポートにもそう書いた。

「だいたいのことは分かった。塾長には、僕から報告しておく」

と、丸川が言ったので、来週から、よろしくお願いします、と頭を下げて和子はビルから出た。

地下鉄の駅の方に歩きながら、もう辞めたいと和子は思った。

ONO進学ゼミナールに偵察に行って、女に教室に招き入れられたとき、もう正体はばれていた。向かい合って椅子に腰掛けたら、いきなり女は、あなた、それで何を探りに来たの？　と、訊いてきた。いえ、私はただ娘の入る塾を探してるだけで、と和子は言ったが、あなた、まだ若いわね、昭和何年生まれ？　と返され、昭和三十年ですと答えた。しまった、昭和三十年生まれでも、小五の母親では若過ぎる、まるで十代で子どもを生んだヤンキーだ。そう思っていると、昭和三十年なら辰年ねと畳み掛けられ、思わず、はい、そうですが、と答えてしまった。女は勝ち誇ったように、にやりと笑った。もう、観念するしかない。

「あなた、若桜スクールの関係者でしょ？」

えっ、どうして、ばれたんだろう？

「うちの塾長が言ってたわよ。あの塾は、塾長の逆鱗に触れた職員は、他の塾の偵察要員にさせられるって」

てっ、偵察要員？　今の私だ。でも、逆鱗に触れるって？　そんな変なことしたかな。

女の話では、若桜スクールができた頃は、塾長の奥さんや塾長の両親が経営する薬屋の職員が、他の塾の入塾説明会に保護者を装って偵察に行っていたが、やがて塾長の気に入らない職員に他の塾の偵察をさせるようになったという。

「他の塾の採用試験を受けさせられてね、合格したら社員研修の資料やら教材やらを塾長に渡して、頃合いをみて退職して、また別の塾の採用試験を受けさせるのよ」

そんなことをして、社員が裏切って、そっちの塾に居着いたりしないんだろうか？

「社員が裏切らないように、偽の経歴で受けさせられてね。偵察要員に使われるのは、大学中退したり、夜間部の大学出た人が多いのよ、でも偽の経歴では有名な大学を出た超エリートってことになっているそうよ」

和子は、目眩がしそうになった。和子が受けた採用試験で合格した三人は、偵察要員として採用されたのかも知れない。

「そんなことをして訴えられないんですか？」

和子が訊くと、女はにっこり笑った。

「訴えられても、営業停止とかならないわよ。塾を開くのは誰でもできるから、何の規制もないからね。役所に届け出る必要も無いし、税金だけはちゃんと納めないといけないけどね」

でも、どうして、そんなに詳しいんだろう。このことは、若桜スクールの他の社員も知ってるんだろうか？

「どうして、こんなに若桜スクールのことに詳しいか不思議でしょ？」

和子は頷いた。

「ここの塾長の知り合いに偵察要員をさせられた人がいるの。大学を中退した人でね。でも、潜り込んだ塾が気に入って数年間勤めていたそうよ。田嶋塾長に、その塾の教材や資料をこっそり渡してね。そしたら、若桜スクールがその塾の近くに教室を出すから、生徒を引き抜いてこいと田嶋塾長に指示されてね」

驚いた顔をした和子を見て、女はウフフ、と笑った。

「断れないでしょ、その塾には嘘の経歴で就職していたから。それで、生徒を引き抜いて若桜スクールに戻ったの。そしたら、また別の塾に偵察に行けって指示されてね。一生、田嶋塾長の言いなりになるのかって悩んだそうよ。それで、潜り込んでいた塾で一緒に仕事していたうちの塾長に相談したの。今は、うちの塾長の知り合いがやってる塾に勤めているわ」

女は、またフフッと笑った。

「ここの塾長は、若桜スクールがどんな塾か興味を持って、それで三ヵ月ほど勤めてみたの、もちろん偽の履歴書でね」

そういうことか。

「でも、有名進学塾に勤めていた経歴を書いたのが失敗でね。田嶋塾長に指示されて、難関校に合格させるためのノウハウを若桜スクールの職員に教えさせられたの、その三ヵ月の間にね。丸川という職員に」

えっ、丸川！

「フフッ、知ってるわね。若木教室の教室長よ」

和子は背筋が寒くなった。ノウハウを教えてもらった職員を、塾長は刺客として送り込んだんだ。

「実は私もね、田嶋健寿堂に勤めていたの。高島平にある店舗にね。それで、近くに塾ができた時に偵察に行かされたの。あなたと同じようなことをしゃべったわよ」

それが、どうして、この人はこの塾にいるのだろう？

「ここの塾長はね、昨日血を吐いて教室で倒れたの、授業中にね。田嶋塾長に電話で怒鳴られた直後よ」

そう言って、女は磨りガラスの窓を開けた。駐車場脇の側道を指差して、

―第一章　ＯＮＯ進学ゼミナールの女が語ったこと―

「ほら、あそこに田嶋塾長は車を停めてね、ずっとこっちの塾を見ていたの。先週からね。きっと、入ってくる生徒を確認してたのよ。それで、うちの塾長が丸川さんに文句を言ったの、目障りだ、あそこは駐車禁止だぞって。そしたら、丸川さんが田嶋塾長に泣きついたみたいね」

それで、あの騒ぎか。ここの塾長も、田嶋塾長の性格がわかっていて、どうしてここに塾を開いたんだろう。

「あなた、グリーンシティに越してくると言ったけど、グリーンシティの中に入ったことあるの？」

和子は首を左右に振った。グリーンシティの名前は、宮山から昨日初めて聞いた。

「グリーンシティはね、高層マンションに囲まれた中に公園があって、樹木や川があって、小高い山があって、まるで異次元の別世界なの。あなたも入ってみるといいわ。ここの塾長はね、グリーンシティの中に入って、周りから隔絶された、まるで宇宙空間に漂っている人工島だと感じたそうよ。スペースコロニーね。子どもの頃に夢見た未来都市がここにある、どうしてもグリーンシティに住みたいと思って、近くに塾を開いて、借金してグリーンシティのマンションを買ったのよ。そしたら、この有り様」

和子は言葉が出なかった。でも、この女はどうしてここまで知ってるのだろう。

「でも、このまま野垂れ死ぬ訳にはいかないわ。私も、ここの塾長と一緒にグリーンシティに住んでいるの。私と塾長は一蓮托生よ」

そうだったんだ、同棲してるんだな。

「まさか、こんな駅から離れている不便な場所に若桜スクールが進出するとは思ってなかったわ。全面戦争ね」

　そう言って、また女はフフッと笑った。

「大日本帝国は、太平洋戦争で敗北したわ。だけどベトナムは、大国アメリカと戦争しても負けなかった。打ち負かしたの。この塾も、若桜スクールから見ればちっぽけな存在だけど、簡単には引き下がれないわ」


　地下鉄の駅まで歩いて、和子はグリーンシティの方を振り返った。高速道路の高架橋の背後に高層マンション群が見えた。来週から、ここに毎日通うことになる。

　地下鉄の高架橋の駅のホームからもグリーンシティのマンション群が見えた。夕陽が当たって幻想的な風景だった。

　地下鉄が走り出して、しばらくすると地下に潜り、視界からグリーンシティは消えた。

「全面戦争ね」と、女の発した言葉が和子の頭の中で反芻された。

——第二章　援軍として小枝文哉が現れたこと——

—第二章　援軍として小枝文哉が現れたこと—

1

〝どおして、こんな問題間違えるんだよぉ！〟

ドスン。バシッ。

事務室の隣の教室から塾長の田嶋伸義の怒鳴り声が聞こえたかと思うと、生徒が壁にぶつかる音に続いて塾長が生徒を強打する音がした。

青砥和子は春期講習の授業で久しぶりに大和教室に来て、シンギー・スペシャルの大絶叫を聞いたが、よく親から苦情がこないなあと思う。

川口の話だと、何でこんな問題が解けねえんだよ、と絶叫しながら生徒の両肩を摑んで激しく揺さぶり、壁にぶつけて跳ね返ったところに強打を食らわすのが塾長の得意技だという。プロレスの技をもじってシンギー・スペシャルと一部の職員が陰で呼んでいることも、川口から聞いた。塾長の名前、「のぶよし」を音読みしてシンギーと陰で呼んでいる職員たちは、川口も含めて三月に大量に退職する。

「青砥さん、久しぶりです」

授業を終えて事務室に戻ってきた吉野秀実が、手を振って挨拶してきた。

吉野の周りには、制服や私服の中学生が纏わり付いている。大和教室の生徒がすっかりヨッシーに懐いている感じがして、和子は羨ましかった。

和子のいる若木教室は、新聞に大量のチラシ広告を入れたものの思ったほど生徒が集まらず伸義は怒り狂っている。毎晩、若木教室教室長の丸川には伸義から電話があり、問い合わせ数、入塾者数を報告させるが、問い合わせ数がゼロの日は丸川が適当な数字を言ってごまかしている、伸義の機嫌が悪くならないように。

若木教室は丸川と和子以外はバイトの学生だけなので、学生が帰ると二人きりになり事務室の空気が重くなるのが和子は嫌だった。丸川とは共通の話題が見つからない。

丸川は算数、数学しか教えたがらないので、和子が社会や国語まで教えることになる。生徒が少ないクラスではバイトの学生を雇うと赤字になるので、中二の英語と中一の国語を和子が同時に教えたりもしている。生徒の多い大和教室では考えられない状況だった。丸川は和子に授業をさせている間、営業の電話をかけ続けている。

春期講習の前に若桜スクール全体で大量の退職者が出て講師が不足したので、講習中は和子も大和教室で授業することになった。今日は春期講習の初日だ。

「青砥さん、元気でしたか?」

川口が授業を終えて、ニヤニヤしながら事務室に戻ってきた。妙にテンションが高い感じがする。

「今月で辞めるんで、シンギーにガツーンと一発かましたんですがね、春期講習まではいてくれって泣きつかれましたわ」

そう言って川口はまた笑った。どうせ、三月に退職者が多いから、塾長が無理やり残らせたんだろう。和子が大和教室にいた頃は、川口は毎日のように塾長に怒鳴られて、暗い表情で仕事をしていた。

バイトの学生たちが、しゃべりながら事務室に戻ってきて賑やかになった。下田と宮野が、和子を見て会釈した。和子も会釈を返す。

「講義が終わったら、食事しませんか？」

宮野が和子に訊いてきた。宮野は塾の授業のことを講義と呼ぶ、きっと、大学の講師にでもなったつもりなのだろう。

「ええ、でも専任職員は六時まで帰れませんが」

バイトは授業が終わる五時に帰れるので和子が言うと、大丈夫です、待ってますからと、宮野は言って煙草に火をつけた。下田も、宮野と並んで煙草を吸いはじめた。

ノックがして中学生の女の子が入ってきた。何か質問かと思ったが、芸能人の話題をしゃべりはじめた。下田が相手して女の子の頭を撫でたり、手を握ったり、頬を触ったりして、女の子も嬉しそうに笑っている。なるほど、前に下田が、こんな楽しい職場と言っていたのを和子は思い出した。

電話が鳴って、和子が慌てて受話器を取る。

「こんにちは、若桜スクール、わかぎ、いや、あの、大和教室です」

うっかり若木教室と言いかける、若木教室は一本の問い合わせ電話も貴重だ。

電話の相手は激怒していた、採用試験の数学は完璧にできたのに、どうして落とされたのかと。

和子は川口に電話の内容を伝えたが、どうしてと言われてもなあ、と言って川口は笑った。

宮野が、慌てて大和教室教室長の宮山を呼びに行った。少々お待ち下さい、ただいま問い合わせをさせていただいてます、と伝えて和子は時間を稼いだ。

宮山が慌てて入って来て、電話を代わった。

「はい、お電話代わりました。……ええ、おっしゃる通りですが、試験の結果だけでなく、総合的に判断させていただいてます。……はい、わかりましたので、履歴書はご住所の方へ送らせていただきますので」

宮山は電話を切って、ため息をついた。

塾長の伸義が、宮野と話しながら入ってきた。

「何だって?」

伸義に訊かれて、宮山が相手の名前と会話の内容を話した。

「ちっ、あいつか」

舌打ちをして、伸義は塾長室に入った。

鞄を持って出てきて、鞄から履歴書を出した。

「これをコピーしてから、送り返しとけ」

そう言って宮山に渡して、これもついでにコピーしておけ、と試験用紙も渡し、会話の内容も書いとけ、と指示して伸義は出ていった。

宮山は、履歴書と答案を和子に渡して、これをコピーして僕の机に置いといて、と言って出ていった。

すごい、全部解いてる、和子が受けたのと同じ問題だった。

和子の解けなかった問題をチェックしてみる。問題文の横に解き方が殴り書きしてあった。なるほど、こうやって解くんだなと、和子は感心した。どうして、こんな人が採用されないんだろうか、退職者が多くて困ってるのにと思うが、何となくわかる気もする、あんまり優秀な人は使いづらいんだ。

でも、若桜スクールの入塾案内には、〈難しい採用試験を突破した有名大学、大学院卒の優秀な講師が教えます。〉と、書いてはあるのだが。

思った通り、宮野の狙いはヨッシーだった。下田と和子を含む四人で旧中山道の商店街にある定食屋に入った。現在の広い中山道は上に高速道路が走っているが、平行している旧中山道は下町の商店街になっている。おそらく江戸時代には、この道が関西に通じる街道の一つだったのだろう。

ヨッシーはグレーのブラウスにダークブルーのロングスカートで決めている、よくこんな服装で授業ができるな、チョークで汚れるのにと和子は思った。

「吉野さんは、どこに住んでるの？」

早速、宮野のアタックが始まった。吉野が高島平の近くなのと言うと、宮野が、僕の友人も高島平の近くに住んでるのでよく行くよ、とアピールした。

「一人暮らし？」

宮野に訊かれて、吉野は首を左右に振った。

「二人暮らしよ」

宮野の顔に失望が漂う。

「彼氏と一緒に？」

下田が訊くと、また吉野は首を振って、

「ううん、パパよ」と言って腹に手を当てて、「この子のパパなの」と付け加えた。

宮野と下田はしばらく固まった感じだった。

「この塾は産休とれるのかしら？」

吉野が呟いた。

「吉野さん、人妻だったんですね」

下田が言うと、また吉野は首を振って、

「パパは、奥さんと別れるからって言ってくれてね」と言った。

下田がニッと笑って、宮野の方をみた。

下田と宮野が注文したカツ丼がきた。いただきますも言わないで、二人はガツガツ音を立てて食べ始めた。吉野のハンバーグ定食と和子の焼き魚定食もきて、吉野は手を合わせ、和子も同じようにして食べはじめた。

先に食べ終わった下田と宮野は、新しく入った女子生徒の品定めを始めた、中一は誰が可愛いだの、どうのと。

吉野と和子が食べ終わり、割り勘で精算したあと、宮野がお茶でも、と誘ったが断った。別れ際に宮野が、パパさんはどんな人？　と尋ね、吉野が、文筆家の卜部《うらべ》新一よ、と答えた。

「ええっ！　哲学者の卜部新一ですか？」

いつもより更に甲高い声で宮野が言った。

「そうよ、テレビ局でバイトしてたら、番組の後で食事に誘われてね」

吉野は、あっけらかんと言った。

ふう、さすがに小枝文哉じゃないんだ、あっ、そうか、小枝とは出会ってからまだ一ヵ月ちょっとしか経ってない。

和子は文系のことは疎いし、そもそもテレビも持ってないので、うらべなんとかって人を知らないが有名な人らしい。

宮野は、しょんぼりした表情で下田と地下鉄の駅の方に歩いていった。

和子と吉野は、以前に小枝と一緒に入ったハンバーガーショップに入って、ミルクシェイクを注文して話した。

「大和教室はどうなの？」

和子が訊くと、

「楽しいよ、生徒もいい子ばっかりで」

吉野は、楽しそうに笑いながら言った。

「塾長が毎日怒鳴り散らして、大変じゃない？」

「まあね。でも、あんなの普通よ。うちの大学はね、過激派の人たちが毎日スピーカーで大声出してたから慣れてるよ。それにゼミの先生もすぐに怒る人だったから。それに比べれば、ここの塾長はお坊ちゃまで楽ね」

そう言って、吉野は笑った。

「テレビ局でバイトしてるとね、挨拶がわりにお尻触ってくる人とか普通にいたし、ADの人なんか毎日上の人から怒鳴られてね。ここは極楽よね、塾長さえかわしておけば他の職員は人畜無害で従順な人ばかりだから」

一ヵ月前に、わたしなんか採用されると思ってなかったの、と泣き出しそうだったのが嘘みたいに、ヨッシーは職場に馴染んでるなと、和子は思った。

「妊娠がわかったら、辞めさせられるかなあ」

吉野は心配そうに言った。

「何ヵ月なの？」

和子が訊くと、指を三本立てた。

「相手の人は、本気なの？」

まずいこと訊いちゃったぞ。和子は後悔した。

「親が反対なの、横浜に住んでるんだけど。夜学で遅くなるからって、独り暮らしさせたのが間違いだったって」

吉野は俯いてしばらく沈黙していたが、顔をあげて
「若木教室はどうなの？」

と、和子に尋ねた。

「思ったほど生徒が集まらないって、教室長の丸川先生がピリピリして、塾長も毎日電話かけてくるしね」

「ここの塾は、生徒の数ばかり気にして営業中心でやってるけど、三月の月例テストがあったでしょ」

和子が頷いた。若木教室の生徒が、簡単過ぎるって、文句を言っていた。四十分くらいの問題を、半分足らずの時間で解いて満点取る子もいた。

「大和教室の生徒は、ほとんど解けない子も多いの。若桜スクールは板橋全体で五教室あるでしょ。若木教室以外は、各教室とも百人以上は生徒がいて、集計したらトップの成績は若木教室の生徒ばっかりだったのよ」

和子は意外だった。他の教室の生徒も、満点取ったんだろうと思っていた。

「宮山さんは、青砥さんが正解教えてるんだろうなんて言ってたけど」

「そんなことはしてないよ」

和子は、苦笑して否定した。

「近くにグリーンシティって、高層マンションの団地があるでしょ。あそこの中にある小学校の子は、ほとんどが中学受験して、半分くらいが合格して、残りの生徒も地元の中学で成績上位を占めてるそうよ」

詳しいなあ、誰から訊いたんだろう？　あっ、小枝さんか。

「小枝さんが言ってたでしょ、塾のレベルがわかるって。ここの塾は中の下くらいだって」

確かに、そう言っていた。そう言えば、一緒に採用試験を受けた小枝さんはどうしてるんだろう？

「小枝さんも、もうすぐここで働きはじめるよ。前にいた塾の春期講習が終わってから、こっちで働くって言ってたから」

ハンバーガーショップを出て地下鉄の駅に入ると、帰宅ラッシュの時間帯で混雑していた。

「わたしは、絶対に辞めないから、この子のためにも。わたしは、この塾に賭けているの」

別れ際に吉野が言って、お腹に手を置いた。

「この子のパパの家族は、グリーンシティに住んでいるの。奥さんと息子さんはね。わたしは負けないから」

そう言って、吉野はホームの階段に消えていった。

2

大変なことになった、また塾長に怒られると、教室長の丸川は焦っていた。色白の顔から、さらに血の気が引いて、青くなってると和子は思った。

「この名簿順に電話で説得して下さい」と、丸川は和子に指示した。

説得しろと言われても、和子も入社したばかりで何をどう説得すればいいかわからない。とりあえず、電話するしかない。

「こんにちは、若桜スクール若木教室の青砥と申します。門真奈保子さんのお母様はいらっしゃいますか?……はい、奈保子さんのお母様で……はい、春期講習に来ていただいて、わたしどもの講師も、とても優秀な生徒さんだと報告を受けておりますが……はい、このまま塾の方に通っていただければ……はい、そうですか、……いえ、わかりました。春期講習に参加していただき、ありがとうございました」

和子が電話を切ると、

「そんな話し方で説得できるか！」

と怒鳴って、丸川は事務室から出て行った。

和子は、春期講習中は大和教室で授業していたので、若木教室の春期講習に来た生徒たちは顔もわからない。それに、いま電話した生徒の母親の話だと、子どもは授業の内容が簡単過ぎて退屈だったと言っていたらしい。春期講習のテキストは、大和教室の生徒にはちょうど良かったが、ここの生徒には簡単過ぎたようだ。

入塾を断ってきた生徒の住所は、ほとんどがグリーンシティになっている。一人ひとり説得の電話をかけて、報告書を書かないといけない。本当のことは書けないから、部活動やら習い事が忙しくて通塾は難しいと言われたとか書くしかない。

四月の月例テストの作成も伸義から指示されているが、まだ入社したばかりの和子に小五の算数と小六の理科、中一の数学と中三の理科を担当させるとは、ちょっと無理がある気がする。

入り口の階段を誰かが上がってくる音がした。マンションの入り口が開いて、高速道路を走る車の騒音が聞こえてきた。

ドアをノックする音がして、男の姿が見えた。あっ、この人は。

―第二章　援軍として小枝文哉が現れたこと―

「こんにちは。あれっ、一人？」

小枝文哉が言った。和子は頷いた。

「教室長の丸川先生は、席を外してますが」

「そうか。今日から、こっちの教室で仕事するように言われて」

えっ、それじゃあ、タイムカードを。和子が慌ててタイムレコーダーにカードを入れて打刻させた。

「このタイムカードを使って下さい。この会社は、一分遅れても遅刻扱いで給料引かれますから」

大和教室での春期講習の初日、和子は早く来ていた生徒の質問に答えていてタイムカードを押し忘れそうになって川口から言われた、やたらと給料を引くのが好きな会社だから気を付けてと。小枝にそのことを話すと、小枝は苦笑した。

小枝が来てくれたら助かる、丸川よりは話し易そうだ。丸川は無口で話しにくい上に、和子と同じ理系出身のようで、文系科目は教えたがらない。文系科目は学生バイトに任せっきりで、丸川は教室長なのに授業については何の指示もしない。丸川は生徒の親には超有名大学出身のエリートのような紹介をされているが、文系科目の知識がまるで無いようだった。和子が夜間部の出身なのも、保護者には当然のように伏せられている。

学生のバイトは事前の講師研修で、大学生であることは生徒にも父兄にも言わないようにと指示されている。また、出身大学を尋ねられた時は、塾の規則で言えないことになっていると答えるようにとも指示されていた。そうしないと、〈難しい採用試験を突破した有名大学、大学院卒の優秀な講師が教えます。〉という、入塾案内の謳い文句と違ってくるからだろうが、なんとも姑息だ。そもそも、若木教室の春期講習の文系科目の講師は、下田と同じ近くの大学の学生がほとんどだった。保護者に大学関係者がいたら、すぐにばれてしまいそうだが。

小枝は椅子に腰をおろして、息が切れそうだったと呟いた。地下鉄の駅から歩いてきたのかと和子は思ったが、高島平近くのアパートから自転車で来たと小枝は話した。

「高島平は昔、沼地だったらしいが、ここは谷だったそうだな」

小枝は汗をタオルで拭きながら言った。

小枝の話では、板橋区はもともと工場が多く、地方の中学を卒業して集団就職してきた金の卵と言われた人たちが住みついて、住宅街ができていったという。

十五年ほど前に高島平の沼地跡に高層団地群が建てられて、エリート層が移り住むようになった。グリーンシティの団地は五年ほど前から入居が始まり、更なるエリート層が集まってきたらしい。

「グリーンシティの敷地には、昔は化学工場や研究所があったらしいな」と、小枝は続けた。

和子もグリーンシティの高層マンション群の建ち並ぶ敷地内に入ってみたことがある。ONO進学ゼミナールにいた女が言っていた通り、高層ビルに囲まれたヤードには、樹木が植えられ、小高い山があり、水路や池がコンパクトに作られていた。まるでアニメに出てくるスペースコロニーにいるような錯覚に陥る。

「あそこは、超高級住宅街だな。インテリのエリート層が集まってできた街だよ」

小枝と話していると丸川が戻ってきた。小枝が立ち上がって挨拶をする。丸川も慇懃に挨拶を返すと、和子の方を向いて
「青砥さん、電話はしましたか？」

と、強い口調で訊いてきた。和子は、首を左右に振って、

「私が教えた生徒じゃないので、どう説得していいのかわからなくて」と、返事した。

丸川の顔が一瞬歪む。

「何かありました？」

小枝が訊いてくる。春期講習に来た生徒に入塾辞退者が多くて、説得の電話を入れていると和子が説明した。

「私が、電話してみましょうか？」と、小枝は言った。

「いや、いいです」と、丸川が言うと、

「大丈夫ですよ。じゃあ、一件だけやらせてみて下さい」

そう言って、小枝は和子の机の名簿を取り上げた。

「もしもし、こんにちは。わたくしは若桜スクールの小枝と申します。春期講習に参加していただき、ありがとうございました。……さようでございますか。参考までに、お子様の志望校はど

ういったところを考えられていますか?……さようでございますか。ご参考までですが、わたくしが指導させていただいた生徒さんにも、私立御三家や国立大付属、早慶付属に何名も合格しておりまして、もし、よろしかったらわたくしの作成した試験問題にトライしていただけば、……ええ、公立レベルとは違うので、ちょっと難しくて歯が立たない場合がほとんどなので、自信を失くされると良くないので……ええ、もちろんです。わたくしどもの指導についてきていただければ、充分狙えるレベルには、学力は保証できますが……ええ、少々お待ちください」

小枝は受話器を手で覆い、丸川に五時から空いてる教室はあるか尋ねた。

「大丈夫です。それじゃあ、五時にお待ちしてますので」

と、言って電話を切った。和子は、驚いて見ていた、丸川も同じだろう。

この調子で、入塾を断ってきた生徒の多くが、小枝の試験を受けることになった。和子が説得に失敗した、門真奈保子という小五の生徒も、後日、試験を受けにくることを母親は承諾した。

全員に電話をかけ終わると、小枝はコピー機を使って問題を作りはじめた。

和子に受験参考書と入試問題集のリストを渡し、本屋で買ってくるよう指示した。高島平近くの地下鉄駅の横にあるスーパーの書店に置いてあるという。丸川が、地下鉄駅までの地図を描いてくれた。

小枝の自転車を借りて出発した。緩い下り坂で、気持ちがいい。高速道路の高架橋をくぐると、地下鉄の高架橋を目標に走った。左手に高島平の高層団地群が見えた。グリーンシティより遥かに大規模な高層団地だ。グリーンシティと違って、同じ高さの高層ビルが規則正しく並んでいた。

駅の横にスーパーのビルがあった。入るとすぐに書店コーナーに行き、指示された本を探した。中学受験関係と高校受験関係の書籍コーナーが並んでいた。

会計して領収書をもらって、自転車で教室に向かった。今度は地下鉄の高架橋に沿って走ると、下町風の店が並んでいた。来たときの広い道路沿いの風景とは、随分違っている。グリーンシティの高層マンションを目印に走った。少し登り坂で、急ぐと息が切れそうになる。

陽光に照らされたグリーンシティの高層ビルが幻想的だった。

――第三章　シンギーが魂の教育について語ったこと――

1

進行役の由利子が、四十人ほど集まった父兄を前に話し始めた。

「本日は、塾長と語る会に参加していただきありがとうございます。司会、進行役の田嶋由利子でございます。いつも塾長の田嶋伸義がお世話になっております」

父兄の席から拍手が起こり、由利子が少し頭を下げた。

若桜スクールでは保護者は父兄と呼ぶが、今日集まったのは母親ばかりだ、平日の昼間だからな、と和子は思った。

「この若桜スクールが発足して五年が過ぎ、この大和教室が開校して三年が経ちました。その間、若桜スクール父兄会を始め多くの地元の皆様に支えられ、塾としても多彩な人材を育てて参りました。……」

和子が由利子と顔を合わせるのは、今日で二回目だった。初めて会ったのは先週の給料日、給料は授業が終わってからここ大和教室に職員全員が集まり、伸義の長い講話を聴いた後で、由利子に各々名前を呼ばれて手渡される。

川口から聞いていた、給料はもらってすぐに確かめないと誤魔化されることがあると。前にいた職員で、採用のとき聞いていた給料が交通費込みだったので文句を言っても、結局ごまかされ続けた人がいたらしい。

和子は早速確かめたが、交通費は入っていた、よかった。あれっ、でも。

由利子が全員の給料袋を渡し終えてから、和子は尋ねた。あの、塾長に渡しておいた本代の領収書ですが、と和子が言うと、由利子が、あれはあなたが勝手に買った物でしょ、事前に相談も無く買って請求書を回すなんて非常識です、と一蹴された。請求書ではなく領収書だ、勝手にと言っても、それで入塾を断ってきたグリーンシティの生徒たちを説得できたんだ、その経緯は塾長に報告していたのだがと思ったが、和子は黙って引き下がるしかなかった。

伸義が話しはじめた、また、長くなるぞ、と和子は思った。

「まず、私が若桜スクールを立ち上げたときの話をしましょう。私は子供の頃から医療に興味を持ち、特に薬、中でも漢方薬というものに非常に興味を持っていました。……」

ほら、インドとネパールに留学したときの話になるぞ。

「日本で医学、薬学を学んで一番物足りなく感じたのは、西洋医学一辺倒だったことで、伝統的な東洋医学がおろそかにされているのが我慢できなかった、そして日本の伝統医学の源流を求めて中国医学に、更にその源流を求めてインド、ネパールの医学にと、私の探究の旅は続きました。

そこで私が学んだのは、専門的に細分化されてしまった西洋医学の底の浅さ、脆さということでした。例えば、西洋医学では医薬分業という制度が確立されてしまった、これは薬の処方は医師が行い、実際に調剤して患者に渡すのは薬剤師という訳のわからない制度です。これは神聖ローマ帝国のフリードリヒ二世という王様が、自分の暗殺を恐れて作った制度です。

みなさん、お母さん方はお子さんのために作った料理を、ご自分で食べさせてはいけないなんて法律ができたらどう思います？」

父兄の席から笑い声が聞こえる。

こりゃあ、塾長と語る会じゃなくて、塾長が語る会だ、予定の一時間じゃあ終わらないな。中には、真面目な顔でメモを取ってる人もいる。おめでたい人たちだ、と和子は思いながら聞いていた。

「医薬分業なんていうのは、せいぜい八百年ほど前に西洋でできた制度です。それを明治以降の日本は有り難がって取り入れようとしました。でも、ちょっと考えてみてください。伝統医療では、一人の医師が診察から薬の調合、投薬まで患者のすべてを把握して行う。これが本物の医療です。

インド、ネパールに留学して、伝統医療を学んでその伝統の重みが、日本でいうところの伝統とは全く違う、日本の伝統などはせいぜい千数百年です。では、西洋医学と東洋の伝統医学とどこが違うのか、この話を始めたら私は四時間でも五時間でも、一晩中でも話してしまいますが……」

由利子は腰かけているが、吉野と和子は立ったまま聴かされている。和子も辛いがヨッシーは大丈夫だろうか、まだお腹は目立たないが。

「西洋医学では、専門化、細分化されて発展し、身体を総合的に診れない、だから先ほど申し上げた医薬分業なんて馬鹿げた制度ができてしまいました。日本でも伝統的な医療では、身体を総合的に診てきた、それが明治以降の西洋医学の導入で台無しになったのです。

それではインドの伝統医療はどうか？　それは正に魂の医療とでも呼べるものでした。人間の身体を総合的に診るだけでなく、精神も含めた魂の総合体として診ていく驚くべき医療でした。

残念ながら私のような精神性の低いステージの者には、一生学んだとしても、その真髄に迫ることすら不可能だと悟りました。しかし、私がインド、ネパールで会った高いステージにあるグルによる魂の教育に接し、日本の教育、特に戦後教育によって失われた魂の教育の重要性に気づかされたのです。……」

何やら、宗教じみた話になってきている、大丈夫なんだろうかと、和子は吉野の方を見たら、にこにこ笑いながら聴いていた。

伸義は、魂の教育を実践することで、子供の潜在能力を引き出し、あらゆる夢が実現できると説いた。そして、潜在能力を引き出され、夢を実現したという歴史上の偉人を何人か挙げて話を続けた。

「野口英世は、みなさんご存知ない方はいないでしょう。野口は細菌学者としてノーベル賞に値する発見を数多く成し遂げましたが、西洋社会の東洋人に対する差別、偏見からノーベル賞受賞は叶いませんでした。しかし、野口の業績は揺るぎないもので、我々日本人、東洋人の、西洋人には持ち得ない根気と強い精神力で西洋人が驚愕する圧倒的な成果を挙げたのです。……」

そうかなあ？　大学の講義では、野口英世の発見はほとんどが後に否定されたって聞いたけど、と和子は思った。

「野口英世の伝記には、必ず出て来ますが、野口の潜在能力を引き出し、夢を実現に導いたのは小林栄という小学校の恩師です。大火傷を負った野口の手術のため、募金を呼びかけたエピソードはあまりにも有名です。改めて教育の重要性を、私たち教育に携わる者にも教えてくれているのです。……」

偉人の話が終わると、仲義は、若桜スクールに通っていた生徒を実名で何人か挙げて、塾に来る前は如何に無為に過ごしていたか、塾に通いだして如何に変わっていき夢を実現していったかと、わかり易いストーリーで紹介した。

「私がこの塾を始めたのは、私利私欲のためでも、金儲けのためでもありません。魂の教育、本物の教育をこの塾で実践し、日本の公教育を変えていかなければならない、その使命感からこの塾を始めたのです。……」

やれやれ、そんなに演説が好きなら、塾長は政治家にでもなればいいのに、と和子が思っていると、

「これは単に一個人の塾としてとか、板橋区だけとか、都内だけといった狭い範囲の話ではなく、

将来的には私は国政に関わっていかざるを得ないと考えています。

できれば政治のようなドロドロした世界に身を置くことはしたくはないのですが、魂の教育、本物の教育を広めて、日本中で実践するには、どうしても国政に向かわざるを得ない、それは私の使命なのだと考えています。どうか、若桜スクール父兄会の皆様方にも、これからもお力を貸していただきたいと思っています」

そう言って、伸義の講話は終わった。

盛大な拍手の中、由利子が立ち上がった。

「田嶋塾長、ありがとうございました。今のお話は、いかがでしたでしょうか？」

そう言って、由利子は前列に座っている女の方を見た。

前列の女が立ち上がり、父兄席の方を向いて
「あの、本年度から若桜スクール板橋父兄会の大和支部長の大役を任されました中島と申します。わたくしで務まるか、不安ではございますが。

それにしても、田嶋塾長のお話は毎回素晴らしい内容で、本当に驚かされます。このような素晴らしい塾が板橋区にあることは、子供たちにとっても大変幸運だったと思ってます。

若桜スクール板橋父兄会は、高島平、大和、赤塚、大山と四支部がございますが、残念ながら若木支部はまだ立ち上がってないと聞いております。みなさんのお知り合いにも、若木町に素晴らしい塾があることを伝えてあげて下さい」

と、話して着席した。

「それでは最後になりましたが、今年入社した社員を代表して、二人の女性新人社員に簡単な自己紹介をしてもらいましょう。まず、吉野から」

まばらな拍手の中、吉野が正面に出て話しはじめた。

「吉野秀実と申します。よろしくお願いします。私は横浜市出身で、国文科で日本文学の英訳について研究していました。……」

ヨッシーが、源氏物語の英訳の話やら何やらと、長々と話すので和子は驚いた。

「……アーサー・ウェイリーの英訳により、日本の古典文学が海外で注目されたばかりか、同時代の日本の作家にも注目が集まり……」

和子には興味の無い話だ、自分はどんな話をすればいいのかと考えていると、拍手が聞こえて吉野の自己紹介は終わったらしい。

「それでは、次に若木教室に配属されました青砥です」

「あっ、はい、青砥和子です。島根県出身です。私は理学部の化学科を卒業しました。物理化学の研究室で反応速度論の研究が主でしたが、私がやらされて、あっ、いえ、やっていたのは、不斉炭素を持つ立体異性体の有機合成技術の開発で」

ああ、訳のわからない話をしてるぞ、あっ、そうだと、和子は両手を前に出し、右手は甲を、左手は掌を父兄席に、向けた。

「こうして、シルエットを見ると同じ形に見えますが」両手を向かい合わせにし、「こうすれば鏡に映ったような形で、違う構造の化合物だと分かります。私が研究のお手伝いをしていたのは、この構造が違う化合物の一方だけを合成する技術です。成功すればノーベル賞は間違いないと言われてました」

と、和子は教授の講義を思い出しながら何とか話し終えた。父兄席から、どよめきと拍手が聞こえた。ああ、恥ずかしい。

「ありがとうございました。それでは、これで塾長と語る会を終わります」

父兄席から拍手が聞こえ、母親たちが話しながら階段を下りはじめた。いい話を聴けてよかった、という声が聞こえた。あなたたち、凄いわね、と吉野と和子に言って下りていく母親がいた。

一人の母親が、仲義のところに行って話しかける。

「あの、秋澤勇人の母ですが」

仲義は、満足そうな笑みを浮かべていた。

「塾長は立派な人だと息子は思ってまして、今日のお話を聴いて、わたくしも本当に立派な方だと思いましたが、そんな立派な人から毎回授業で厳しいことを言われるので、息子はひどく落ち込んで帰ってきます」

仲義の顔から笑みが消え、険しい表情になった。

「息子は、優しい性格で、できたら厳しい言い方は避けていただければと思うのですが」

仲義の顔つきが変わった。

「先ほど話したように、私の授業は子供の精神性を高め、潜在能力を引き出すために、時には厳しい言葉で鍛え上げなければいけないので、このやり方を変えることはできません」

仲義は、早口で捲し立てた。怒ってる、怒ってるぞ、ヤバそうと、和子は思った。

「あの、それで、こちらの先生のクラスに変えていただけたら、女の先生なら息子も安心して塾に通えるんじゃあないかと思いますが」

「吉野はまだ経験が浅いので、基礎コースのクラスしか持たせてないのですが、お母さん、それでもいいんですか？」と、また早口で捲し立てる。

母親が頷いた。

「わかりました。検討しておきます」

母親は、よろしくお願いします、と言ってお辞儀をして階段を下りようとした。

「お母さん、一言言っておきますが、男の子は厳しく育てないと物になりません。今回、女性社員を入れるのも大変苦慮しましたが、子供を甘やかして駄目にする社員はいらない、教育は人を育てるだけでなく自分も成長する場でなくてはいけないと、研修でも教えてます。うちは、向上心の無い社員は淘汰されていきます」

振り返って仲義の言葉を聴いていた母親は、よろしく、と言って下りていった。

仲義は無言で塾長室に入っていき、扉をバタンと閉めた。

しばらく沈黙が続いた。

由利子が吉野に近づいていく。

「吉野さん、さっきの自己紹介だけど、どうしてあんな余計なことをいうの？　今日は塾長と語る会なんだから、あなたがでしゃばったらぶち壊しでしょ。立場をわきまえなさい」

と、由利子が叱責した。

「申し訳ありませんでした」

と、吉野は言って軽く頭を下げた。笑顔だった。

そろそろ若木教室に戻らないといけないと、和子が思っていると、伸義が出てきた。

「青砥さん、来月はグリーンシティの集会所を借りて塾長と語る会をやるから、あなたも参加して下さい」

えっ、グリーンシティで？　あそこでは、今日のようには行かない気がすると、和子は思った。グリーンシティのお母さん方は、こんなにおめでたくはないだろう。

「それから、これは丸川にも伝えてあるが、小枝はどうも怪しい。何か不審なことがあれば、すぐに報告してください」

えっ、不審なこと？　どんなことだろう？　と、思いながら和子は、わかりました、これから若木教室に行きます、と言って階段を下りた。

若桜スクールの入塾申込書には、親の職業を記入してもらっている。グリーンシティの生徒の親は、教員やら公務員やら会社員やら自営業やら書いてあるが、仲義はもっと具体的に訊けという。丸川がそれとなく他の生徒に訊いて、あいつの親は大学の助教授だとか、霞が関の大蔵省の官僚だとか、有名企業の社員だとか、公認会計士だとかがわかると、逐一仲義に報告している。

グリーンシティの生徒の親は警戒心が強いのか、職業欄には具体的なことは書きたがらないと、丸川は話していた。若桜スクールの他の教室は違うらしい。

今日の和子の自己紹介は、理学部の知り合いでもいたら笑われそうな恥ずかしい内容だった。グリーンシティのインテリのお母さん方には、すぐに見透かされそうな気がする。地下鉄に乗ってしばらくすると、地下鉄は地上に出てグリーンシティの高層マンション群が見えてきた。この光景が目に入ると、和子はホッとした。

大和教室は塾長や由利子がいて息が詰まりそうだ。若木教室は、丸川と二人きりのときは辛かったが、小枝が来てから雰囲気がよくなった。小枝は、丸川とも和子とも適度な距離をおいて会話するから疲れない。和子にとって、若木教室が自分の居場所のように感じられた。

地下鉄を降りて、和子はグリーンシティの高層マンションに向かって歩いた。

2

「本当にアーナキーな業界だからさぁ」

小枝は、そう言って笑った。

小枝から塾業界の話を聞くと、戦国時代の合戦みたいだ。大手の塾が攻めてきて地元の塾が防戦してと、まるで城攻めみたいなことが行われているらしい。

和子は、まだこの業界に入ったばかりだから実感がないが、この若木教室もＯＮＯ進学ゼミナールを潰すために隣に開校したんだと、川口から聞いた。川口は、春期講習を最後に退職した。一年足らずの在職だったらしい。

「ここの塾は、人の出入りが激しそうだからな」と、小枝は、和子と初めて会った時と同じ言葉を繰り返した。

「塾業界で一番人が動くのは、三月の年度替わりと夏期講習前なんだよ」

「どうしてですか？」と和子が訊くと
「受験が終わって、ひと段落つくしな。塾側も、辞めさせたい職員は追い出しにかかるし」

小枝は事も無げに言った。それで、川口は塾長から毎日のように怒鳴られていたのか。

「塾側が追い出しにかかるのは、どんな人ですか？」

和子は、気になって尋ねた。いつ矛先がこちらに向くかわからない。

「それは、塾長、経営者次第だな。どこも、塾長のワンマン経営、みな独裁者だから。国立進学アカデミーみたいに大きくなれば、独裁者の目が届かなくなるが」

くにたち進学アカデミー？　和子は首をかしげた。

「国立進学アカデミーを知らない？　いま方々に教室を出してるよ、株式を店頭公開してさ。板橋にも来てるよ、いま板橋でも塾戦争は始まってるんだよ」

塾戦争か。ONO進学ゼミナールにいた女が言ってたな、全面戦争ねと。そう言えば、ONO進学ゼミナールから何人か生徒が移ってきたが、向こうの塾はどうなっているんだろうか、和子は少し気になった。でも、これは戦争なんだ。

階段を上がってくる音がする、丸川が教室長会議から帰ってきたようだ。事務室のドアが開いて、スーツの上着を抱えた丸川が息を切らして入ってきた。汗だくだ、また仲義から怒鳴られたんだろうか。

「小枝さん、今夜の全体会議で、若木教室のテコ入れ策を話して下さい。早急に若木教室の生徒数が百人を越えないと、全体の経営に影響すると言われました」

丸川は、そう言ってから着席した。小枝は苦笑した。

「もともと、裏のショボい塾を潰しに、こんな不便な場所に開いた教室なんだから、赤字は覚悟の上だったんじゃないの」

と、小枝に返され、丸川も汗を拭きながら苦笑した。

「テコ入れ策は有るにはあるが、塾長が怒るかも知れんぞ」

「それは、ちょっと」

と、丸川は言って、思い直したように

「どんな策ですか」と、尋ねた。

授業が終わって事務処理をしたら、グリーンシティの前でタクシーを拾って大和教室に向かった。三人で割り勘すれば大した額にならないし、きょうは給料日だから懐を心配しなくていい。大和教室の階段を上がると、バイトの学生も含めて職員でごった返していた。吉野が和子を見て、笑顔で手を振った。四月から正社員になった下田が大和教室教室長の宮山と話していた。下田は少し疲れた表情だ、バイトと違って正社員はきついのだろう。バイトの宮野は、愉しそうに笑いながら他の学生たちとしゃべっている。宮野は給料をもらうと、いつもバイトの学生たちと雀荘に直行すると川口が話していた。

塾長の伸義が宮山のところに行き、そろそろ始めるぞ、と耳打ちした。宮山が前に出て、「ご静粛に、みなさん、ご静粛にお願いします。これから、教務会議を始めます。まず、塾長のお話をいただきます」

と、アナウンスした。塾長の話がいつも長いんだな、手短にして欲しいのにと、和子は頭の中で呟いた。

「若桜スクールも、最初は生徒数が千人の規模を目標にやってきたが、その目標も昨年達成し、これからは年に数教室ずつ教室展開する方針でいく。スケールメリットを追求することこそ、この業界の競争に生き残る最善の策だ。

板橋には個人塾が乱立しているが、これからの時代は個人塾に未来はない。この全体会議も職員全員が集まるのは今回限りにして、来月からはエリアごとに教務会議を開くことにする」

「じゅくちょー、給料はどうなるんですかぁ」

バイトの宮野が甲高い声で訊いた。伸義の話の途中で横から口をはさむのは、宮野くらいだ。

「給与は来月から、銀行振込にします」

「そんなぁ、そりゃあないですよぉ」

宮野は、伸義には甘えん坊のような話し方をする。

「銀行振込にした方が、こっちも楽でいいからな」伸義は笑って言った。

「ひどいですよ。それに、僕らは今までボーナスもらったことがないので、今度の夏のボーナス、お願いしますよぉ」

「バイトにはボーナスは出せません。君には特別に、棒にナスビを刺してやるよ」

宮野と伸義とのやり取りに、笑い声がもれた。宮野は若桜スクールの創成期からいるバイトだからか、伸義とも友達感覚なんだろうが、風貌も甲高い声も、二人はよく似てると和子は思った。

そういえば、宮野を塾長モドキと呼ぶ職員がいたと川口が言ってたなと、和子は思い出した。

「いずれは、教室長の上にエリア長を置く予定だが、喫緊の課題として今年開校した若木教室が、思いの外苦戦している。今までは、朝日、読売に募集広告を入れて大量に撒けば、初年度から百人、二百人は当たり前のように集まっていたが、若木教室近辺には、毎日や産経までチラシを入れても反応が悪い。何らかのテコ入れが必要だが、教室長の丸川先生の見解はどうです？」

「その件につきまして、小枝先生から提案があるようです。小枝先生、お願いします」

丸川に促されて、小枝が立ち上がって話しはじめた。

「若木教室は駅から離れた不便な場所にあり、他の教室とは比べられませんが」

「そんなことは、わかってる！」と、伸義が大声をあげた。

少し、小枝は間を置いて話を続けた。

「いや、それで、近くにグリーンシティという高層団地がありまして、そこから来ている生徒が何人かいます。親御さんの希望も難関校を目指しているようです。それで、そうした生徒向けに特別なカリキュラムを用意する必要があるのではないかと考えています」

伸義は冷笑するような笑みを浮かべて、

「それは駄目だ。うちの進度表を守ってもらわないと困る。うちの塾は金太郎飴のように、どこで切っても同じ顔が出ないといけない。どこの教室でも同じ内容の授業が受けられる、例え転居して別の教室に入っても同じ内容であること、授業の品質を保証することで父兄の信頼を勝ち取っているんですよ。あなたは、まだうちの塾に来て日が浅いからわからないだろうが」と、反論した。

「それでも、グリーンシティから来てる生徒の中には、最難関を狙える子も何人かいます」

「最難関？　例えば、どこを」

仲義に訊かれて、小枝は「私立御三家とか」と、答えた。

「御三家？　ハッ、ハッ、ハッ、ハッ、ハッ」と、仲義は大声で笑った。

「あんた、板橋の教育レベルを知らんのだな。御三家なんて」

仲義は、夢物語のようだと言わんばかりだった。

「青砥さんは、どう思う？　まだ、経験が浅いからわからないだろうが、若木教室の生徒はどんなだ」

仲義は和子に振った。

さあ、困ったぞ。本当のことを言っていいのか？　塾長のおっしゃる通りですと言った方が安全な気がするが。

「あっ、あの。他の塾から移ってきた生徒で、中三の生徒で、難しくてついていけなかったたって、塾を変わってきまして。中二で平方根や因数分解や二次方程式や三平方の定理を全部習ってたみたいでした」

「それで理解してるのか？」

仲義に訊かれて、和子は頷いた。

「いま、小枝先生のアドバイスで、最難関私立受験用の問題集をやってもらっています。関数の動点問題がすらすら解けてます。私でも、難しい問題が」

仲義は、ニヤッとした。信じてないようだ。

「うちの月例テストはどの程度できてた？」

「あの、英語も数学も満点でした。二十分足らずで全部解いて。他にも、中二で中三の数学が満点だった子もいました」

しばらく沈黙が続いた。

「一人、二人の生徒のためだけに進度表を崩す訳にはいかないな。うちの信用が崩れてしまう」

これ以上話しても無駄な感じがした。全体会議は、次回の月例テストの作成担当と、夏期講習のテキスト作成担当を伸義が指名して終わった。

全体会議の終了後、丸川が塾長室に呼ばれた。小枝は、丸川を待つと言って事務室に残った。和子と吉野は給料袋をもらうと、一緒にタジマビルを出た。宮野と下田は、他の職員数人と雀荘に向かった。


ハンバーガーショップに入って注文して待っていると、小枝が丸川と一緒に入ってきた。

「お待たせ」と小枝が言って、同じテーブルに座った。

「塾長の指示で、若木教室の特別カリキュラムを作成することになりました」

丸川が言うと、小枝が皮肉っぽく笑った。塾長の指示ね、そうか。

「しかし、丸川さんがいつも叱られ役で申し訳ないな」

小枝に言われて、丸川は嬉しそうに笑った。和子は、丸川のこんな笑顔を初めて見た。

「若木教室は、実際のところ、どんな感じになってるんですか？」

吉野が訊いてきた。

「グリーンシティからの生徒以外は、大和教室と大差無いと思いますよ」

丸川が言った。もって回った言い方だ、グリーンシティの生徒は、今までの若桜スクールの生徒とは違うということだろう。和子は経験が浅いから、グリーンシティの生徒が特異なのが最初は実感できなかった。丸川は逆に、若桜スクールの他の教室の生徒しか知らなかった。伸義も同じだ。

グリーンシティから来ている小五の生徒が、中学校で習うはずの方程式を自在に操って問題を解いたりする。近隣の個人塾が、特異な教え方をしていたらしい、小学生には中学の、中学生には高校の、高校生には大学の数学を教えるという。

「個人塾がこれだけ多いのは、多分学生運動と関係があるんだろう」

小枝が昔話を始めた。小枝は昭和二十四年生まれで、全共闘世代だ。大学解体やエリートたる自己を否定すると唱えた学生の多くが、大企業や公務員の就職を選ばず、「かと言って、勉強以外は取り柄の無い人たちだからな」と言って、小枝は自嘲気味に笑った。

「あの塾長も全共闘世代なんですか？」

吉野が訊くと、小枝は声を立てて笑った、あの塾長はもっと若いだろうと。

「丸川先生も、まだ若いな。昭和三十五年くらいか？」

丸川は、笑って答えなかった。

「どうして、小学生に方程式を教えたり、中学生に解析幾何を教えたりする塾があるんですか？」

和子が訊いた。

「ピアノを習ったことある？」と、小枝が返した。

和子はなかったが、吉野があると答えた。

「ピアノは、バイエル、チェルニーと順を追って習うでしょ、一人ひとりが自分のペースで。今の学校では、文部省の学習指導要領に縛られていて、この学年では何を教えると決まってるから、ベートーベンのソナタが弾ける人が、この学年はバイエルの何番からとか、バイエルの初級が弾けないのにソナタをみんなで弾きましょうというのが今の学校教育でね」

「わたしの先生はカバレフスキーが好きで、そればっか弾かされました」

カバレフスキー？　小枝は、一瞬黙って丸川と和子を見た。吉野以外は知らない名前のようだ。

「中三で、正負の数が分からない子が入ってきたりしますね」と、丸川が言った。

「そうでしょ。そういう子が、いきなり平方根や二次方程式を習っても辛いでしょ。塾は学習指導要領に縛られないから、いいんですよ。でも、塾も企業化して大規模になると、小回りが利かないからな」

小枝は、進度表を守れと言い張った仲義を批判してるな、丸川は仲義に報告するんだろうか、和子も報告しないといけないのかな？

ハンバーガーショップを出て、吉野と小枝は地下鉄の駅に入って行った。和子は歩くことにした。板橋本町駅からは二駅だが、歩いても帰れる距離だ。中山道沿いの道路は明るくて、危険も少ないだろう。丸川が、同じ方向だから送っていく、と言ってついてきた。口説かれると面倒だが、まっ、大丈夫か。

しばらく、黙って歩き続けた。和子は、採用試験の数学が満点だったのに不採用で怒って電話かけてきた人のことを思い出した。伸義に指示された通りに、履歴書をコピーして宮山の机の上に置いといたが、採用しなかったのにどうしてコピーを残す必要があるのか分からない。バイトの学生たちが履歴書のコピーを覗き見して、すげえ、ちょーエリートじゃん、と騒いでいた。個人情報も何もあったものじゃない。

あの採用試験の問題で満点とった人も、方程式を自在に操る小学生も、解析幾何や微積分を使いこなす中学生も、和子は単純に凄いと思うのだが、伸義はどうも違うらしい。図抜けて優秀な人を、他と違うような人を敵視している気がして怖い。男の嫉妬だろうか？　いや、女の子どうしでも出る杭は打たれる。

丸川は黙ってついて来ている。

「あの、丸川先生は、どの辺りですか？」

「千川です」

千川？　結構遠いが。

「さっき、塾長室に呼ばれましたが、どんな話だったんですか？」

丸川は、少し考えた。差し支えない範囲で、話す内容を考えているようだった。

「若木の教室長に任命されたときは、二年以内にＯＮＯ進学ゼミナールを潰すように言われたんです」

伸義なら言いかねないな。また、丸川はしばらく考えていた。

「きょう、塾長に言われたのは、グリーンシティのことです。若木教室をグリーンシティの生徒のフランチャイズにしたいと」

フランチャイズ？　どういう意味だろう？　丸川は、それ以上は教えてくれなかったが、伸義が思いつきで言ったのかも知れない。小枝と議論した直後に何か思いついたのだろうかと、和子は思った。

区役所前の三叉路で丸川と別れて、和子は一丁目のマンションへと急いだ。

——第四章　グリーンシティで塾長が怒り狂ったこと——

1

輝子から六本木のディスコに誘われたが、断るしかなかった、手取りがこれでは。税金以外に社会保険料やら何やらで、これだけ減るとは予想外だった。家賃を払えば、かつかつだ。これなら学生の頃の方が金回りは良かった。和子は、寝っ転がって給与明細を見ながら、ため息をついた。

学生の頃は、昼間の仕事に加えて週末には巣鴨のスナックでバイトをやっていた。元はと言えば、若桜スクールのことを知ったのもバイト先のスナックでだった。製薬企業の接待で来た若い医師の横柄な態度にうんざりしていたとき、奥のテーブルで笑い声が聞こえてきた。おでこの大きい髪の薄い男が、若い男たちを前に愉快そうにゲラゲラ笑っていた。

「あの人は、わかさスクールって塾のオーナーさんよ。いつもは銀座で飲むけど、銀座は性に合わないって、ときどき来られるのよ、若い衆を引き連れてね。オーナーさんも若いけど遣り手みたいね」

と、スナックのママが言った。

これからは学歴は関係ない、実力主義の時代だから、どこの大学を出たとか、大学を出てようが出てなかろうが、そんなことは関係ない、うちは実力だけを評価するからと、甲高い声が聞ここえた。

塾のオーナーにしては変わったことを言う人だと思ったが、笑顔が魅力的で清潔感があって、和子は好意的な印象を持った。そういえば、輝子は塾でバイトして、いい時給もらってると言ってたなと、和子の頭に浮かんだ。

筒井輝子は、和子の一学年下の薬学部生だった。図書室で有機化学の実習レポートを書いていて苦戦していたので、和子がアドバイスしてあげて親しくなった。輝子は一浪して入ってきたので、和子と同い年だった。和子は、夜学に通いながら昼間は学習教材販売会社で仕事もしていたので、大学でも社会でも自分は輝子の先輩だと思っていたら、たちまち輝子の遊び場に連れ出されるようになった。

田舎育ちの和子と違って、関西の都会で育った輝子は、遥かに都会擦れしていた。週末は新宿、渋谷、六本木と輝子の遊びについて回って、昼の仕事だけでは遣り繰りが難しくなったとき、スナックのバイトを輝子から紹介された、塾の方が実入りがいいから、スナックのバイトを代わって欲しいと。

あーあ、やっぱり始まりは輝子との出会いだったな、と和子は思った。でも、輝子と知り合って世界が広がったし、楽しかった。輝子と一緒に新宿のディスコに初めて行って、二人の若い学生風の男たちにナンパされた。輝子は、深夜喫茶で適当に話を合わせて気を持たせ、喫茶店を出ると和子と二人でさっさとタクシーを拾って帰った。残された二人の学生風の男たちは、呆然とした顔で見送っていた。

輝子と行った六本木のディスコで知り合った他大学の学生と、和子は一年ほど付き合って別れた。経済学部の四年生だった男はデート中に就職の話ばかりしていた、金融業がどうの、保険業がどうの、流通業がどうのと。総合商社に内定をもらったときは大喜びで電話をかけてきて、将来は海外赴任してどうのこうのと、和子にはまるで別世界の話をした。男が卒業を目前にしたころ、結婚を前提にとか何とかと面倒臭い話を始めた。親に紹介したいと言い出して、やめてほしいと思った。東京近郊のベッドタウンで育ったこの男に、和子の実家のことなど理解できないだろう。

和子の両親は、和子が東京の大学に行くことには反対だった。特に父親は激しく反対した。父親の家は代々、村の大地主の家に仕えてきた家系だった。一人娘の和子も、将来は婿を取って大地主の家に仕えなければならない。和子の母親は大地主の分家の使用人の娘で、分家の番頭が縁談をまとめたという。村の住民の結婚相手は、都市部に住む大地主の関係者が見つけてくる場合が多かった。村の絆は、そうやって先祖代々受け継がれてきたのだ。

男の卒業式の日に、和子は祝いの万年筆と一緒に手紙を渡した。卒業おめでとうございます、あなたと会えて楽しかった、お互いに新しい道を歩みはじめる時が来たようです、わたしのことはいつまでも忘れないでくださいね、とか書いた気がする。その夜、男は和子をホテルに誘った。もう、これが最後だと思い和子は応じた。男とは、互いの部屋で何度か抱き合ったことがあったが、この時ほど激しくまぐわったのは初めてだった。それまで経験したことのない快感が、和子を貫き続けた。翌朝、ホテルを出て駅のホームで別れてからも、快楽の記憶が続いていた。ああ、追試が、大学の追試がまだまだ残っていたのに。

男にはもう懲りたつもりだったが、クリスマスが近づくと寂しさが募ってきた。ある日、原宿を独りで歩いていると、声をかけられた、雑誌のモデルをやりませんか？　と。何となく予感はあった、その後に何が起こるか。それでもいい、東京の大学に通う和子と同郷の女の子は、もうすぐ卒業して島根に帰るはずだ。もう、他には同郷の知り合いは東京にいない。誰の目を気にすることもない、田舎に帰って肩身の狭い思いをすることもないだろうと思った。ああ、やっと自由になれるんだ。

和子が上京した年に、もう一人和子の住む村から東京の大学に進学した女の子がいた。その女の子とは、小学校から高等学校まで同じ学校に通った。女の子の家も大地主の一族に代々仕えてきた家系だったが、和子の家とは格が違っていて、大地主の家で婚礼や葬儀や法事があると、女の子は学校を休んで親と一緒に参列していた。学校の先生も心得ていて、その女の子が大地主の家の行事で休む日を前もって把握し、休む日に女の子が週番やその他の係に当たらぬよう調整していた。和子の村にある小学校も中学校も、大地主が村人の子弟教育のために造ったのが始まりだった。後に公立の学校にはなったが、和子が通っていた頃も学校の創立記念日には大地主の家の当主が学校にやってきて、全校生徒の前で創立者である先々代の当主について語って聞かせた。

その女の子とは小学校低学年の頃は野山で他の子たちと一緒に遊んだりしたが、家の格を意識するようになってからはだんだんと距離を置くようになった。高校は二人とも同じ地元の学校に通ったが、その女の子と会話することはほとんどなかった。女の子は、推薦で東京の有名私立大学の教育学部に入学を決めた。学費は、大地主の家から出してもらうという噂が和子の耳にも入った。成績では和子もその女の子には負けていない、同じレベルの大学が狙えるとは思ったが、学費をどうするかが問題だった。高校の先生の助言もあり、夜間の大学の受験を決めた。

東京に出てから都会での生活が心細かったが、親の反対を押し切って出てきたからには簡単には帰れないと、和子は仕事も大学の勉強も必死で頑張った。同郷の女の子は、上京した最初の頃はよく電話してきた、彼女も心細かったのだろうか。彼女から、大地主の一族の話をよく聞かされた、和子の一家のレベルでは知りようのない話ばかりだった。彼女は大学を卒業したら一族の次男のところに嫁ぐことになっていた、だから四年間、都会の生活を思う存分楽しみたいと話していた。一年ほど経つと、彼女からの電話はこなくなった。きっと、東京での生活に慣れてきたのだろう。

大学の図書室で筒井輝子と知り合うまでは、和子は職場と大学と自宅マンションを行き来するだけの毎日だった。

和子が二度留年している間に、輝子は要領よく勉強して、先に卒業して薬剤師の国家試験にも合格して大手企業の関連病院に就職して、やっぱり凄いなと、和子は思っていた。が、就職してから毎日のように深夜に電話がかかってきて愚痴った、職場がきつい、辞めたいと。今の和子も、あの時の輝子と同じかも知れない、毎日辞めたいと思う。

卒業後の進路を決めかねていたとき、新聞の求人広告欄で若桜スクールの塾職員募集の広告を見て、あっ、あのオーナーの塾だなと思った。塾の場所も和子の住むマンションから近いし、試しに受けてみようと思った。

スナックで見たわかさスクールのオーナーと、採用面接での若桜スクールの塾長の印象は少し違っていて違和感があった。若桜スクールに勤めはじめてからは、塾長にいい印象を持ったことはない。塾長と顔を合わせる日は憂鬱だ。

あっ、そろそろ着替えて出ないと、今日は、グリーンシティで塾長の講演会があるんだ。

2

グリーンシティでの塾長と語る会は、管理組合による集会所の使用許可が下りず中止になった。代わりに若桜スクール主催の教育セミナーを、銀行の隣の貸事務所を借りてやることになった。

グリーンシティの敷地内には、スーパーと大手都市銀行の支店も入ったショッピングモールがある。

銀行の隣の貸事務所に着くと、和子は丸川と小枝に手伝ってもらって、パイプ椅子を並べ、長机にコーヒーとお茶の入ったポットに紙コップも置いてスタンバイした。

丸川と小枝は教室に戻っていき、伸義が到着して開場すると、平日の昼間だが八割方座席は埋まり、その三割ほどはカジュアルな服装の中年の男たちだった。夏期講習の宣伝チラシに教育セミナーの告知を載せたから、他塾の関係者が偵察に来たのかも知れない。男の参加者たちを見て、伸義の顔が険しくなる。今回は、和子が司会進行役を命ぜられている。開始時間になって、伸義が目で和子に合図した。

和子は立ち上がって黒板の横に行き、大きく深呼吸してから話しはじめた。

「それでは時間になりましたので、田嶋伸義による教育講演会を始めさせていただきます。本日は、暑い中をおいでいただきまして、ありがとうございます。わたくしは、本日の教育セミナーの司会を務めさせていただきます、若桜スクール若木教室の青砥和子です」

出だしはシミュレーション通りに順調だったが、緊張のあまり声が上ずりはじめた。最前列の真ん中に、若桜スクール板橋父兄会大和支部長の中島さんが陣取っている。きょうは、後半の座談会で口火を切る段取りになっているし、他にも父兄会の母親が何人か来ているはずだ、何も問題はない、大丈夫、大丈夫だと、和子は自分に言い聞かせた。

「本日は前半に田嶋伸義の講演を、休憩を挟みまして、後半では本日の参加者の皆さまと田嶋によるフリーディスカッションを予定しております。それでは、若桜スクールの田嶋伸義塾長、よろしくお願いします」

和子が、塾長を紹介したが、どうも様子がおかしいと感じた。やたらと空咳が聞こえる。なんだか、塾長も苛ついている感じだ。

「ただいま紹介に預かりました、若桜スクール塾長の田嶋伸義です。本日は、私が若桜スクールを立ち上げた経緯についてから話していきましょう」

伸義が、いつもの話を始めた。

和子は、改めて来客者の方を見回した。あーっ、あれは。

和子と目が合って、女はニコッと笑った。和子が、ONO進学ゼミナールに偵察に行った時にいた女だ。女は、にやにやしながら伸義の講話を聴いている。伸義の話に、ときどき参加者から笑い声が聞こえるが、和子には冷笑しているような感じがした。

伸義がインド、ネパールへの留学の話を始めたとき、一人の男が大きな空咳をした。何か、わざとらしい。伸義が、チラッと咳をした男の方を見て、気を取り直して話を続けた。

伸義がチベット医学の話題を出したとき、同じ男がまた、大きな咳払いをした。

「何ですか？　どうかしましたか？」

伸義が話を止め、男を睨みながら言った。男は、にやにや笑いながら喋りはじめた。

「いやぁ、私もインド哲学を学びに留学してましたが、あなたは、何年くらいインドに行かれてたんですか？」

伸義は、固まったように見えた。しばらく沈黙が続いた。

「確かに、アーユルヴェーダの一つの流派としてチベット医学があるようですが、あなたはサンスクリット語でアーユルヴェーダの原典を読まれたことがありますか？」

男は、小馬鹿にしたような笑みを浮かべて言った。まずいぞ、これは、何とかしなきゃ。

「あの、講演の後でフリーディスカッションの時間がありますので、ご質問等はその時にしていただいて」

と、和子が割って入ろうとした。

「いやぁ、私も最近歳で、疑問に思った時に訊かないと忘れてしまいそうでな。それに、こちらの先生は、まだ若そうだが、五年前に塾を立ち上げて、その前にインド、ネパールに留学したとか言われるから、一体何歳の時に何年間行かれていたのかと疑問に思いましてな。ウパニシャドというヴェーダの書を私も長年研究してきましたが、ちょっと観光用の体験ツアーで行った程度でインドやネパールのことがわかったような気になる人が多くて困っております」

と、男は言った。話の腰を折られて、伸義は固まったままだ。

「あの、ちょっとよろしいでしょうか。私も長年、医療現場で仕事をして参りました。先生は先ほど日本での医学、薬学教育に、失望されたとおっしゃいましたが、具体的にどちらの大学で学ばれたんでしょう？　日本で医療関係の資格をお持ちになって、中国医学やインド医学の研究をされたんでしょうか？」

と、今度は年配の女が畳み掛けてきた。

「そんなことが、関係あるんですか！　何がいいたいんですか！」

あーあ、いつもの塾長の地が出ちゃった。ぶち壊しだ、お腹が痛い、胃が痛い、想定外だ、どうやって切り抜ける？

「あの、白熱して参りましたが、ここらで少し休憩を入れさせていただき、コーヒーやお茶、ジュースやコーラのペットボトル等もご用意させていただいておりますので、セルフサービスでございますがどうぞご自由にお飲み下さい」

と、和子はどうにか声を絞り出した。胃がキリキリする。

伸義は黒板の横を通って出て行き、そのまま戻ってこなかった。

参加者たちは顔見知りのようで、各々飲み物を取り談笑を始めた。グリーンシティの何処の棟で誰がどうした、こうしたとか話しているのは管理組合の関係者らしい。

「あなたは、この塾は長いの？」

と、一人の女が和子に訊いてきた。

「いえ、今年の三月から勤めています」

と答えると、大学はどこと訊かれ、夜間部とは言わず大学名だけ答えた。

「彼女は大学で凄い研究をしていたのよ」

と、若桜スクール板橋父兄会大和支部長の中島が声をかけてきた。

「いえ、そんな」

と言いつつ、さっき塾長が赤っ恥かいたから、まっ、いいやと、和子がいた研究室の酵素反応の研究や有機合成化学の研究の話などをしていると、「凄いわね。主人の大学の同期も塾で仕事してる人がいてね」と、医療現場で長年仕事してたと言っていた女が、好意的な感じで話しかけてくれた。

しばらく談笑してると、小枝が煎餅とクッキーを持ってきた。多分、小枝の自腹だ。参加者に配り終え、

「本日は、若桜スクールの教育セミナーに参加していただきありがとうございます。私は若桜スクール若木教室の小枝文哉です」

と、自己紹介した。

お子様の勉強とか進学のこととか、ご意見ご質問等ありましたらご自由に発言していただいてよろしいので、と小枝が参加者に発言を促した。

「中高一貫校に息子が入ったんですが、学校が合わないと言い出して困ってます」

と、学校の悩みや、塾通いと部活の問題や、塾の授業が延長されて帰りが心配などの発言に、小枝は、一貫校から別高校への受験例や、志望校別の部活引退までにやるべき勉強の内容や、子どもの通塾ルートのリスクの確認の仕方など、具体例を挙げて丁寧に話した。

「そもそも、私は大学でインド哲学に出合い、それからパーリ語やサンスクリット語を学んで、原典を読むようになったんで、小さいときから塾通いして過酷な受験競争をさせられる子どもた

ちを見てると、どうも教育的には良くないと思うのだがね。子どもの頃は、もっとのんびり外で遊んだらいい」

と、塾長を怒らせた男が言った。小枝は、苦笑しながら返答した。

「耳の痛い話で、確かにおっしゃる通りだと思います。どうして、受験競争がこれだけ激烈になったのか、私たち塾関係者にも責任はありますね」

何となく、かわされた感じで、男は不満な顔をした。

「四谷大塚の予習シリーズは家でも教えられるんで、もっと思考力や論述力がつけられる塾はないのか、今探しているところですが」

と、別の男が言った。小枝は、また苦笑して、

「予習シリーズを自宅で自習できるのは、大変優秀なお子さんです。あまり競争相手の話はしたくないですが」

と言って、思考力や論述力を学べると謳っている塾の名前を幾つか挙げた。フリーディスカッションは、活発な意見が出て盛り上がった。

「そろそろ、予定のお時間になりましたので」と、和子がお礼の挨拶をしてセミナーを終えた。予定では、ここで若桜スクール若木教室はグリーンシティ教室に教室名を変更する、とアナウンスするはずだった。塾長が途中で帰って、すっかり予定が狂ったが、参加者は口々にお礼の言葉を言って帰って行った。

ＯＮＯ進学ゼミナールの女も、和子に笑いかけて出ていった。若桜スクール父兄会の中島も和子に会釈して出て行った。

和子と一緒に後片付けをしながら小枝が呟いた。

「塾長が、えらい剣幕で教室に来て、丸川さんは怒鳴りつけられているよ」

丸川の事前調査が不完全だったと怒っていたらしい。完全な八つ当たりだと、和子は思った。

和子と小枝が教室に戻ると、丸川は営業の電話をかけていた。余ったクッキーと煎餅を机に置いて、和子と小枝が談笑しながら食べていると、電話をかけ終えた丸川が来て、若木教室をグリーンシティ教室に変えるのは中止になったと話した。

それから、しばらくは伸義は若木教室には近づかなかった。

後年、和子が読んだ吉野秀実著『本物の教育を求めて　田嶋伸義の闘い』には、この日の出来事の記述の最後に「若桜スクールの創設以来連戦連勝だった田嶋伸義は、グリーンシティにおいて初めての敗北を味わったのだ。しかし、それは田嶋の更なる飛躍の助走となった。」と、あった。

——第五章　塾経営セミナーを偵察に行ったこと——

1

—第五章　塾経営セミナーを偵察に行ったこと—

あれっ、何でこんなに空いてるんだろう？　いつもは混みあってる地下鉄なのに。あっ、あの助教授が、黒縁眼鏡に口髭の助教授が、こっちを見ている。人差し指を立てて隣の空席を指して、ここに座りなさいと合図してる、嫌っ、また試験の話だ、再試験の話だ。あれっ？でも、私はもう卒業したんだ、もう試験は受けなくていいはずなんだけど。あれっ、どうして？　どうして問題用紙の前に座ってるの？　でも、大丈夫そう、この問題なら解ける、あれっ？　化学式が、思い出せない、ああ、おかしい、何も頭に浮かばない、また、留年するの？　ああ嫌、辛い。

あれっ！　地下鉄か？　すごく混んでいるな。後ろの男は、黒縁眼鏡の口髭、あの助教授だ。耳元でささやいてくる、君のビデオは素敵だった、きれいだった、とてもよかったよ。えっ、あれは、あれは原宿でスカウトされて、顔はモザイクかけてわからないって言ってたのに、どうして？　どうしてばれたの。どうして？

はっ、と和子は目が覚めた。また、いつもの夢だと思った。パジャマが汗で湿っていた。急いでシャワーを浴びて着替えないと、きょうは日曜日だが午前中に大和教室のある田嶋健寿堂本店に来るように塾長から指示されていた。和子は急いでパジャマを脱ぎ捨てバスルームに入った。

大学時代の悪夢が時々よみがえる。あの頃は試験の時期になると、いつも胃が痛くなっていた。理系の大学は単位を取るのが大変だとは聞いていたが、高校までは理数系が得意だったので甘く考えていた。試験が近づくたびに不安が募ってきて、大学に入ったのを後悔した。

東京の夜間の大学を受けたのは、高校の物理の先生に勧められたからだった。中学校を卒業したときは、都会の大学に進学することなど考えもしなかった。父親は、和子が高校に進学することにも好い顔はしなかった。父親自身、中学校を卒業してからずっと自分の親の山仕事を手伝ってきた。青砥の家は代々そうやって家業を引き継いできた、和子も中学校を卒業したら一日家にいて家業を手伝う、それが当たり前だと父親は思っていたようだ。和子自身も高校に行けるのかどうかは半信半疑だったが、いつの間にか母親の実家から高校に通えばいいという話になっていた。

中学校を卒業して、和子は母親の実家に下宿させてもらって高校に通った。高校に行けるだけでも有難いと思いなさい、父親はそんな雰囲気で和子を送りだした。母親は、和子を実家に預けることに躊躇いがあるようだった。母親の実家は、和子の育った集落からは少し離れた比較的開けた山間の地域で農業をしていた。近くには小ぢんまりした商店街があり、鉄道の駅もあった。両親の住む不便な谷間の集落とは雲泥の差だ。母親の実家に住んでみて、どうして母親はあんな不便な集落に嫁入りしたのか和子は不思議な気がした。和子が物心ついた頃から、母親の実家に連れていってもらった記憶がなかった。理由はわからないが、母親は自分の実家には寄りつかないようだった。和子が高校に通った三年間、母親は一度も実家に顔を出さなかった。もっとも、車があれば二十分ほどで往き来できる距離だったが、棟割長屋に住む和子の両親は車を持っていなかった。

実家には伯父夫婦が二人だけで住んでいた。伯父夫婦には息子と娘がいたが、息子は都会に就職して盆と正月しか帰らないし、帰省しても仕事が忙しいからと逃げるように都会の自宅に戻っていく。嫁に行った娘が時々孫を連れて顔を出すが、いつも伯父夫婦と口論して帰っていく。どうやら、母親の実家は伯父の跡を継ごうという者がいないようだった。伯父夫婦は、和子には優しくてまるでお客様扱いだった。和子が家事や農作業を手伝おうとしても、学生は勉強が大切だから部屋で勉強してなさいと叱られた。高校を卒業したら、進学するにしても就職するにしても一度島根から出てみるといいと、伯父は和子に言ってくれた。伯父から聞いた話では、高校に進学するときも伯父の方から和子の両親を説得したらしい。いつまでも、大地主の村で家業を継いで生きていく時代でもないだろうと伯父はよく話していた。

高校では、物理の女の先生が和子に目を掛けてくれた。先生は、青砥さんは理系のセンスがあるから働きながらでも夜間の大学を卒業できるよと和子を励まし、都会への進学に反対する両親を説得してあげようとも言ってくれた。棟割長屋の貧しい家を見られるのがいやで、和子は親と話し合いたいと先生が言うのを断り続けた。進学の費用の足しにと、伯父夫婦の紹介で駅前の商店街にある花屋でバイトをした。花屋は高齢の夫婦でやっていて、和子が放課後や休日に手伝いに行くと喜んでくれた。和子は、それまで家の仕事をしたことはあったが、賃金をもらえる仕事をしたのは初めてだった。初めて給料を手にした時は、嬉しさがこみ上げてきた。

高三の夏に、和子は直接親を説得して東京の大学を受験するのを許してもらった。理学部の化学科を受験したのは物理の先生が勧めたからだ、化学科なら就職先も多いし潰しが利くよと。翌年の春に和子が受験して合格すると、両親とも驚いた顔をした。本当に合格するとは思わなかったようだ。両親は、和子が都会に出ると二度と故郷の村には戻ってこないと思ったのかも知れない。父親は、和子の進学に最後まで反対だった。母親は父親の手前反対していたが、実際は母親自身も棟割長屋の貧しい生活から抜け出したかったのではないかと、和子は思う。伯父はしばしば母親の境遇に同情して、あんたのお母さんには気の毒なことをした、この家の犠牲になってしもうてと、和子を前に呟いていたのを覚えている。

シャワーを浴びてバスルームを出てから、和子は買い置きしていた食パンを口にした。ラジオのスイッチを入れると経済ニュースをやっていた。プラザ合意やら円高ドル安やら前川リポートやら内需拡大やらの言葉が聞こえてきた。和子には興味のない話だ。ＦＭ放送に切り替えて音楽番組を流した。

大学の留年が決まったとき、四年で卒業できないと両親には伝えられなかった。卒業しても東京でもう少し頑張ってみたいと母親に葉書で伝えたのが、三年前の正月だった。和子は上京して以来、年末年始は東京でバイトして帰省することはなかった。故郷の実家に帰っても、和子は独りで留守番することになる。

故郷の村では、村人は年末になると総出で大地主の屋敷の大掃除をして地主一族を迎える準備をする。大地主の一族は普段は都市部に住んでいて、盆と正月と法事の時だけ村の屋敷に戻ってくる。屋敷には蔵がいくつもあり、年末の大掃除の時に貯蔵してある財物の一覧表と照らし合わせて管理するのは地元の村に住む納戸方の役割だった。和子の両親は、大掃除の後も屋敷の離れに泊まって大地主の一族が年末年始を屋敷で過ごすための準備をする。納戸方が、大地主の家に江戸時代から伝わる古文書の中から厳選して献立表を作り、村人に指示して年越しの料理を作っていく。和子の母親の話では、大晦日の夕餉には鴨雑炊が出されるのが大地主の家の慣わしだという。村人は手分けして、鴨の骨を砕いて磨り潰して雑炊の材料を作る。和子自身は鴨雑炊など口にしたこともない、おそらく両親も同じだろう。費用と手間をかけて作る鴨雑炊は村ではかなりの贅沢品だ、自分たちが食するために鴨雑炊を作れる住民は限られている。

和子は物心ついた頃から、大晦日はラジオを聴きながら独りで留守番をして過ごした。ラジオから流れる華やかな歌合戦の実況は、和子の住む棟割長屋の集落からは想像もできない別世界だった。和子が生まれる頃まで、和子の住む集落には大地主の家の手代が支配人として住んでいたという。支配人には集落の人々は絶対服従だった、逆らうと村を出ていかなければならない。村の規律を破ると、住民は支配人に詫び状を書いて赦しを乞うた。和子の父親の先祖は、かつて大地主の一族に雇われて山仕事をするためにあの集落に移り住んだ。以来、何代にも亘って大地主の家に仕えてきたが、素行の悪い先祖もいて何度か支配人に詫び状を書いたことがあったらしい。和子の家には家系図などないが、大地主の家の蔵に残されている詫び状を調べれば、先祖の名前が残っているはずだ。和子が生まれてしばらくした頃、大地主は支配人をひきあげて集落の人々は村を出て自由に仕事を選ぶことができるようになったが、和子の両親は集落に残って大地主の山仕事を続ける道を選んだ。

和子は小学生の頃から家の仕事を手伝っていて、独りで留守番をするときはいつも家事をしながらラジオを聴いた。ラジオから流れるドラマや小説の朗読や外国語の講座で、和子は外の世界に思いを馳せた。中学校を卒業するまで、ラジオの番組が和子と外の世界を結びつける唯一の架け橋だった。

伯父夫婦の家に下宿するようになって、和子は初めてテレビを見たり新聞を読むようになった。テレビのニュースや毎日配達される新聞を貪るように読んで、和子は外の世界をより具体的に実感できるようになった。時々、伯父夫婦の車に一緒に乗って市街地に出かけ、買い物をしたり遊園地で遊んだり映画を観たりした。伯父夫婦の家での生活を楽しみながらも、和子は棟割長屋で暮らす両親のことを思うと後ろめたい気がした。

和子は時間を確かめた。そろそろ出ないと、塾長に指示された時間に間に合わない。もっと稼げるようになったら、いつか両親を東京に連れてきたい、外の世界を父親に見てもらいたい、そんな日が来るだろうか？

2

塾長の母親が運転する車の後部座席で、和子は塾長の父親と母親の会話を聞くともなしに聞いていた。

「選挙に出る前に、学歴をどうにかせんといかんな」

「そうですよ、それがあるから伸義が出るのを嫌がってるのよ。あなたが何とかしてくれないと」

塾長の田嶋伸義が、国政に関わるのどうのと言ってはいたが、どうやら次の選挙に本気で立候補するつもりらしい。こっちには関係無い、いや、選挙活動に引っ張り出されるのは嫌だなと、和子は思った。今日も、せっかくの日曜日なのに引っ張り出された、どうせ休日出勤手当てなんてものは出ないのに。

車は環状七号線を東へ向かっていた。東大進学セミナーの西尾要一塾長が講師をする塾経営セミナーがあるので参加するようにと、塾長から言われていた。父親も聴いてくるよう言われたらしい、塾長は両親には目の中に入れても痛くない大事な跡取り息子なのだろう。

「由利子さんにも困ったものね、もっと仲義のことを考えてくれないと」

「由利子さんは仕方がないさ、お嬢様だから、何不自由なしに育ったんだから」

「でも、国会議員の嫁としては、あれではよくありませんからね」

もう当選した気でいるんだなと、和子は思った。それにしても変な家族だ、塾長の母親は薬剤師と聞いていたが、父親の素性は薬屋の従業員もよく知らないらしい。

千葉に薬屋の支店がいくつかあるので、千葉の選挙区から立候補させる、その前に薬科大中退の学歴を取り繕う必要がある、ということを二人は車中で話し合っていた。

塾長は、塾を立ち上げるときは親子喧嘩をしたと話していたが、両親は塾長の塾経営に協力的なようだ。

セミナー会場近くのファミレスの駐車場に停め、三人は車を出た。

「ここで、お昼にしましょう」と塾長の母親が言った。

うわー、ご馳走してもらえるなら助かる、ここ数日はカップ麺ばかりだったからな、と和子は思った。

ファミレスに入り注文すると、塾長の父親が和子に訊いてきた。

「先生は、大学はどこですか？」

和子は大学名を答え、二部ですがと、付け加えた。

「教授に、知り合いはいませんかね？　博士号を出してくれるような」

何を考えてるんだろう？　大学を卒業してないと、大学院に入ることすら不可能だろう。

「あなた、先生も急に訊かれても困るわよ。それに先生は、きょうは別のお仕事で来てもらってるから」

と、塾長の母親は、和子に微笑みかけた。穏やかそうな笑顔だが、薬屋の従業員にはヒステリーだと恐れられていると川口から聞いていた。そうだ、塾長の優しそうな笑顔に似ているなと、和子は思った。

料理が来て、食べているあいだも、二人は伸義の学歴をどうするこうするの話を続けた。

和子は、久しぶりに肉と野菜を鱈腹食べた。食事を終えて、三人はレジに向かった。

「株主優待券がありますから、先生は千円で大丈夫ですよ」と、母親が和子に微笑んだ。

えっ、千円？　おごってくれるんじゃないんだ、と思いながら和子は千円札を出した。

ファミレスの駐車場に車を置いたまま、セミナー会場のビルまで歩いていった。セミナー会場の近くの駐車場は、お金がかかるからかなと、和子は思った。

「青砥さん、お久しぶりです。お元気でしたか？」

と、和子を見つけて川口が笑いながら近づいてきた。うわー、最悪だと和子は思った。

「こんにちは、川口さん。私も将来は自分で塾を持ちたいと思って」

和子は言い繕ったが、前から二列目の席に塾長の父親がカセットテープレコーダーを机に置いて、どっかと腰を下ろすのが見えた。川口も、チラチラと塾長の父親の方に視線を向けて気にしている。和子が、塾長に指示されて偵察に来たのは見え見えだ。

川口は、どうやらこの東大進学セミナーという塾に転職したらしい、他のスタッフと会場の後方で映写機の確認を始めた。

時間が来て、まず社員研修の映像が流れた。若い講師が数学の模擬授業をやっている。途中で年配の男が、説明しながら黒板に図を描いていけ、と指示している。模擬授業の映像が終わると、今度は県立高校の入試問題をさっきの年配の男が解説している映像が流れた。西船橋教室の坂本くん、この問題は解けましたか？　と、カメラに向かって話しかける、どうやらテレビ番組の録画のようだ。クサいなあと、和子は感じた。

映写が終わって、司会の男に促されて映像の年配の男が前に出て来て、塾長の西尾要一だと自己紹介した。小枝と同じくらいの歳で、色黒でお腹が出た恰幅がいい男だった。

「きょうは、脱サラして塾経営をしようと考えて来た方々が多いでしょうが、同業者も偵察に来てるでしょうな。大いに結構なことです」

会場から、疎らな笑い声が聞こえた。

「我々は逃げも隠れもいたしません。挑戦は受けて立ちます。今や塾業界は戦国時代、首都圏各地で叩き合いが始まっている。今まで無風地帯だった地域も、準備を怠れば、たちまち叩き潰される、どこが生き残るか、首都圏から離れた地方でも戦いは始まっています」

と、だみ声で捲し立てた。

男が合図すると、スライドが写された。いくつかの新聞や雑誌の記事のようだ。「津田沼戦争、今度は塾」の見出しが躍る。

「この記事のように、津田沼戦争、今度は塾と新聞や雑誌にも書かれましたが、かつて大手の百貨店、スーパーの出店が相次いで津田沼戦争と騒がれたのが、今度は塾の進出が相次いで津田沼は東京の大手と、迎え撃つ地元勢の一大激戦地になってます」

と言って、西尾は得意げに笑った。

「我々の塾も含め千葉は今まで群雄割拠の状態、そこに西東京が拠点の国立進学アカデミーを始め東京の塾が千葉に進出したことで、我々にとってはピンチはチャンス、これからは埼玉の北山義塾、千葉の柏進研、西東京の国立進学アカデミーなどといったローカルな塾じゃあ駄目なんだと、まず首都圏を制圧、そして全国制覇というビジョンを持たなければ生き残れないと、これは我々には最大のチャンスなんだと、……」

これは、うちの塾長以上に話が長くなりそう、なんか学習塾の塾長ってみんなお山の大将なんだろうな、この話の録音を聴いたらうちの塾長の負けず嫌いに火がつきそうだなどと考えながら、和子は聴いていた。

そういえば、田嶋塾長は顔見知りになった塾経営者に喧嘩を売るように教室展開する癖があるらしい。川口が話していた、大山教室は板橋進学ゼミ、赤塚教室は赤塚進学予備校を標的に開校したと。どちらの塾の塾長とも、田嶋塾長は顔見知りだったようだ。

「父母面談で、うちの塾の先生に文句を言う母親もいるが、私は、ふざけんじゃねえと、私の面談は、いつも、ふざけんじゃねえで始まるんですが、学校の先生は担任が決まったら一年間代わらない、悪い先生に当たったら、外れ担任と言って、一年間我慢しなきゃあいかん。その点、塾は結果を出せないと、すぐに辞めてもらう、私はすぐに首にします。この中には、塾の講師をしてる人もいて、私は正直者だから、正直に言いますが、塾で働こうなんてえのはみな半端者です。私がちょっと叱っただけで、翌日から仕事に来ないような半端者しかいない、だから学校の先生より少し高めの給料を出すが、それでも簡単に辞めてしまう。塾は、教師の質、先生のレベルで勝負しなきゃならんから、研修を徹底的にやって育てるが、せっかく一人前になってもすぐに辞めていくのは、本当にふざけんじゃねえです」

疎らな笑い声が聞こえる、川口はどんな顔でこの話を聞いてるんだろう、振り返って見てみたいが。

「まだ企業機密で詳しいことは言えませんが、うちは提携した塾に衛星通信を使ってこちらの授業を配信する準備を始めています。全国どこにいても、東京の最先端の塾の授業を受けられる、このメリットは計り知れない」

西尾の声は、一段と大きくなる。

「塾経営に関わる三大経費は、人件費と広告費とテナント料です。我が東大進学セミナーと提携する事で、講師を確保する問題がなくなる、地方では都心と違って安いテナント料で広い教室が確保できる、そして最大のメリットはブランド力です。東大進学セミナーのブランドを持つことのメリットは圧倒的です。折り込みチラシを何万枚撒くより遥かに効果がある。

最近は、似たような名前の塾も出てきて我々のブランドを利用しようなんて輩もいます。私はそんな雑魚みたいな塾は、東大モドキと呼んでますが」

キャ、ハハハハッ、思わず和子は声を立てて笑ってしまった。塾長モドキと呼ばれている宮野の顔が浮かんだのだ。

西尾が、したり顔で和子を見ている。一瞬、周りの視線も集めてしまった。

「きょうは、若い女性の方にも来ていただいて、普段以上にエネルギー全開ですが」

キャハハッ、一度笑いづくと、和子はついつい笑い声を出してしまう、つまらない冗談だと思いながら。

「お母さん方の中には、この塾の先生はどこの大学を出てるんですかなんて訊いてくるのもいて、私は、ふざけんじゃねえと言ってやるんです」

アッ、ハハハハッ、また和子は声を立てた、田嶋塾長も同じようなことを言ってたな、どこの大学を出たなんて関係無いと、でも入塾案内には有名大学を出た講師が教えますと謳ってるのにと思っておかしかった。西尾は、またしてやったりという顔をした。

それからも一時間ほど、西尾の話は続いた。

「……ということで、このセミナーでは話せない塾経営の決定的なノウハウは、後日資料を送らせていただきますので、是非ともご住所、連絡先を書かれて帰ってください」

と、結んで西尾のセミナーは終わった。

連絡先を書く行列の中に、塾長の父親もいるのが見えた。和子は行列に並ぶか躊躇したが、このままでは帰れない、塾長に言われた情報はまだ得られてないからと思っていると、西尾が和子の方を見ているのに気がついた。視線を合わせて会釈すると、西尾がにこりと笑った。話してみようかと近づいて行くと、

「あんた、若いのに熱心だねぇ」

と、西尾の方から声をかけてきた。

「今年から塾に就職して、将来は自分の教室を持ちたいと思い勉強に来ました」

と、挨拶した。川口が聞いてないか気になったが、離れたところで後片付けをしていた。

「感心だなぁ」と、ニコニコしながら西尾は言った。

よし、訊いてやれ、

「あの、塾を開くにはどのくらいの資金が必要ですか？」

和子は単刀直入に訊いた。

「あんたは、気が早いな。資金は有るんか？」と、西尾は、ニヤニヤしながら訊いた。

和子は、首を左右に振った。

「まず、スポンサーを見付けるのが先だな。うちの加盟塾になるには最低五百万、まあ一千万はあった方がいい」

和子は驚いた顔をしたが、実際は想定内の額だ。塾長が知りたいのは、加盟料とロイヤリティー比率だ。

「塾はピンからキリまで、自宅でパパママが教える習い事みたいな個人塾なら百万も要らんやろな。そんなんは、我々は相手にせんから、最低限のブランドを守れるだけの資金力がないといかんな。一千万でも我々には、はした金だ」

と、西尾はニコニコしながらも厳しいことを言った。

「加盟料とか、ロイヤリティーも必要なんですか？」

和子が訊ねると、ニャッと西尾は笑った。

「衛星通信を使った授業も受けるとなれば、これはもう画期的だからね、うふふふ」

しばらく話したが、具体的なことは聞けなかった。塾長の父親は、連絡先を記入していなくなっていた。

「ありがとうございました。また、機会がありましたら教えてください」

和子が頭を下げると、西尾は、頑張りなさいよと、和子の肩や背中をパン、パンと何度も叩いた。

早足で会場を後にして、ファミレスの駐車場に急いだ。駐車場には、塾長の母親の車は見当たらない、周囲を見回したが、どうやら置いてけぼりになったようだ。和子は財布の残金を考えて、国鉄と地下鉄とどっちが安いか、そもそも駅はどっちの方向だろう、どこかに地図はないかと、きょろきょろしながら歩いていると、クラクションが聞こえた。振り向くと、西尾が車の後部座席の窓から上半身を乗り出して手を振っていた。

「オーイ、どこに帰るんだ？　送ってあげるよ」と、西尾は大声で叫んだ。

はーい、と返事して和子は車に走っていった。

「これから、飯に行くが一緒にどうだね？」

車の側に近づくと、西尾が訊いてきた。和子が躊躇すると、

「おごってあげるよ。どうせ新入社員で、こき使われてろくなもの食ってないんだろ」と西尾は強引に誘った。

運転席が左側にある大きな車だった。後部座席のドアが開いて、和子が乗車すると

「錦糸町はやめて、銀座に行って」と、西尾は運転席の男に指示した。

えっ、銀座？　和子は、左側の夕陽に映える東京湾を見ながら、学生時代にアルバイトした晴海埠頭のことを思い出した。

――第六章　西尾要一がジャパニーズ・ドリーム
について語ったこと――

1

二日酔いの頭痛を我慢して書いた塾経営セミナーの報告書を丸川に渡して、和子は若木教室の事務室で机に顔を伏せて仮眠を取っていた。教室長の丸川は報告書を持って、大和教室での教室長会議に向かった。しばらくはこの若木教室は和子一人っきりだ。

塾経営セミナーでは、西尾要一は自信満々に東大進学セミナーのフランチャイズ制やら衛星通信での授業配信やらを語っていたが、結局のところ具体的な計画は何もないようだった。すべては、先行する他塾の二番煎じを独自の構想のようにぶち上げて、加盟金やロイヤリティーだけ受け取る算段だろう。若桜スクールが三番煎じを狙うには、もっとブランド力を付けなければ難しい、それが和子の結論だった。

それにしても、あんなに飲んだのは久しぶりだ。最初に入った寿司屋で、熱燗に杯を傾けながら西尾は昔の武勇伝をしゃべりつづけた。

「もう、止めとけ、死んだらいかんから言うて、俺が止めたんだ。それからどこをどう逃げたか覚えとらんが、どうにか逃げ切ってしばらくは大学にも行かんで隠れとった」

と、対立する過激派セクトとの内ゲバで相手を半殺しにして逃げたという話を西尾は自慢気に語った。西尾の話では、過激派の活動資金を得るために仲間と始めた塾が東大進学セミナーになったらしい。

和子には過激派の内ゲバなど遠い昔話に聞こえたが、今の塾業界も同じような状況なのかも知れない。抗争の相手が対立セクトから競合する塾に代わっただけだ。お山の大将みたいなのは若桜スクールの田嶋塾長も、西尾とよく似ている。田嶋塾長は、顔見知りの経営する塾の近くに喧嘩を売るように教室を開いていく。この若木教室も、すぐ裏にあるONO進学ゼミナールを潰すために開いたという。そうやって、目障りな塾を次々と潰していって頂上を目指すつもりなのだろう。西尾の塾経営セミナーでは、戦国時代とか首都圏制圧とか全国制覇とかいう言葉が何度も出てきた。

西尾は上機嫌で昔の武勇伝を終え、あんたはどこの大学？　と訊いてきた。ふざけんじゃねえ、と言ってやろうかと思ったが、和子はおとなしく大学名を答えた。

「ほお、大したもんだ、うちの塾にも欲しい人材だが、うちは男の講師しかおらんからな、教材作成スタッフで雇ってもいいが」と西尾が言って、和子の肩をポンポンと叩いた。

和子は西尾に酌をしながら、出てくる寿司を平らげていった。やはり銀座だ、ネタが違うぞ。

塾の幹部という男がやってきて、他のスタッフは錦糸町で飲んでいると西尾に伝えた。

「これからクラブに行くが、あんたもちょっと付き合いなさい」と、西尾は和子の方を向いて言った。

銀座のクラブか、面白そうだと思って西尾についていった。白のブラウスとスラックスでカジュアルな服装だが、大丈夫かな？

川口が来ないかと心配したが、銀座のクラブに呼ばれたのは和子の知らない二人の男だった。東大進学セミナーの幹部らしい中年の男と若い男の二人だった。川口は錦糸町で他の社員と飲んでいるのかも知れない。

店に入ると、西尾と和子は壁際のソファーに案内され、社員の二人は別のテーブルに座った。和子を奥に座らせ、西尾が体を密着させて座った。これじゃあ逃げられない。

「こちらのかわいいお嬢様は？」と、ソファーに案内したホステスが訊いてきた。なみえと名乗ったそのホステスは、西尾の専属だった。

「この子は凄いぞ、まだ大学を出たばかりで、もう、自分で塾を経営したいと言って私のセミナーに来てね。えーと、名前はなんだったっけ？」

「青砥です、青砥和子です」

「青砥くんか。京成電鉄に青砥駅ってあるが」

「ええ、その青砥です」

京成電鉄に青砥駅があるのは知っていたが、そもそも和子は京成電鉄に乗ったことはない。

「なみえも理系で、薬剤師の資格を持ってるからな。どっちが知識があるか、女同士の闘いが見てみたいよ」と言って、西尾は笑った。

えっ、薬剤師？　和子の頭に筒井輝子の顔が浮かんだ。まずいことになったぞ、輝子が言ってた、薬剤師の世界は狭いと。輝子の病院にこの女の知り合いでもいたら、でも、まあいいか。

「薬学部の知り合いが一人いました」

「そうですか。私は薬学の世界から離れてしまって」

そう言って、なみえは笑った。

「なみえは、自分の薬局を持ちたくてこの世界に入ったんだよな」

「最初は自分の薬局を持ちたいと思ってましたが、薬学部の友だちが薬剤師になって苦労しているのを聞くと、ここの方が合ってると思うようになりました」

「薬局はやめて、なみえも塾をやればいい。私が鍛えてあげるよ」

「資金が貯まれば考えます」

和子の膝の上に西尾は手を置いた。

「この子は、まだ塾に勤めはじめたばかりで、資金も何にもないそうだ」

和子は頷いた。西尾の右手が、和子の膝の上を撫でるように動いた。

「先生の塾ですか？」と、なみえが訊いた。

「いや、君はどこの塾に勤めてるんだ？」

やばいぞ、これは。

「あっ、あの、板橋の塾です」

和子が答えると、西尾は首をかしげた。

「おーい、出川、板橋に大手の塾はあったか？」と、社員の方を向いて西尾が尋ねた。

「板橋ですか？　大手も進出してますが、地元の個人塾が多いですよ」と、年配の社員が答えた。

「なんて塾だね？」と、西尾が和子の方に向いて訊いてきた。

さあ、どうしよう。

「あっ、あの、ＯＮＯ進学ゼミナールです」

「オーエヌオー？　変な名前の塾だなぁ。個人塾か？」

和子は頷いた。

やばいぞ、塾のことを詳しく訊かれたらどうしよう。

「新卒で個人塾とはな。どうしてまた」

そっちを訊くか。

「いっ、いずれ自分で塾をやろうと思って、個人塾なら一人でいろんな科目を教えられるし、経営の方法もわかりやすいと思って」

我ながら上手く言い繕ったぞと、和子は思った。西尾は、また首をかしげた。

「彼女の言われることは、よくわかりますよ。私も薬局をやるなら、大手より個人経営の薬局で経営を学びたいと考えていましたから」

「そうかぁ、欲がないなあ。いま塾業界はジャパニーズ・ドリームが実現できる凄い業界なんだぞ」

「ジャパニーズ・ドリームですか？」

なみえが聞き直した。

「そうだよ。アメリカン・ドリームってあるだろ。かつての新大陸アメリカでは、何の規制もない自由競争社会で、勝ち残れば無限の富が得られた。日本じゃあ、何をやるにも規制があるが、唯一塾業界だけは規制がない、誰がどこに塾を作ろうが自由だ」

「でも、それだけ競争も激しいでしょう？」

「ワッ、ハッ、ハッ、ハッ。そりゃあ、薬局経営は出店規制があるから、安全と言えば安全だな」

「薬局の出店規制も、憲法違反の判例が出て、規制はなくなりつつありますよ」

「そうかね。でも、薬局は薬剤師がいないと開けないだろ。塾は何の資格も要らないからな」

なみえと会話しながら、西尾の右手が和子のスラックスの上を這うように動いて股間の近くで止まった。

「あら、先生、いけませんよ、若い子においたしちゃあ」

と言って、なみえがテーブル越しに西尾の右手を取って両手で握り締めた。なみえと目が合って和子は俯いた、なみえの厳しい視線を感じる。

しばらく沈黙が続いた。なみえは西尾の右手を愛おしそうにさすっている。

上品な和服の女性がやってきた。クラブのママだとすぐわかる、オーラが凄いと和子は思った。

「西尾先生、お久しぶりです。きょうは、かわいいお嬢様とご一緒で、ありがとうございます」

「ねっ、かわいいでしょ。さっき、先生が悪さしようとしたんですよ」

「まあ、先生、いけませんね」

「いやぁ、確かに童顔でかわいいが、この子はもう大学卒業して立派な大人ですよ」

「ママ、先生が悪さしないように私が手を押さえてるの」

「なみえは、先生のことをいつも心配しています。本当に健気な子で、なみえに心配かけないで下さいね」

「いやぁ、ママ、この子は板橋の塾に就職したというから、私が口説いて引き抜いてやろうと思ってね」

「板橋ですか？　そういえば最近、板橋の塾のオーナーさんが、銀座界隈に来られて噂になってますね」

えっ、まさかうちの塾長じゃあと、和子は少し緊張した。

「ママ、何て塾だ」

と、西尾がソファーから乗り出した。

「わかさスクールさんね」

「わかさスクール？　あんた、知ってるか？」

西尾が和子の方を向いた。

ほら、やっぱり、もう、仕方ない。和子は頷いて話した。

「わたしの勤め先のすぐ隣に教室があります。板橋ではいくつも教室を開いて手広くやってますよ、若桜スクールさんは」

そう言ってから、川口の顔が浮かんだ。川口が若桜スクールにいたことは、ここの社員は知っているのだろうか。川口が余計なことをしゃべったら、偵察に来たことはすぐばれるぞ、まあいい、この西尾という男と二度と関わんなきゃいいんだ、と思って和子は水割りを口にした。いい香りだ、凄い高級ウイスキーなんだろうな。

「ここにも来るのか、その塾のオーナーは？」

西尾が訊くと、ママは微笑みながら、

「いいえ、ここには入れませんよ。そのオーナーさんのご評判がよろしくないので」と、話した。

西尾は、プッと吹き出し、社員の座っているテーブルを向いて「おいっ、出川、板橋のわかさスクールって知ってるか？」と尋ねた。

「ええ、若桜スクールは田嶋健寿堂のオーナーの倅がやってる塾ですよ」と、年配の社員が答える。

「たじまけんじゅどう？」

「田嶋健寿堂なら知ってますよ。東京や千葉に薬屋を何店舗も持っています。薬剤師仲間での評判はあまりよろしくはないですが」

なみえが言った。

「薬屋か」と、西尾が呟いた。

ママは西尾にお辞儀して、穏やかな笑みを浮かべながら席を離れていった。

「若桜スクールをやってる田嶋健寿堂の倅は、次の総選挙に千葉の選挙区から出るそうですよ」

出川という社員が言うと、西尾の顔つきが変わった。

「その塾のオーナーが出るのか？」

「ええ、もともと千葉に実家があるそうです」

「高島、その田嶋健寿堂とわかさスクールのことを調べておけ」

若い社員に西尾は指示して和子の方を向き、そのわかさスクールは、どんな塾だ？　と、訊いてきた。

「そうですね。板橋に五教室あって、他の地域のことはわかりませんが、板橋じゃあ大きい塾だと思います」

迂闊なことは言えない。

「たった五教室か」と、西尾は鼻で笑うように言った。

「きょうのセミナーでは言わなかったが、うちは中規模の塾を叩き潰すノウハウを持ってるからな」

えっ、叩き潰すノウハウ？

「中規模塾の弱点は何だと思う？」と、西尾は和子に訊いてきた。

えっ、何だろう？　若桜スクールのような塾の弱点か？　若桜スクールの最大の弱点は塾長のような気がすると和子は思ったが、口には出せない。

「労働組合ができると、塾は駄目になるぞ。いま大手、準大手で労働組合ができて勢いがなくなった塾が幾つかあるからな。きょうのセミナーに集まった連中など、こちらは端から相手にしとらん。フランチャイズ化も衛星通信授業も、先行している大手が走るのを、こっちはお手並み拝見で様子を見てるだけだ。きょうの塾経営セミナーも、本当のところ偵察に来た大手に餌をまくのが狙いだったんだ。青砥ちゃんみたいな真面目に勉強に来た人には悪かったが、まあ、埋め合わせでしっかり飲んでいってくれ。ワッ、ハッ、ハッハッ、ハッ」

そう言って大声で笑って、西尾はオン・ザ・ロックのグラスを口に運んだ。

塾長が、父親だけでなく和子にも偵察に行けと言った理由が分かる気がした。西尾は若い女には気を許して、ぺらぺらしゃべるのを塾長は見越していたのかも知れない。

昨夜は、銀座で寿司をご馳走になりクラブにまで連れていかれたことは、レポートには書かなかった。

「青砥さん、疲れてる?」

いつの間にか、小枝文哉が事務室に入っていた。和子が、頭を上げて頷いた。

「こっちも疲れたよ」

と、小枝はタオルで汗を拭きながら言った。グリーンシティのポストに夏期講習のチラシを入れにいっていたと言って、缶コーラをゴクゴクと音を立てて飲んだ。

丸川は教室長会議で大和教室に行ったまま戻ってこない。時計を見ると、もうすぐ小学生が来る時間だが、また塾長から怒られているのかも知れない。

若木教室の夏期講習の申し込みは低調だった。難関中学、難関高校を目指す特別進学クラスの生徒は、都心の難関校受験専門塾の夏期講習に参加する予定だった。小枝が他流試合を勧めたからだが、当然塾長の耳に入っているので来週の専任会議が思いやられる。

専任会議は全教室の正社員が集まり大和教室で行われるが、各教室の現状報告や反省点を話さないといけない。若木教室は特に生徒募集で苦戦しているから、槍玉に挙げられると丸川も小枝もピリピリしている。

「悪いけど、明日チラシを入れるの、手伝ってくれないか？」

小枝に頼まれ、和子は頷いた。グリーンシティの全戸にチラシを入れるよう、丸川に指示されていた。

「きのうの塾経営セミナーはどうだった？」

えっ？　和子が塾経営セミナーに行かされたのは塾長と丸川しか知らないはずなのに、どうして小枝が知ってるんだろう？

「きのうの夜、川口さんから電話がかかってきてさ」

そうか、あの人もおしゃべりだな。でも、どうして小枝と川口は知り合いなんだろう？　小枝が若桜スクールで働きはじめる前に川口は退職したから、一緒に仕事したことはないはずなのに。

「川口さんとは、大和教室に契約書類を持っていった時に初めて会ってね、きょうで辞めると川口さんが言うから、一緒に焼き肉食べに行ったんだよ」

なるほど、小枝は情報交換したかったんだな。働く前に、川口からこの塾の状況を訊こうと思ったんだ。

「川口さんは、あの塾のことを何て言ってました?」

「ああ、東大進学セミナーか。まあ、大変みたいだよ。いま、営業をやらされてると言ってた」

「ここの塾も、営業はやらされますからね」

「生徒募集の営業じゃなくて、フランチャイズの募集の営業をやらされてるらしいよ」

そうか、そんなことだろうな、西尾に銀座で飲み食いさせてもらったことは、誰にも言わない方がいい、と和子は思った。

「正直、あの塾はあまり評判がよくないからさ、一緒に焼き肉食ったときに大変だろうと言っといたんだが」

小枝の話では、川口は若桜スクールの退社前に東大進学セミナーへの転職を決めていたらしい。

「この塾の評判も似たり寄ったりだと思うが」

小枝は苦笑いして付け足した。

「昨日のセミナーで、塾は労働組合ができると駄目になるってあの塾の塾長が言ってましたけど、労働組合ってどうやったらできるんですか？」

西尾は、塾を潰すノウハウがあると言っていた。その方法の一つが、労働組合を作ることだと。

「それで揉めてる塾を知ってるよ」と、小枝は言った。

「今度の入塾説明会の後で、高島平に行ってみないか？　面白いものが見られるからさ」

面白いもの？　何だろう？

入り口の階段を上がってくる音がする、丸川が帰ってきたらしい。事務室のドアが開いて、丸川が入ってきた。

お疲れ様です、と挨拶を交わす。塾長の機嫌は良かったようだ、丸川は笑顔で話しはじめた。

「これからは、うちの塾は都内、近県にとらわれないで、全国展開することになると塾長は話してました。まずは、来年以降、埼玉、千葉に教室を開校して、将来的には首都圏を制圧して全国制覇を目指すということです」

やれやれ、昨日のセミナーの録音を聴いたんだな、早速受け売りするとは。

「それで、若木教室の話は出たんですか？」

小枝が訊いた。

「若木教室は、進学実績を出すことに特化した教室にするということです。首都圏を制圧するには、まずは進学実績を出す必要があると塾長は言ってます」

「だから、前から言ってたのにさ」

と小枝は言って、机の上に置いてある新聞から折り込み広告の束を取り出し、塾の広告をより出して重ねていった。

各教室の教室長は、自腹で教室に新聞を取っている。教室周辺の塾の広告を集めて、動向を塾長に報告するためだ。

若桜スクールのカラフルな広告は一際目立つが、〈本物の教育を追求して〉とか〈夢の実現を応援する〉などと、抽象的な文言が並べられているだけで進学実績は載っていない。他の塾の広告も進学実績の載っているものは少なかった。

「このチラシは、どう思う？」と、小枝が一枚の広告を広げた。

最近、板橋に進出してきた国立進学アカデミーの広告だ。西尾が塾経営セミナーで話していた西東京に本部がある塾だな。本年度、御三家、ＴＯＨＯ中学に合計九十八名合格と大きな見出しで出ている。

「凄い実績ですね」と、丸川が言った。

和子も、塾長がとても無理、目指すなんて夢のようだと一笑に付した御三家に九十八名も合格してるのは、凄い実績なんだろうと思った。

「よく、合格者の内訳を見てみるといい」と、小枝は言ってチラシの見出しの下を指差した。

各学校の合格者の氏名が小さく書いてある。二名、四名、三名、八十九名。ほとんどがＴＯＨＯ中学の合格者だ。

「この塾の本校は西東京にあるから、西東京のＴＯＨＯ中学には大勢合格するんだ。でも御三家では合計で九人しか合格していない」

小枝の説明を聞いて、初めて意味がわかった。御三家と別の中学の合格者数を一緒にして、御三家に百人近く合格したように錯覚させているだけだ。でも、こんな子供騙しに引っ掛かるだろうか、グリーンシティの親はそんなに甘くはない気がする。

小枝は、机の引き出しから国立進学アカデミーの以前の広告を出してきた。

〝生徒数一万人突破〟

〝日本最大の教育機関〟

〝最大より最高を目指す〟

〝早慶付属、二百五十名突破、他塾を圧倒〟と、派手な文字が躍っている。

「こうして並べると、この塾の全体像が想像できる。この塾は生徒数が一万人以上いて、塾業界じゃあ最大規模さ。でも、生徒数の割には実績は大したことはない。早慶付属も、一人の生徒が何校も受かってるから、実数は百人いかないさ。実績ゼロのうちとは雲泥の差だがな」

小枝は、皮肉っぽく言って丸川を見た。

「うちの塾からも、御三家や早慶付属の合格者が出せますかね？」と、丸川に訊かれ
「ここの教室に来てる生徒で、三人は確実に狙えるさ」

小枝が、あっさり言った。和子はどの生徒か見当がついた。小五で方程式を自在に解く子や、

解析幾何や微積分を駆使する中学生は、やはり図抜けた能力を持っている。どんな難関校でも、狙えないことはない。

小学生の声がした。丸川の教える小四の子たちが来たようだ。丸川が、テキストを持って出ていった。

「小枝さん、塾の経営者が一番警戒してることって何ですか？　若桜スクールみたいな規模の塾が」

「だから、高島平に行ってみよう、実感できるからさ」

そう言って小枝は、笑った。

小五の生徒たちが、騒ぎながら階段を上がってくるのが聞こえた。

2

ポストに入ってたチラシを見て来たんですが、と入塾説明会に来た母親が言った。グリーンシティのH棟に住んでいるというから、和子が入れたチラシだと思って、少し嬉しかった。高層マンションの各戸に投函していくのは大変だったが、やはり新聞の折り込みよりも見てもらえる確率が高いようだ。

小六の息子が都心にあるＴＩＰ進学研究会に通っているが、帰りが遅くなって大変なので近くの塾に変えたいと母親は話した。ＴＩＰ進学研究会は、小枝が他流試合をして来いと、難関校受験を目指す生徒に夏期講習の受講を勧めて、若木教室の小六生三人と中三生二人が参加する予定だ。

「ちょっと、ＴＩＰ進学研究会に詳しい職員を呼んで来ますね」と和子が言うと、

「いえ、大丈夫です。こちらの塾にお世話になると決めてますから」

と、母親は話した。息子に今、ここの入塾テストを受けさせたいと、母親が言った。男の子は、教室の最後列に俯いて座っていた。

「少々、お待ち下さい」と言って和子は教室を出た。

入塾テストも何も、全員を入塾させているのだがと思いながら、小枝が作成した算数と理科と国語の問題をコピーした。とりあえず問題を解いてもらいながら時間をかせいで、別の母親と面談しよう。

教室に戻ると、母親はすでに入塾申込書に記入していた。生徒名は卜部進、保護者名は卜部歩、職業欄は空白だった。

「卜部進さんですね。お父様のご職業は何でしょうか？」

「わたしが保護者です」と、母親が少し怒気を含んだ口調で言った。

「大変失礼しました」

和子は顔が赤くなるのを感じた。

「職業は、教員です。非常勤の教員です」と、卜部歩は言った。

「ありがとうございました。こちらの塾は、特に入塾にテストはないのですが、中学受験をするクラスの試験問題をやっていただいてよろしいでしょうか？」

卜部歩は、返事もなく問題用紙を受け取り、進に渡した。

「それでは、一時間位で戻りますので」と、言って外に出た。

次の順番の保護者が待っている教室に入る。

「小川賢太郎の母です」と、保護者が話した。

ONO進学ゼミナールから移って来た中三の生徒の保護者だ。

「ちょっと、数学の授業のことで、ご相談がありまして」

深刻そうな顔なので、和子は緊張した。

「数学担当の丸川に代わりましょうか？」

「いえ、その塾長の授業なんですが、賢太郎が酷く怯えてるんです」

えっ、塾長？　ここでは塾長の授業は無いがと和子は思って、教室長の丸川を母親は塾長と勘違いしてることに気がついた。

「丸川の授業に、何か問題があるのですか？」

和子が尋ねると、よく暴力を振るうと母親は言った。

丸川は小枝や和子の前では真面目で穏やかそうだが、生徒の前では違うのは前から感じていた。

遅刻した生徒に有無を言わさずテキストで頭を叩き、母さんの帰りが遅くなってと生徒が言い訳したら、更にテキストで激しく叩くのを和子も見たことがある。生徒の前では、丸川はかなり高圧的だ。

「最近は脚や膝で蹴られることもあるって、賢太郎自身じゃなくて他の子の親から聞いたんです。あの子は気が小さいから、あまり話してくれなくて」

母親は涙を浮かべていた。和子は言葉が出なかった。和子は理科の授業を受け持っているが、確かに小川賢太郎は気の弱そうな感じの生徒だ。そういえば、あの生徒はＯＮＯ進学ゼミナールから移ってきたと、和子は思い出した。

「賢太郎君は、前の塾はどうしてやめられたんですか？」

和子が訊くと、母親は返事を少し躊躇した。まずいこと訊いたかな？

「すみません、失礼なことをお訊きして」

「いいえ、川西雄大ちゃんの母親は私の姉で、ここの入塾説明聴いていい塾だからって姉が勧めてきて、それでここの塾の説明会に来て」

川西雄大は中二で、和子が数学を教えている。

「前の塾に不満があったのですか？」

また、まずいことをと思いながら、和子はついつい訊いてしまった。

「いいえ、ただもう戻れなくて」

「どうして戻れないんですか？」

「中一の妹を、賢太郎の妹をＯＮＯ進学ゼミナールにお願いしようと先週行ったんです。そしたら、断られて」

「えっ、空きがなかったんですか？」

和子が訊くと、賢太郎の母親はハンカチで目頭を押さえた。

「賢太郎のことで、信頼関係が保てなくなったと言われて」

「どうしてですか！　妹さんとは、関係ないじゃあないですか」

和子は、思わず大きな声を出してしまった。

「私が悪かったんです。ここの入塾説明会に来たあと、姉と一緒にＯＮＯ進学ゼミナールに行って」

川西雄大の母親はＯＮＯ進学ゼミナールの塾長に、この塾の教育理念は何ですか？　と問い質したらしい。塾長は、教育理念も何も、塾は勉強を教えればいいのであって理念とか哲学なんて高尚なものはないと、けんもほろろに言い放った。

川西雄大の母親は、あんな塾に通わせても金と時間の無駄、賢太郎は若桜スクールに通わせた方がいいと強く主張した。

数日後、賢太郎の母親がＯＮＯ進学ゼミナールに退塾の電話をすると、塾長に、若桜スクールの入塾説明会にでも行ったんでしょ？　と言われて、えーっ、どうして分かるんですか？　と驚いて尋ねると、そりゃあすぐ分かりましたよ、若桜スクールのセールストークにすっかり洗脳されてるなと、賢太郎君はうちの塾に来てかなり学力はついていた、特に英語は見違えるほど伸びていたが、残念ですねと塾長に言われたという。

確かに若桜スクールは営業に力を入れて派手な宣伝チラシを大量に撒くので、近隣の個人塾からは顰蹙を買っていると小枝も言っていたが、それにしても妹の入塾も断るとは酷い塾だと和子は思った。塾経営セミナーで見た東大進学セミナーの塾長の顔が浮かんだ、母親との面談は、ふざけんじゃねえで始めると言った西尾の顔が。塾長なんてお山の大将なんだと、和子は改めて思ったが、それなら妹さんもうちの塾に来ればと喉まで出かかって、今はそんな話じゃないと思い直した。しかし、丸川は若木教室の教室長だから、新米社員の和子にはどうにもできない。

廊下で、小枝の話し声が聞こえた。面談が終わったらしい。和子は廊下に出て、小枝に教室に入ってもらった。賢太郎の母親は、小枝とは初対面だ。

賢太郎の母親の話を聴いて、小枝はしばらく考えていた。

「まず、妹さんの塾はＯＮＯ進学ゼミナールでなくてもいいんじゃないかと思うんですが」

「私もそう思ったんですが、友達も通っていて、本人がどうしてもあそこがいいと言って」

小枝がため息をついた。

「どちらにしても、あの塾はもうすぐ閉鎖になりますよ」

「えーっ、そうなんですか？」

賢太郎の母親は、驚いて声を上げた。和子も驚いた、どうして分かるんだろう？　確かに、うちの塾が開校して、厳しい状況だとは思うが。

ノックがして、卜部歩が顔を出した。進の答案を持っていた。まだ時間は残っているが、全問解けたという。

小枝に答案を見せると、これは凄い、と言って卜部進のいる教室に入っていった。賢太郎の母親には待ってもらって、和子も小枝の後について行く。

「いま、TIP進学研究会に通っているそうです」と、和子が小枝に耳打ちした。

「この問題は簡単だった？」

小枝が、本を読んでいる進に問いかけた。進は頷いた。

「来年、受験を考えているんですね？」

今度は、母親の歩に訊いた。

「一応、考えていますが」

「今の時期に塾を変えるのは、冒険ですよ」

「ONO進学ゼミナールでも同じようなことを言われました」

「あちらの塾にも相談に行かれたんですか？」

「ええ、行きましたが断られました。一応、塾長の授業を受けて、この子のレベルに合うクラスがないと言われました」

「合うクラスがない？」

「他の生徒も中学受験をするけど、進はでき過ぎるから一緒に教えるのは無理だし、一人のために時間は割けないと言われて」

「確かに、この問題は最難関の中学を受ける子でも簡単には解けませんからね」

小枝は、進が読んでいる本の表紙を見た。

「ファインマンか、難しそうだな」

えっ、ファインマン？　物理学科の学生がバイブルのように持ち歩いていた有名な教科書かと和子は思ったが、よく見るとファインマンのエッセイ集だ。でも、小学生にとって面白い本なのだろうか？

「ＯＮＯ進学ゼミナールの塾長にもらったんです。捨てる本だからあげるって」と、歩が言った。

入塾を断っておいて、本をあげるとは変な話だ。若桜スクールでは、入塾する生徒を紹介してくれた子に図書券をあげたりして生徒集めに奔走している。

廊下で、丸川の声がした。面談が終わったようだ。

「分かりました、とりあえず受験クラスに入ってもらいます」と、小枝が言った。

小枝が、時間割と持参物の説明をした。

「よろしくお願いします」

卜部歩はお辞儀をして、息子と一緒に帰っていった。

今日は、入塾生が八人いて全員がグリーンシティの生徒だ。やはり、チラシの戸別配布の効果があったようだ。

丸川は嬉々とした顔で、お疲れ様と言った。これから大和教室に報告に行くという。和子と小枝は、小川賢太郎の母親が相談に来ていることは伏せておいて、丸川が出るのを見送った。

賢太郎の母親のいる教室に和子と小枝が入った。

「お待たせしました。これからＯＮＯ進学ゼミナールに行きましょう。塾長に掛け合ってみます」

と小枝が言った。

「いえ、そんな」と、母親は断ろうとしたが
「大丈夫ですよ、あの塾長とは顔見知りなので」

と小枝が言って、教室の鍵を掛けて三人は建物を出た。

裏に回って、駐車場の隣の薄汚れた古いビルの前に来た。小枝が外階段を上がり、鉄製の扉を開けて中に入った。

しばらくして小枝が鉄製扉から顔を出し、お母さん、上がってきてください、と言った。賢太郎の母親が、階段を上がっていった。

和子は、ＯＮＯ進学ゼミナールの薄汚れた看板を見上げた。白地に黒の塗料で「ＯＮＯ進学ゼミナール」の文字と電話番号が書かれていた。よく見ると、ＯＮＯの文字の前に一文字が白い塗料で消された跡がある。消された文字は分からないが、書き間違えたのだろう、いかにも安作りの看板だった。

和子は、車道を渡って道路の反対側からONO進学ゼミナールのある薄汚れたビルを見た。隣の駐車場の横に立つ若桜スクール若木教室の入る新築マンションより遥かにみすぼらしい。

だが、その新築マンションも、背後の高台にそびえるように立つグリーンシティの高層マンションには、圧倒されていた。まるで巨大なゴジラの足下の貨物列車のように、一踏みで潰されそうだった。

しばらく待っていると、ONO進学ゼミナールから小枝と賢太郎の母親が出てくるのが見えた。和子は信号が変わるのを待って、二人に駆け寄った。

「ありがとうございました。本当に助かりました」

賢太郎の母親はニコニコ笑いながら何度もお辞儀をして、坂道を上がっていった。

階段の鉄製扉を開けて、女が小枝と和子の方に手を振った。和子がONO進学ゼミナールに偵察に行ったとき会った女だ。後ろに男が立っていた、あれが塾長だろうか？

「小川賢太郎君の妹さんは、向こうの塾に通うことになったよ」

駐車場の横を戻りながら、小枝が言った。

「あの塾長と、知り合いなんですか？」

「ああ、まあ長年塾業界にいたから、いろんな知り合いができてね。青砥さんを紹介してもよかったんだが、若桜スクールの業務に差し障りが出てもいかんからな」

あの塾の女の、全面戦争ねという言葉が、和子の頭にこびりついていた。

「体罰の件は、来週の専任会議で話してみよう」

小枝は言ったが、塾長自身があの調子では難しいだろうなと、和子は思った。ただ、塾長は生徒を怒った後でフォローもするが、丸川は陰に籠る感じだから生徒はよけい辛い気がする。

「すっかり遅くなったな、これから高島平に行くか？」

和子は頷いた。見てみたいと思った、塾の労働組合がどんなものなのか。

――第七章　ヨッシーがデモに参加したこと――

—第七章　ヨッシーがデモに参加したこと—

1

午前中に若桜スクール若木教室の入塾説明会を終えて、青砥和子は蓮根《はすね》通りの商店街を高島平駅に向かって歩いていた。高島平にある塾の労働組合の活動を見学しようということで、小枝文哉と午後に駅前で待ち合わせしていた。

あっ、島村博一のポスターが貼ってある。

去年の都議会議員選挙に立候補して落選したヒロカズ進研セミナーとかいう塾の経営者のポスターが、蓮根の商店街のそこかしこに貼ってあった。和子はよくこの商店街を通っていたが、今まで全然気が付かなかった。学生時代は議員の選挙などまったく興味がなくて、バイト先のスナックの客に投票を頼まれたこともあったが、結局選挙には行かなかった。

前回の専任会議のとき、塾長の田嶋伸義が島村博一のことを話していた。「また島村博一が立候補しようとしているが、次も断固として当選を阻止する」と吐き捨てるように言った。伸義も政治家を目指しているから、他塾の経営者に先を越されたくはなかったのだろう。しかも同じ板橋区内の塾経営者で伸義の顔見知りだ、再度立候補すると聞いただけで負けず嫌いの伸義は怒り狂ったようだった。

和子がよく昼食に入るラーメン店の前に来た。店の外壁にも島村博一のポスターが貼ってあった。

「いらっしゃい、お嬢ちゃん」

暖簾をくぐると、主人のいつもの威勢のいい声がした。

和子はいつもの味噌ラーメンを注文して、主人に訊いてみた。

「外に選挙ポスターが貼ってますね、島村さんを応援してるんですか？」

「いやあ、ありゃあ貼ってくれって頼みにくるから」

島村が直接来るのだろうか。

「学生のボランティアだとか言って頼みにくるから、無下にもできんしな」

そう言って店主はにっこり笑った。

店主の話では、学生たちはボランティアと言いつつ島村の母校の後輩で、大学の政治研究会のようなサークルのメンバーだという。

「お嬢ちゃんも、塾の先生をしてるでしょ？」

「ええ、若桜スクールの講師ですが」

「それだったら、同業者の島村博一を応援してるの？」

和子は首を左右に振った。同じ塾業界だからといって応援する義理はない。むしろ前回の選挙では、若桜スクールの塾長はしゃかりきになって落選させようとしたらしい。

「客商売やってると、選挙の時はあちこちから声かけられるからね」

そう言って、店主は愚痴りはじめた。板橋区には宗教団体やら労働組合やら業界団体やらの推す候補がそれぞれいて、選挙の度にポスターを貼らせてほしいと頼まれるが、選挙が終わると大抵は剝がしにくる、しかし島村のポスターだけは剝がしにこない。島村の選対は指示系統が駄目なんだろう、学生のボランティアだとかいう若い連中がそこら中にベタベタ貼っていってと、和子がラーメンを食べてる間中、店主は島村のポスターの話を続けた。

ラーメン店を出て、高島平の方に向かった。若木教室の入塾説明会が終わって先に自転車で帰った小枝とは、地下鉄の駅前で待ち合わせている。

高島平の高層団地群に近づいてくると、拡声器で演説する声が聞こえてきた。まるで選挙をやってるみたいだ。演説の声は高島平の駅付近から聞こえてくる。

駅に着くと小枝を探したが、まだ来ていないようだった。高架駅の反対側に出ると、定食屋の壁にも島村博一のポスターが貼ってあった。改めてよく見ると、キャッチフレーズに和子は思わず笑ってしまった。

〝急げ塾長、走れヒロカズ〟

全く意味のないキャッチフレーズだ、こんな幼稚で子供騙しみたいなポスターで当選すると思ったのだろうか？　小学生が投票するなら票が入ったかも知れない。経歴に、学生時代に塾経営を始めたと書いてあるが、結局のところ社会に出ることもなく、お山の大将でやってきた世間知らずなんだろう。

「お待たせ」

小枝が後ろから声をかけてきた。

「聞こえるでしょ。組合が抗議活動してるんですよ」

そうか、拡声器で演説してるのは塾の労働組合なんだ。

ちょっと、行ってみよう、と言って小枝が歩きはじめた。小枝についていくと、拡声器の声は更に大きくなってきた。

〝我々は、高見沢先生の不当解雇に断固、抗議し……〟

街宣車の周りにゼッケンを着けた人が数人いて、その周囲に二十人くらいの人が集まっていた。

小枝と和子が近づいていこうとすると、小枝さん、と後ろから声がした。

「あっ、柏木先生。ご無沙汰してました」

小枝が振り返って、少し慌てた感じで挨拶した。ひょろっとした中年の男が立っていた。

「小枝さん、どうしてここに？」

「たまたま通りがかったんですが、何ですか、この騒ぎは？」

中年の男は、しばらく黙って考えていた。

「ちょっと、うちの塾に寄ってみないか？」

そう言って、男はちらりと和子の方に視線を送った。

「こちらは青砥和子、私の助手です」と、小枝は和子を紹介した。

助手？　何だろう、意味がわからない、と和子は頭の中で呟いた。

「そうですか、私は白樺進学研究会の塾長の柏木です。小枝先生には、昔うちの塾で仕事をしてもらったんです。ちょっと寄っていかれませんか？」

白樺進学研究会？　どんな塾だろう？

柏木が歩きはじめた。柏木の後ろを歩きながら、小枝は和子にウィンクした。

和子を助手と紹介したのが気になったが、まあ適当に話を合わせればいいだろうと和子は思った。

駅から歩いてすぐのところに塾はあった。マンションの一階が教室になっている。

「昔とは違って、きれいな建物ですね」

「ああ、小枝さんがいた頃は、うちの塾もやっと軌道に乗ってきた時だったからね」

「昔は、駅から離れた古い雑貨屋の二階と三階にあったんだよ」と、小枝は和子の方を向いて言った。

建物の中に入ると右側に第五教室、左側に事務室の札が付いたドアが見えた。入口の棚に入塾案内の冊子が置いてあったので、和子はこっそり一冊取って鞄に入れた。

事務室のドアの横に講師の名前と指導科目と出身大学名を書いた紙が貼ってあった。凄い、若桜スクールの講師とは段違いの超難関大学の卒業者ばかりだ。大学講師の肩書きのある人が二人いて、そのうちの一人は医師とも書いてあった。下の方には名前と大学名しか書いていない講師が十人くらいいた。大学生のアルバイトかも知れないが、ほとんどが東大生だ。

教室の上の壁には今年の合格者の名前が貼ってあった。和子も知っている有名中学や早慶付属高校の名前もある。若桜スクールとは、進学実績がまるで違うことは和子にもわかった。小枝が若桜スクールは板橋の塾では中の下ぐらいのレベルだと言っていたのを思い出した。

事務室に入ると、中は雑然としていて書類やテキストが散乱していた。事務机と椅子が五組あった。授業する教室も五教室くらいあるのだろうか？　若桜スクールの若木教室は六教室ある。

柏木は座るように促すと、和紙に包まれた饅頭を二つ投げてよこした。

「きょうは事務員が休みで、お茶は自分で淹れてください」

柏木は饅頭の包みを開いて口に放り込んだ。

「保護者が持ってきてくれてね」

むしゃむしゃと咀嚼しながら言って、柏木は茶碗を口に運んでズルズルと音を立ててすすった。

「先生のところは、相変わらず実績がいいですね」

「いやぁ、あなたがいた頃に比べたら、高島平も競争が激しくなって大変なんだよ」

「中川先生や高橋先生は、まだいらっしゃるんですね」

「ああ、あの二人は大学の非常勤だが、うちの方が時給がいいからなかなか辞めないよ。中川先生は、医師免許の名義も貸してるようだが、大学のポストにつくのに金がかかるらしいね」

柏木は、ちらりと和子の方を見た。

「彼女は大丈夫ですよ、口が固いから」

そう言って小枝が、和子に流し目を送った。

「私も塾業界から早く卒業したかったが、他に手に職がなくてな。あんたらが羨ましいよ」

手に職？　羨ましい？　何のことだろう？　と和子は思った。

「いや、私も塾で仕事していた頃の方が充実してましたよ」

「あんたは、クリニックを開業したんですか？」

「いやあ、いま東京に舞い戻って、医療系の専門学校で仕事してます」

クリニック？　医療系の専門学校？

「ほほう、そうですか。東京に戻ってたんなら、うちに声をかけてくれたらよかったのに。何だったら、うちで週二日でも仕事してもらってもいいが」

「ありがとうございます。また、機会があれば、よろしくお願いします」

「まあ、うちは待遇がいいからずっと居着いて辞めない人が多いからな。あんたみたいに辞めてほしくない人がいなくなって、辞めてほしいのに辞めない人がいて困ってるよ」

柏木に言われて、小枝がえへへ、と苦笑いした。

柏木が立ち上がって、散乱してる書類の中から、ガリ刷りの印刷物を出してきて、机の前に置いた。手書きの字が踊っていて読みにくい上に、書いてる内容も和子には理解できそうになかった。

〈塾という一つの目的を持ったゲゼルシャフトのあり方を判断する基準として、その結果としての進学実績ではなく「人間性」とか「人間的」などという言葉を持ちだすことがいかにこっけいであるかは、以下の事例を考えてみればわかる。教師が女子生徒に好意以上のものを持つのはほほえましい「人間性」であり、それを露骨に行動にあらわすのは教育上は大いにマイナスだが、その教師にとっては極めて「人間的」なふるまいなのであろう。また、子供が実力以上のクラスに入れられ授業についてこれなくても無視して授業を進めるのは「人間的」な行いなのか、それともその子が嫌がっても実力に見合うクラスに落とすのが「人間的」なのか……〉

「何ですか、これは？」

「さっきのデモを組織した高見沢という奴が書いたんです。毎週、こんなものを書いて講師に配ってね、教室にも、ベタベタ訳のわからん主張を書いて貼るし」

「どうして、そんなことに？」

「雇った最初の頃は、受験まで後何日とか、御三家突破とか教室に貼るから黙認してたら、だんだんとエスカレートして、上位クラスを持たせろだの、あの生徒は自分が教えるだのと勝手なことを言い出してね」

そう言って柏木はまた書類の束を掻き回して、高見沢の履歴書を出してきた。小枝と一緒に和子も机の上の履歴書に目を落とす。

へえ、東大中退なんだ。もったいない、東大を中退するなんて。えっ、あっ、武下書房？　あの会社だ。

「アハハ、武下書房ですか」

「小枝さん、知ってるんですか、この武下書房というのを？」

「ええ、まあ、有名な出版社ですからね、アッハッハ」

「高橋さんも知ってたみたいで、笑ってましたが、どうもいかがわしい本を作っていたようですな」

「青砥さんには縁のない出版社ですね」

そう言って、小枝がちらりと和子に目をやった。

縁がなくはないぞ、ビニ本にもビデオにも出たんだから。でも授業料を払うためだから仕方がない、そう自分に言い聞かせてきた。和子は、饅頭の包みを開いて口に入れた。口をもぐもぐ動かしながら、頭の中では、セーラー服を脱がされてカメラに裸体が晒されていく撮影現場の記憶がフラッシュバックした。

「奴は、この武下書房でも労働組合を作ろうとしたらしい」

「そうですか」

「それで、知り合いの塾を紹介して転籍してもらおうと話を持ちかけたんだが、いきなり労働組合を作ると宣言してね」

「賛同者はいたんですか？」

「そりゃあ、中川先生や高橋さんは世間知らずだから、最初は奴に騙されていたが、結局誰もついていかなかったよ」

「一人じゃあ、労働組合は作れないでしょう？」

「それが、労働組合を作ろうとしたら解雇したと裁判を起こすって、実際の話は逆で転籍を勧めてから労働組合を作ると宣言したんだから」

「もう、裁判は始まるんですか？」

柏木は頷いた。

「奴のバックには総評というのがついてるらしいが、そもそも総評ってのは何なんだ、あんた、知ってるか？」

「総評ですか？　確か、労働組合の全国組織ですよ。労働組合総評議会とか何とかの略称です」

「そうか、さすがにあんたは詳しいな。うちの講師の誰も知らなかったよ。塾で労働組合なんて、あり得ないからな」

そうかなあ？　塾の中三のテキストに出てるよ、労働三権て。団結権、団体交渉権、団体行動権と塾で教えてはいても、塾講師も経営者も現実は何も知らないんだな、と和子は頭の中でつぶやいた。

若木教室でバイトの学生が休むと、和子が代わりに中三の社会を教えている。

和子が饅頭を食べ終わると、小枝が自分の饅頭を和子の前に置いた。

和子は立ち上がって茶碗を二人分洗って、ポットの湯でお茶を淹れた。まるで、この塾の事務員みたいだ。

「どうも、岡村が裏で糸を引いてるんじゃないかと思うんだが」

「岡村さんがですか？　いま、グリーンシティも大変みたいですよ。若桜スクールが出てきて」

「いやあ、若桜スクールは進学実績はないし、大した影響はないでしょう」

「でも、ONO進学ゼミナールはここ二年は御三家はもちろん、早慶付属も合格者はいないようです」

小枝が言うのを聞いて、真面目な顔だった柏木が初めて嬉しそうな笑顔を見せた。立ち上がって饅頭を二つ取って、机に置いた。

「岡村に唆されて、中川先生もあの塾に投資していたらしいね」

「どうも、そうらしいですね。柏木先生は、誰から聞かれたんですか？」

「いやあ、誰からか忘れたが、岡村も塾をやるんなら他所でやってくれないと、グリーンシティはこっちが出そうとしてるのを知ってて教室を開くんだから、人の迷惑を考えてないんだな」

何があったのか知らないが、誰がどこに塾を出そうが勝手だろう、塾の経営者なんて自己中心的な人ばかりだなと、和子はお茶を飲みながら考えた。

「尾野さんは、今は弁護士事務所をやってるらしいね」

「ええ、関西で法律事務所をやってるそうですよ」

「あんたは、歯科医院をやるんじゃなかったのか？」

えっ、歯科医院？

和子はちらりと小枝に目を遣った。

「歯科医院も競争が激しくて、思ったほど開業は楽ではないですよ。それに年を食って再受験した歯科医なんて信用されませんから」

そう言って、小枝は笑った。

そういうことか、小枝は歯学部を再受験したんだな。和子は、またちらりと小枝をみた。

〝高見沢先生の不当解雇を許さないぞ〟

外のシュプレヒコールがだんだんと、大きくなってくる。塾の方に近づいてきてるようだ。

〝白樺進学研究会は、不当労働行為を止めろ〟

柏木は黙ってしまった。

和子は、柏木と小枝のお茶を注ぎ足して、廊下に出てトイレを探した。

用を足した後、和子はトイレの磨りガラスの窓を開けてデモ隊の様子を眺めた。メガホンを手にした男を先頭に、手旗を持ってゼッケンを着けた集団がシュプレヒコールをしながら歩いていく。その後をカジュアルな服装の人たちがついて歩いていた。

あっ、あれは、ヨッシーだ。

白地に水玉のワンピースを着た吉野秀実が、にこにこ笑いながらデモ隊の後を歩いていた。和子と目が合って、吉野は笑いながら手を振った。少しお腹が目立ちはじめている。

和子は慌てて外に飛び出し、吉野のところに駆け寄った。

「どうしたの？」と、和子が尋ねた。

「買い物に来たら、演説やってて面白そうだからついてきたの」

そう言って、吉野は笑った。

「青砥さんは、どうしてここに？」

「小枝さんが、この塾の塾長と知り合いだったの。それで、さっきまで塾長と話してたのよ」

「ここの塾長ってどんな人？」

吉野に訊かれて、和子は返事に困った。

「会ったばかりでよくわからないよ、真面目そうな感じだけど」

「そう、私は高見沢さんとさっき話したけど、面白い人よ。この塾の塾長と揉めてるみたいだけど私は高見沢さん、応援するつもり」

「吉野さん、私たちには関係ないよ。それに、組合活動なんかに関わるとうちの塾長に怒られるよ」

「大丈夫よ、若桜スクールに組合作るわけじゃないから」

近くで見ると、ヨッシーのお腹はかなり目立っている。

〝我々は、高見沢先生の不当解雇に、断固、抗議するぞ〟

デモ隊は白樺進学研究会の前で、シュプレヒコールを繰り返した。

塾の玄関から柏木が出てきて、デモ隊の先頭の人と話しはじめた。先頭の人は書類を柏木に渡して、デモ隊に向かって何か叫んだ。デモ隊は再びシュプレヒコールを繰り返しながら、歩きはじめた。吉野も和子に手を振って、一緒についていった。

〝白樺進学研究会は、高見沢先生の解雇を撤回せよ。……〟

デモ隊が行くのを見て、和子は塾の建物に入った。

事務室の入口横に貼ってある講師名を確かめると、医師で大学講師という肩書きの中川功太郎が理科担当の講師と書いてあった。さっきの話だと、この人がONO進学ゼミナールに投資してたんだなと和子は思った。高橋幸雄という人も大学講師と書いてある、この人もさっき名前が出ていた。和子は高見沢という名前も探したが見つからなかった、もう剝がされたんだろうか？

鞄に入れた白樺進学研究会の入塾案内を出して見ると、やはり講師名と指導科目と出身大学が載っていた。高見沢を探すと、マジックで黒く塗り潰された名前があった。かろうじて塗り残された部分から、「高見沢光生（算数・数学）東京大学卒」の文字が読み取れる。

あれっ、でも先ほど見た履歴書には、東大を中退したとなっていたが、どうやら講師名簿には中退でも卒業と出てるようだ。まあ、東大に受かる学力があれば、卒業したかどうかは塾で教えるのには関係ない。

塾の玄関扉が開いて、ワンピース姿の吉野が立っていた。

「あら、どうしたの？」

「青砥さんが入っていくから、私もここの塾長と話してみようと思って」

吉野は、あっけらかんとして言った。

「ねえ、これ見て」

和子は教室の上に貼り出されている合格者名の掲示を指差した。

「すごい！　難関校ばっかりだ。すごい塾ね」

吉野は掲示を見ながら何度も、すごいと言った。横浜育ちのヨッシーは、地方から東京に出た和子と違って、東京近郊の学校の進学事情に詳しい。

「こっちも見て」と、事務室横の講師名の掲示を和子が指差した。

「すごい大学ばっかりね」

吉野は講師名の掲示を見ながら呟いた。

事務室のドアが開いて、柏木が顔を覗かせた。吉野を見て少し驚いた顔になる。

「こんにちは、お邪魔してます」

吉野がお辞儀をした。

「あれ？　吉野さん、どうしてここに？」

柏木の後ろにいた小枝が言った。

「小枝先生の知り合いですか。私はここの塾長の柏木です。きょうは、どういったご用件で？」

吉野は、言葉が出ない感じだった。

「あの、吉野さんは先ほどの」と、和子は言いかけた。

「あっ、いえ、いいです。大丈夫です。失礼しました」

慌てた感じで言って、吉野はお辞儀して出ていく。和子も、失礼しましたと、お辞儀をしてヨッシーの後を追いかけた。

「ちょっと、吉野さん。どうしたの？」

和子が塾の外に出て訊いた。

「だめ、ここの塾は、レベルが違いすぎるよ。さっき高見沢さんに、復職できないならうちの塾に来ればいいよって言ったの。私の給料言ったら笑われちゃった」

どうやら、ヨッシーは若桜スクールと同じようなレベルの塾だと思っていたらしい。立ち話をしていると、二人の若い男の子が近づいてきた。

「あら、あなたたちデモ隊は？」

「駅前で解散するって、僕らは戻ってきました」

一人の男の子が言った。

「この子たちは、高見沢さんの教え子だって。さっきのデモで知りあったのよ」

吉野が和子に紹介した。

「あなたたち、せっかくだから、お茶でも一緒にどう？」と、吉野が誘った。

男の子たちが頷くと、「じゃあついてきて」と言って、吉野は振り向いて歩きはじめた。地下鉄の高架橋を背に歩いていく吉野の後に、和子は二人の男の子と一緒に続いた。

行きつけの喫茶店にでも入るのかと思った、まさかヨッシーのマンションに連れていかれるとは。

2

御膳の前に座って、男の子たちは、興味津々に部屋の中を見回していた。

吉野が窓を開けると、地下鉄の高架橋の先に高層団地が見えた。吉野はベランダに干してあった下着を畳んでしまっていく。男の子たちは、目のやり場に困っているようだ。

「コーヒーがいい？　紅茶や牛乳もあるよ。お腹が空いてたらホットケーキ焼くからね。遠慮しないでね」

吉野に訊かれて男の子たちは、ホットケーキを食べたいと言った。吉野は台所に立った。男の子たちは、遠藤と藤井と名乗った。二人とも高校一年で同じ高校に通っている、白樺進学研究会には遠藤は中一、藤井は中二の時から通っていたと話した。

「僕は中二の時、白樺の入塾テストを受けて一度落ちたんです」と、藤井は言った。

えっ、入塾テストで落ちるの？　若桜スクールと違って、入るのが難しい塾もあるんだと和子は思った。

男の子たちは、ヨッシーの本棚に興味を持ったようでしばらく目を向けていた。本棚には文学関係や翻訳関係の本がたくさん並んでいた。マタニティや教育関係の本に交じって、料理やファッションの本もある。

「あっ、女子校の卒業アルバムだ。ちょっと見ていいですか？」

遠藤が訊いた。いいわよ、と吉野の声が聞こえた。遠藤がアルバムを開く。二人は夢中で見て、この子かわいいとか話しはじめた。甘い香りが漂ってくる。

ホットケーキが焼き上がって蜂蜜をかけてバターを載せて完成だ。レタスと刻みキャベツのサラダも出てきた。

「野菜も食べないとね」

吉野はマヨネーズのチューブを置いた。

「いただきます」

二人の男の子はフォークを握って食べはじめた。

「こちらのお姉さんは、おばさんの知り合いなの？」遠藤が訊いた。

和子は苦笑いした。

「こちらのお姉さんは、私より年上なの。私はこれでも今年大学を出たばかりよ」

吉野はむっとした表情で言った。お腹が大きいから、おばさんに見られたようだ。

「私、童顔だから若く見られるのよ」

そう言って和子はレタスを箸でつまんだ。

「私たちは、同じ塾で仕事してるの」と、吉野が言うと、「事務員ですか？」と、遠藤が訊いてきた。

「これでも塾講師よ」

「すみません、白樺進学研究会には女の先生がいなかったので」

「そうなのね。白樺進学研究会の講師って、すごい大学の出身者ばかりね。さっき、塾に貼り出されていたのを見たけどびっくりしたよ」

吉野が言うと、遠藤と藤井は顔を見合わせた。

「お姉さんたちは、どこの塾ですか？」と、遠藤が遠慮がちに訊いた。

若桜スクールよ、と吉野が言うと、二人は顔を見合わせて微妙な顔をした。遠藤は、薄ら笑いを浮かべている。

「あなたたちは、どこの高校なの？」

吉野が訊くと、和子の知らない高校名を答えた。

「すごいじゃない、あなたたち頭がいいのね」

「いや、本当は早慶の付属を狙ったんだけど、僕も藤井も全滅したんで」

「そうなの、でも、大学でリベンジすればいいじゃん。あそこなら東大だって二十人くらいは行くでしょ？」

「そんなには、せいぜい十人ちょっとで、それに東大に行けるのは中高一貫生がほとんどだと聞いてます」

「でも、僕は東大狙いたいです」

あまりしゃべらなかった藤井が口を開いた。

「塾でも上のクラスには負けたくなかったです」

「そうです、僕も藤井も高見沢先生の数学の授業で成績が伸びたんで、塾長のクラスには負けたくなかったんです」

「白樺進学研究会はどんな感じの塾なの？」

吉野に訊かれて、遠藤が白樺進学研究会の様子を話しはじめた。塾は成績別にA、B、Cの三クラスに分けられ、一番上位のAクラスの数学を塾長が教えている。高見沢は二番目のBクラスで数学を教えていたが、遠藤と藤井は成績が伸びてきたので塾長がAクラスに入れようとして、高見沢が拒否して塾長と揉めたという。

「あなたたちは、塾長のクラスは嫌だったの？」と、和子が訊いた。

「高見沢先生の授業は面白くて、塾長の授業は春期講習で受けたけど真面目過ぎてやる気にならなかったんで」

遠藤が言った。

「僕は、英語は上のクラスの先生の方がよかったですが、数学は高見沢先生の授業が分かりやすくていいと思います」と藤井も同意した。

「英語の先生は、どんな人なの？」と、吉野が訊いた。

あっ、そうだった。和子は、鞄の中から白樺進学研究会の入塾案内を出して、講師の一覧が載っているページを開いた。

「あっ、高見沢先生の名前が消されてる。ひでえことをするなあ」

講師名簿を見て遠藤が言った。

「この先生が、Ｂクラスの英語の先生です」

藤井が指差したのが大学講師の肩書きがある高橋幸雄だった。遠藤の話では、高橋は異様に厳しい先生だったらしい。

「高橋先生は、塾で無能教師撲滅運動をやってました」

「無能教師撲滅運動って、どんなことしてたの？」

吉野の質問に、遠藤は少し笑みを浮かべながら話しはじめた。

「高橋先生は、自分に厳しい教師でないと生徒にも厳しくできないって、よく言ってました。俺が英語を完璧に鍛えたのに、数学をあんな無能な奴が教えたから君たちは早慶の付属に落ちたんだって、僕らに言ってきたんです」

「それって、高見沢先生の数学が駄目だったってこと？」と、吉野が訊いた。

二人は、顔を見合わせてしばらく黙っていた。

「高橋先生の前じゃあ何も言えないですが、Ｂクラスの生徒は高見沢先生の授業はよかったとみんな思ってます。ただ、僕らの実力が足りなかっただけで」

遠藤が言うと、藤井が頷いた。

遠藤の話では、高橋は白樺進学研究会に長年勤めていて、塾長の次に威張っていたらしい。講師名簿の下の方の名前と大学名だけ出ている講師は全員大学生で、白樺進学研究会の元生徒だという。長く勤めている高橋は、しばしばこの大学生の講師たちが塾の生徒だった頃のことを授業で話す、あいつはこの塾に来るまでは英語の基本文法すら理解してなかった、俺が英語を教えるようになってみるみる学力が上がったなどと。大学生の講師たちは高橋に頭が上がらないようだし、今の生徒の中にも高橋の信奉者は多いと遠藤は話した。

「高橋先生は、あいつは俺が塾長に言って講師にしたんだとか、あいつは無能だから塾長に言って首にするとか、僕らの前で平気で言うんで」

そう言って遠藤は、また藤井と顔を見合わせた。

小枝は高橋と知り合いらしかったが、遠藤たちの話を聞く限りでは高橋はプライドが高くて嫌な奴だと和子は思った。

「この中川先生はどうなの？　医師で大学講師って出てるけど」と、さらに吉野が訊いた。

「僕は中川先生の授業は受けていません。この先生は理科の先生だから、私立高校受験には関係ないですよ」と、遠藤が言った。

「僕は母さんから、中川先生は医学部の出身だから授業を受けなさいって言われて、中二の時に理科を取ってました。ただ、ぼそぼそぼそと話すんで、あまりよく分かんなかったです」

「そう言えば高橋先生は、中川先生も無能講師だって言ってました」

高橋は最上位のＡクラスを教えたいが、Ａクラスの英語を長年教えているベテランの先生がいて、高橋とは犬猿の仲だったと二人は話した。最下位のＣクラスは、大学生のアルバイトが教えるということだが、アルバイトの学生といえど難関大学の学生ばかりだ。

「クラス分けは、どうやって決めるの？」と、吉野が訊いた。

「塾長が適当に決めるみたいです」

藤井の話では、クラス編成は入塾テストの結果だけじゃあないらしい。

「親が大学の先生とかだと、塾長のクラスに入れたりするみたいで、それも高見沢先生が怒ってました」

遠藤が言うのを聞いて、それは酷いと和子は思ったが、若桜スクールでも塾長は親の職業を気にする。社会的地位のある親だと、塾長はたびたび電話してきて生徒の様子を訊いたり、特に力を入れて教えるよう指示したりする。

「おばさん、いや、先生たちは若桜スクールで何を教えてるんですか？」

遠藤に訊かれて、吉野は国語と社会、英語と答えた。和子は、算数、理科、数学、時々は社会も教えている。

「先生たち、何が専門なの？　白樺じゃあ、専門の先生が決まっているのに」

遠藤が言った。藤井も少し驚いた顔をした。二人の話では、白樺進学研究会では上位のＡクラスとBクラスの先生は教える専門科目が決まっていて、Cクラスの学生講師だけ複数の科目を教えているという。

和子は、塾では何でも教えるのが普通だと思っていた。若木教室では生徒が少ない頃は、和子はほとんど全科目教えていた。

「やっぱり、進学塾とは違うのよね。若桜スクールってどんな印象持ってる?」

吉野が訊くと、遠藤と藤井は顔を見合わせて笑った。やはり若桜スクールは、あまり優秀な生徒は通わないイメージのようだ。

「生徒を紹介すると、図書券とかアニメのシールとかあげるってやってるでしょ。あれは印象悪いよ」

遠藤が言った。藤井も同感という顔をした。和子は、高島平教室の教室長の人の良さそうな顔を思い浮かべた。生徒を集めるのに必死で、自腹を切って図書券やアニメのシールを配っていると聞いていた。

それにしても生徒たちは、塾のことを、講師のことをよく観察している。ヨッシーは、この子たちから聞いた話を伸義に報告するのだろうか? 伸義から白樺進学研究会の偵察を指示されているのかも知れない。

「ONO進学ゼミナールって知ってる?」と、さらに吉野が訊いた。

「ええ、グリーンシティの近所でしょ? うちの中学からも通ってましたよ」

「あそこの評判はどうなの？」

「どうって、塾長が気難しいって聞きましたが」

「僕は、白樺の入塾テストに落ちて、ちょっとだけ通いました」と言って、藤井がＯＮＯ進学ゼミナールの体験を話しはじめた。

藤井の話では、中二で入った時に他の生徒は中三で習う二次方程式や二次関数を自在に解いていた。藤井は追い付けなくて、毎回居残り勉強をさせられた。英語は、高校の文法の教科書を使っていたという。辛くて三ヵ月で退塾したが、白樺進学研究会の入塾テストに再挑戦した時、凄く簡単に感じたという。

和子が教えている生徒にもＯＮＯ進学ゼミナールから移ってきた子がいて、難しくてついていけなかったと話していたが、若桜スクールの月例テストは逆に簡単過ぎると言って受けなくなった。どうして、あの塾はそんな無茶な教え方をするのか不思議だった。生徒がやめてもかまわないのだろうか？　それでいて、卜部進の入塾は断っている、小枝が作った難関中学受験用の難問を簡単に解いた卜部進を。何を基準に入塾を判断しているのだろう。

遠藤は、白樺進学研究会の入塾案内を捲っていた。

「これ、見ろよ」と、遠藤が藤井に入塾案内の合格体験のページを指差した。遠藤と藤井の名前もある。

〈後輩にも是非勧めたい。素晴らしい授業で成績が凄く伸びた。遠藤克雄〉

〈中二で入ったが、その頃は考えてもなかった高校に合格できた。先生方の授業が素晴らしかったからです。藤井知行〉

「僕らは、高見沢先生の数学の授業が凄くよかったたって、書いたんですよ。それが削られている」

と、遠藤は言った。

どうやら、高見沢のことは白樺進学研究会の検閲で削除されたらしい。遠藤と藤井は大きくため息をついた。

遠藤が本棚に手を伸ばし、再び女子高の卒業アルバムを取り出した。

「このアルバムは、先生の高校ですか?」と、遠藤に訊かれて、吉野はにっこり笑った。

「そうよ、付属の女子高だったの。私も中学校のときは、模擬試験で学年トップだったこともあるのよ。アチーブメントも成績はトップクラスだったし。大学受験が楽だと思って付属に行ったんだけど、高校で遊んじゃって夜間の二部しか推薦がもらえなかったの」

「それで、大学はどうでした?」

「楽しかったよ、やりたいことはいっぱいできたし」

吉野は、本棚から雑誌を取り出した。ページを開くと、着物姿のセミヌードの写真が。

「えっ、これ、先生?」

遠藤に訊かれて、吉野がまたにっこり笑った。

「モデルやったり、テレビ局でバイトしてね」

そう言って、吉野は本棚から外国の雑誌を取り出した。

「これは、何語ですか？」

「フランス語よ、パリで買ったの」

「先生、フランス語が読めるんですか？」

「少しね。フランス語の先生がね、付属の女子高から来た学生は馬鹿ばかりだって、特に二部に来るのは、ろくでもない奴ばかりだって言われて、頭に来たから近くのフランス語学校で勉強したの」

吉野は、雑誌を捲りながら言った。

「やべっ、これ大丈夫なんですか？」

遠藤の声が裏返っている。雑誌には、江戸時代の春画が載っていた。

「大丈夫よ、学術研究の資料として買って来たのよ」

そう言って、吉野がフランス語の記事を音読しはじめた。和子には、フランス語はわからなかったが、シュンガとウタマロだけは聞き取れた。遠藤と藤井も、不思議そうな顔付きでヨッシーのフランス語に聞き入っていた。

「だいたいの意味は、日本の春画には猥褻さが感じられない、表現の原始的な荒々しさと極めて特徴的な構図が観る者を圧倒すると、あるの」

吉野は本棚から、原稿用紙を綴じた分厚い冊子を引っ張り出した。

「これが私の卒論なの。日本文学の英訳の研究をして、海外での日本文学の影響を調べたのよ。ちょっと、読んでみようか？」

遠藤と藤井は、顔を見合わせてから頷いた。

吉野は、お腹が苦しいからと、背もたれにクッションを敷いて膝を立てて座って、卒論の冒頭部分を音読しはじめた。

「この論文の先行研究として、日本文学の最高峰と目される……」

卒論の冒頭は、源氏物語の英訳の比較研究について述べているようだが、古文の苦手な和子には理解できなかった。ただ、ヨッシーの流れるような音読に和子は聞き入ってしまった。源氏物語の本文からの引用や英訳の部分も淀みなく読んでいくので、遠藤と藤井も引き込まれているようだった。

あれっ、遠藤の視線の先は？　夢中で読むヨッシーの膝が開いてしまって、あれじゃあパンツが丸見えだ、みっともない、注意しようかどうか和子が迷っているうちに、ヨッシーの朗読は終わった。

「これが、卒論の最初の部分よ」と、座り直して吉野が言った。

「すごいですね。先生は、古文も英語も読むのが上手いですね」と、藤井が言った。

「えへへ、ありがとう。私、高校の時、古文だけは得意だったの」

「そうだ、僕らは高校で新しい塾を探してたんだけど、新宿の英語と数学だけの塾に通ってるんです。先生、古文を教えてください」と、遠藤が言った。

吉野は、うふふっと小声で笑った。

「そうねえ。でも、私はもうすぐ出産だし、九月からしばらく仕事を休む予定よ。首にならなければ、若桜スクールに戻るつもりだし」

「だったら、日曜日にここで教えてください。ここで塾をやればいいですよ。友達も連れてくるし」

すっかり、遠藤に気に入られたようだった。

後に吉野秀実が、古文のカリスマ講師と呼ばれるようになるのは、この日の出来事がきっかけとなった。

――第八章　夏の日にグリーンシティで北村律子と話したこと――

―第八章　夏の日にグリーンシティで北村律子と話したこと―

1

今夜も電話がかかってくるだろうか？　和子は、毎晩川口からの電話を待つようになっていた。初めて、深夜にか細い声で「こんばんは、夜分に突然の電話ですみません。以前に若桜スクールでご一緒した川口です。青砥さん、お変わりありませんか？」と電話がかかってきたときは、少し驚いた。どうして川口が私の電話番号を知ってるんだ？　でも、若桜スクールは個人情報の管理が杜撰だから、川口が和子の履歴書を見て電話番号をメモしていたとしても不思議はないなと気がついた。お変わりないも何も、先週、西尾の塾経営セミナーで会ったばかりだ。そういえば、川口は小枝にも電話したんだったなと思い出した。川口は、東大進学セミナーのフランチャイズ加盟の営業をさせられて大変そうだと小枝から聞いていた。「若桜スクールは、変わりないですか？」と、川口は重ねて訊いてきた。塾長は相変わらず誰かを怒鳴りつけてるが、若木教室は平和だと和子は話した。「シンギーは相変わらずか」と、川口は言って力なく笑った。和子は、塾長をシンギーと呼ぶのを久しぶりに聞いた。塾長の田嶋伸義を陰でシンギーと呼んでいた職員は、川口を含めて全員退職していった。川口は、大学を卒業してから塾業界しか就職先がなかったが、この業界で仕事してよかったと話した、昔の教え子から声をかけられると嬉しいと。川口は、とりとめもない話をして電話を切った。時計を見ると、午前一時を回っていた。

三日後に、また川口から電話がかかってきた。塾業界にいられなくなる行為が二つあると、川口は話した。一つは月謝や会社の金を横領すること、もう一つは生徒に手を出して性的な関係を結ぶこと、このどちらかで警察沙汰になると、どこも雇わなくなると、川口は言った。川口の話を聞きながら、仮に塾業界に悪名が知れ渡っても別人に成り済ませば分からないだろうと和子は思った。採用時に、大学の卒業証明書や成績証明書を出すわけでもない。大学を出てようが、出てなかろうが関係ない業界だと、和子は勤めはじめてから気がついた。

次の電話で、川口は池袋で昔の教え子と出くわし、私を買ってと言われた、という話をしてきた。そんなことは言うもんじゃない、と川口は叱ったらしい。話を聞きながら、池袋のどの辺りで会ったんだろう？　と和子は思った。風俗店やラブホテルが乱立する夜の池袋を思い描いた。川口はまた取り留めもない話をして、一時間ほどで電話を切った。

翌々日、また深夜の零時頃に電話がかかってきた。また、とりとめもない話をした。話を聞きながら、以前にも同じようなことがあったなと和子は思った。そうだ、筒井輝子が病院に就職したときだ、仕事が辛い、もう辞めたい、薬剤師の仕事なんかやりたくないと毎晩のように電話してきた。川口も、話し相手が欲しいだけのようだった。別に、口説いてくる訳でもない。

次に川口から電話があったとき、他に誰かに電話したかと和子は尋ねてみた。吉野秀実に電話して、にべもなく電話を切られたと言って、力ない笑い声が聞こえた。親しくもない男から深夜に電話があれば、切るのが普通だろうと和子は思った。ヨッシーが妊娠していることは、川口は知らないようだった。今の仕事はどんな感じかと和子は尋ねた。営業が大変だが、授業は楽しいと川口は言った。給料は若桜スクールよりはいいのかと、和子は重ねて訊いた。別に若桜スクールから転職することは考えてないがと付け足した。川口は、しばらく沈黙した。先々月の給与が、先月振り込まれるはずだったのに、まだ振り込まれていないと川口は言った。そう言ってから、川口のため息が聞こえてきた。しばらく沈黙があった。給与の遅配は、しばしば起こる会社だと川口は言った。和子は、西尾に銀座へ連れていかれたことは黙っていた。東大進学セミナーの西尾塾長は個性派ねと和子が言うと、川口はまた、しばらく沈黙した。手を広げすぎて、東大進学セミナーは借入金がかなりあるらしいと川口は言った。西尾塾長の命令で会社の幹部連中は、融資元を必死で探しているという。幹部は田嶋健寿堂のことも調べているらしい、もしかしたらシンギーの親父から融資してもらって若桜スクールと業務提携することになるかなと言って、また川口のか細い笑い声が聞こえてきた。川口の声は、人畜無害な虫の鳴き声に似ていると和子は思った。秋の夜に鳴く虫のように、夜の闇の中に溶け込んでいる感じだった。

今夜は、電話がかかってきても長話はしないで切ろう、明日は、大和教室で専任会議がある、と考えているうちに和子の意識は薄れていった。

専任会議に見知らない男が一人いた。三十代後半くらいの年配の男だった。新しく入った社員のようだ。若い社員が多い塾で、今まで田嶋塾長よりずっと年長なのは小枝文哉くらいだったが、男は小枝よりもさらに年上に見えた。

学生アルバイトから四月に社員になったばかりの下田は、疲れた顔になっていた。和子が挨拶すると、下田は無表情のまま少し頭を下げた。やはり川口の言っていた通り、インカレのノリでやっている学生バイトと違って、社員はきついのだろう、特に塾長と由利子のいる大和教室は。

田嶋由利子が、カセットレコーダーを持って事務室に入ってきた。黒板の前の机にレコーダーを置いて、カセットテープを入れて準備している。

もしかしたら、この前の塾経営セミナーのテープを聴かされるのかも知れない。和子は、塾長の父親が携帯用のカセットレコーダーで録音していたのを思いだした。あの話をまた聴かされるのはうんざりだ、それに、わたしの笑い声も入っているし、と和子は頭の中で呟いた。

塾長の田嶋伸義が入ってきて、大和教室教室長の宮山が立ち上がった。

「みなさん、ご静粛にお願いします」

そう言って、宮山は専任職員を見回した。しゃべり声が止んだ。

「それでは、専任会議を始めます。まず、塾長に話していただきます。よろしくお願いします」

宮山は、塾長の方を向いて一礼した。伸義は領くと新聞と雑誌を持って立ち上がった。

「まず、この新聞の全面広告を見ていただきたい。今年、株式を店頭公開した国立進学アカデミーのものだ。それから、この雑誌の記事にも目を通して欲しい。今まで、うちの塾に足りなかったもの、そして、これから何を目標にすべきなのか、今日の会議でその情報を共有したい。新聞と雑誌は回すから、それから、この国立進学アカデミーの社員研修の録音をこれから聴いてもらい、後日レポートを出してもらう。この塾の塾長、従業員には社長と呼ばせているようだが、研修でどんなことを話したか、まずは聴いてもらう」

得意気な薄笑いを浮かべて、伸義はカセットテープレコーダーのスイッチを入れた。いつになく、塾長のテンションが高い、いや、ちょっとスイッチが入るとこうなるのは、いつものことだ。久しぶりに塾長を見たから、異様なテンションに見えたんだと和子は思った。

カセットテープレコーダーからは雑音の中、伸義よりも更に甲高い声が聞こえてきた。

〝うちは、生徒数が一万人を越えて教育機関としてと言いますか、私塾としてですよ、私塾として日本一になったわけですが、数が日本一というのは生徒数だけではなく、合格実績、例えば早慶付属校に関しては、一番声を大にして言いたいのは、なにしろ数が圧倒的なんですよ。今年は二百五十名以上の合格者を出して、他の塾を全く寄せ付けていない。どうして、これだけの実績を上げられるのか、他の塾の先生方は、あるいは経営者は、不思議でしょうが、理由は簡単です。職員の熱意が違うんですよ。この研修を受けていただければわかるでしょう、経営者の熱意が、私の熱意が違うんですよ、他の塾とは。……〟

関西訛りのイントネーションの甲高い声で、時々音が割れて聞き取りにくい。それにしても塾長という人たちは、どうしてこうも自慢話が多いのだろうと、和子は少し呆れながら聴いていた。

〝そもそも、この塾は私が経済学部の学生時代に始めて、最初は生徒は五人しかいなかった。……〟

前に同じような話を聞いたな、そうだ、あの都議会議員に立候補した島村博一という塾経営者も、学生時代に塾を始めたとかだったなと和子は思いだした。東大進学セミナーの西尾塾長は、学生運動の資金調達に仲間と一緒に塾を始めたと話していた。だいたい塾の経営者なんて似たようなものなのかも知れない。大学を出てもまともに就職しないで、塾でお山の大将みたいになってと和子は考えながら聴いていた。

〝甲子園の高校野球は、どうしてあんなに感動するのかわかりますか？　勉強に落ちこぼれて、素行も悪い生徒が集まるような高校の生徒でも、目標を持ってひたむきに努力すれば、人に感動を与えることができると指導者自身が知っているから、わかっているから、生徒に厳しく指導ができるんです。

私も長年、指導してきて、時には厳しい体罰を与えることもあった。昔は、紙を棒のように硬く丸めてバーンと生徒の頭を叩いていたが、今は、叩くときは素手で、自分も痛みを感じながら叩いている。生徒だけでなく指導者も痛みを感じることで、生徒に気持ちが伝わるんですよ。〟

和子が小枝の方を見ると、小枝も和子の方に視線を向けていた。小枝とは、きょうの専任会議で生徒への体罰の問題を話題に出すつもりで相談してきた。でも、田嶋塾長からして、あの性格だから難しいとは思っていたが、このテープを聴いてからでは更に難しそうだ。

〝学歴を付ければ大企業に就職できるとか、生涯賃金がどれだけ違ってくるかとか、そういった金銭で、利益誘導で、生徒を指導してはいけない、目標に向かって努力すること、ひたむきな努力がどれだけ人を感動させれるか、努力する姿の美しさを生徒に語ること、それがこの塾の教育理念、指導理念です。いいですか、忘れたらいかんですよ！〟

崇高な教育理念を語る一方で回ってきた雑誌には、株式を公開すれば返済不要の資金が潤沢に入るから経営戦略が強化されると、株式公開を果たした社長は終始ご機嫌でインタビューに答えたとの記事が、生徒たちとにっこり笑う社長の写真と一緒に載っていた。田嶋塾長と同じくらいの若い社長だった。新聞の全面広告にも、同じ社長の写真が大きく載っている、最大ではなく最高を目指す、のスローガンと一緒に。

国立進学アカデミーの塾長の話が終わったようだ。伸義が立ち上がって、テープレコーダーのスイッチを切った。笑みを浮かべて専任職員を見回している。

これから、また田嶋塾長の長い講話が始まるのだろうなと和子は思った。

「今まで、生徒数一千人を目標と語ってきたが、私はそれが達成されたことで満足したわけではない。これから一万人を目指すと言うつもりもない。生徒数が、一万人になっても、二万人でも、そんなことで私は満足はしない。

この国立進学アカデミーは板橋にも教室を開き、埼玉、千葉でも大攻勢をかけている。だが、これは最大のチャンスと言える。先行する塾を走るだけ走らせ、体力の弱ったところに攻勢をかければ労せずして勢力を拡大できる。株式公開というのは両刃の剣で、株の買い占めで経営権を支配される可能性もある。私は、これを逆手に取り、新たな経営戦略を構築するつもりだ。これから、うちの塾は都内、埼玉、千葉への教室展開だけでなく、経営体力の弱った大手、中堅塾の吸収戦略を強化する。その為には、一にも二にも情報が必要である。情報収集のための手段は多様だ。社員も常日頃から情報収集に努め、知り得た情報は直接私に、又は教室長を通して細大漏らさず上げるようにしていただきたい。情報の質に応じて、報奨金も惜しまず出していく。今や、塾業界は戦国時代、誰が家康になるか、いずれは歴史が決めるだろう。……」

やれやれ、情報収集に行かされた塾経営セミナーの昼食代すら自腹で払わされたのに、報奨金なんて当てになるもんかと、和子は思った。和子は吉野に目を遣った。吉野は真剣な表情で仲義の話を聴いていた。ヨッシーは、白樺進学研究会の労働組合の騒ぎを塾長に報告したんだろうか？仲義は若桜スクールの拡大戦略について延々と話しつづけたが、和子には、東大進学セミナーの西尾要一が塾経営セミナーで語った話の受け売りのように感じられた。

仲義の長い話が終わって宮山が立ち上がった。

「田嶋塾長、ありがとうございました。さて、先ほどから話題に出ている株式公開をした国立進学アカデミーから転じて、私たちの仲間になっていただいた西田秀雄先生を紹介させて頂きましょう。先生は、国語教育の大ベテランで大手、中堅塾で長年仕事をされていらっしゃいます。西田先生、自己紹介をお願いします」

宮山に紹介されて、あの年配の男が立ち上がった。

「国語の西田です。この塾は、これから伸びていくと思いますので、私も微力ながら力になりたいと思います」

西田は、短く無難な挨拶をした。

あれっ、どこかで見たことがあるようなと和子は思ったが、他人のそら似かも知れない。

「ちょっと、いいですか？」と、小枝が手を挙げた。

「小枝先生、何でしょう？」と、宮山が硬い表情で言った。専任職員が自主的に発言するのは異例だ、しかも小枝自身まだ雇われてから日が浅いのだが。

「若木教室の小枝です。先ほどの国立進学アカデミーから、うちの教室に移ってきた生徒の話ですが、この塾は荒っぽい先生が多くて嫌になってやめたと話してました。先ほどの社員研修の録音を聴いても、なんだか体育会系のしごきみたいな雰囲気で、合わない生徒もいるんじゃないかと思いますが、そのあたりは西田先生、どうでしょう？」

西田は、少し狼狽えたように仲義と宮山の顔を見た。やや躊躇いながら、西田は話しはじめた。

「やめる生徒がいるのは仕方ない、厳しくして生徒がやめるのは、責任は自分が取ると社長は常々言ってました。あっ、いや、私は生徒に手を出したことはないですよ」

生徒に手を出すって、どっちの意味だろうと和子は思った。

「スパルタ式の教育で結果を出してきてるんだから、それで問題はない。生徒がやめれば、こっちが責任を取る」

と伸義は苛ついた感じで言った。一人の生徒がやめるのにも、説得の電話をかけさせて報告書を出させて、説得の仕方が悪いと怒って大騒ぎする塾なのに、と和子が考えていると、

「青砥さんは、この件をどう思います?」と、宮山が和子に振ってきた。

「あっ、はい。私は、あの、生徒の中には怒られると萎縮する子もいて、怒らないで教えた方が伸びる子もいると思います」

あっ、まずいことを言っちゃったぞ。塾長が露骨に嫌な顔をした。

「青砥さんは若いし社会経験も少ないので、いきなり意見を求めた私もまずかったですが」と、宮山が庇うように言った。

「塾長が言ったのは、愛情を持っての体罰であればということで、若い先生はそこを履き違えないようにしてください」

由利子が言って、この話題は終わった。

「丸川先生、若木教室の話題が出ましたが、現状はどうなんでしょう?」と、宮山が丸川に尋ねた。

「若木教室は、生徒募集では出遅れておりますが、これは若木教室が進学実績を出すのに特化した教室にする過程でございまして、この二、三年以内に私立御三家を始めとする最難関校に複数名の合格者を出すよう、計画は順調に進んでおります」

丸川が言いおわると、

「先ほどの社員研修のテープを聴いていただいた通り、私のおりました国立進学アカデミーでは早慶付属校に二百五十名以上の合格者を出していまして、私立御三家にも百名近い合格者を出しています。この塾でも、その経験を活かすことができると思います」

西田が、すかさず言った。和子が、小枝の方を見ると、また目が合った。前に小枝が言っていた通り、西田がいた国立進学アカデミーの御三家合格実績というのは、本部校の近くにある難関私立中学を加えて水増したものだ。早慶付属校の合格実績も一人で何校も受かった生徒がいるから、実質は百名程度だろうと小枝は推測していた。

「先ほどの話に付け加えるが」と、伸義が再び話しはじめた。

「これから全国展開を図るために、フランチャイズ化も進めていく。若桜スクールグループに加盟するための最低条件は、二千万の資金を用意してもらうことだが」

二千万！　東大進学セミナーの塾長より大きく出たぞ、和子は塾経営セミナーの報告書に最低五百万、一千万はあった方がいいと東大進学セミナーの西尾要一が言っていたと書いたが、やはり田嶋塾長には対抗意識が有るんだな。

「それから、意欲のある社員の独立もサポートするつもりだ。丸川先生には前から話してあったが、御三家を始め最難関校に複数の合格者を出したら、成果に応じて暖簾分け独立を認めていくつもりだ。その際には、資金の手当てからロイヤリティーの減額などの優遇措置を取る。自己資金も五百万から一千万で、それもこちらが低利で融資するので安心して独立できる。まずは、丸川先生が教室長として若木教室で実績を出し、独立できるように全力でサポートするので、丸川先生も頑張って若桜スクールでの暖簾分け独立の成功モデルを築いてほしい」

伸義が、そう言って丸川を見ると、丸川は嬉しそうに笑顔で立ち上がって、専任会議の出席者に一礼して、よろしくお願いします、と言った。

「それでは、休憩後に夏期講習と夏合宿の打ち合わせを行います」と、宮山が閉めた。

専任会議の時は、和子は由利子と顔を合わせるのが嫌で上の階のトイレを使う。トイレを出ると、西田が階段の前に立っていた。

「こんにちは、初めましてじゃあなくて、前にお目にかかりましたね」

西田は色黒で脂ぎった感じだった。歳は三十代後半か四十代くらいに見えた。

和子は、頷いた。そうだった、あそこで見たんだ。グリーンシティでやった塾長の教育セミナーに来ていた男たちの中にいた。田嶋塾長は、チベット医学だかインド哲学だかの質問をされて赤っ恥をかいたんだった。あのセミナーに来ていた人が、どうしてここに？

「あの講演会を聴いて面白い塾だと思い、ここの採用試験を受けたんですよ」

そうか。でも、どうしてあんなみっともない講演を聴いて、この塾に来たいと思ったんだろう。

「あの講演会で、司会をしているあなたを見て、すぐに分かりましたよ」

と言って、西田は和子に身体を近付けてきた。講演会で見て？　あの講演会の前にどこかで会ったことがあるのか？　西田は、大胆に身体を密着させてくる。

「私は、あなたの味方ですから、ファンですから、安心してください」

和子の耳元に西田の息遣いが聞こえてきた。和子は、身体を引いて離れた。西田は薄ら笑いを浮かべて、視線を上から下へと動かした。何かおかしい、この男は。

会議を始めますよお、という由利子の声が下の階から聞こえてきた。


会議の後半では、各教室の夏期講習と夏合宿の生徒募集の状況が表にして貼り出されていた。内部生の参加率、外部生の募集状況とも、若木教室は目標を大幅に下回っていた。

伸義が口火を切った。

「夏期講習会の募集が出遅れてる若木教室の問題は、後で全専任職員の問題として話し合う、まずは順調に目標を達成した高島平教室と大和教室の教室長から、夏期講習会の課題と今後の目標について話してもらう」

若木教室は進学実績を上げることに特化すると言った舌の根も乾かぬうちに、営業実績で槍玉に挙げられるのかと、和子はうんざりした。

高島平教室の教室長は、地道に営業活動をしてきた成果だ、今後も更に営業に力を入れて生徒数を増やしたい、と話した。生徒を紹介したら図書券や景品を出すという営業のやり方が、他の塾の生徒に馬鹿にされているとは思わないのだろうか？　と和子は思った。

大和教室の教室長の宮山は、父兄と度々面談して信頼関係を築いていることが大きいと話して、大和教室では塾長と由利子先生の授業があるのも父兄に安心感を与えていると、そつなく付け加えた。

赤塚教室と大山教室は、夏期講習の新規生徒数が目標に達していなかった。赤塚教室の教室長は、近隣の塾も夏期講習の営業に力を入れていると言うと、それは言い訳にならないと伸義に一喝された。

大山教室は、もともと個人塾が強い地域だが、大手の進出が噂されている。大手が進出する前に、絶対的優位を築くためにてこ入れをする必要があると伸義は話し、営業成績が改善しないと教室長の解任もあり得ると示唆した。

いよいよ若木教室の番だが、丸川は余裕たっぷりの表情だった。

「丸川先生、若木教室の現状について話してください」と伸義が言った。丸川は笑顔で立ち上がった。

「はい、先ほども申し上げました通り、若木教室は進学実績に特化した教室にする方向で、特に優秀な生徒は御三家受験で実績のあるＴＩＰ進学研究会での夏期講習会に武者修行に出していきます。夏期講習では、更に最難関レベルの中学、高校が狙える生徒も入ってきてます。二、三年後には、素晴らしい結果が出るのではないかと、今からわくわくしています」

「私からも、付け加えさせていただきます。二、三年後と言わず、来年度にはある程度の成果が出せると考えています。御三家レベルでの合格者が複数名出せると予想しています。ただ、うちの教室だけでは刺激がないので、TIPでモチベーションを高めてくれればと思い、夏期講習会に送り出しました」と、小枝が付け加えた。

「甘いなあ、あんたらの考えは、本当に甘い。呆れるほど甘い」と、西田が口を挟んだ。

「うちの塾じゃあ、いや、私が前にいた国立進学アカデミーじゃあ、生徒を囲い込んで、絶対に他の塾に行かせせんかったよ、本当に御三家なんか受かる生徒なら、絶対に離さんよ」

「囲い込んで、受からなかったら元も子もないじゃないですか。とりあえず、うちとしては実績を出すまでは実績のある塾の力を借りてやる方がいい」と、小枝が反論した。

「私が、その生徒を指導したら確実に進学実績は出せますよ、前にいた塾じゃあ御三家にも百名近い合格者を出してたんだ。私は長年実績のある塾を渡り歩いてきたから、難関校の合格ノウハウは熟知しているつもりですよ」

「あなたは、国語が専門と言ったが、受験算数も教えられるんですか？」

「いや、だが実績では、トップの塾にいたから、ここことはレベルが違うんですよ」

「実績が違うというが、国立進学アカデミーの私立御三家の合格者の内訳は、各校何名ずつですか？」

「内訳は知らんが、とにかく百名近くの合格者を出していますから」と西田が言うと、小枝は皮肉っぽく笑った。

西田と小枝の言い合いは、しばらく続いた。

「塾長、どうでしょう？」

宮山が、仲義に尋ねた。仲義は、笑みを浮かべていた。

「まあ、結果を見ようじゃないか。もし、夏期講習が終わってTIPに行った生徒が戻ってこなかったら、小枝先生には責任を取っていただく」

仲義が言って、この話題は終わった。

「夏期講習と合宿のテキストだが、外部生が九月から入塾したくなるように、イラストを入れようと思う。誰かやりたい者はいるか？」

仲義が言った。

夏期講習と合宿のテキストは、塾長の指示で職員が作成するが、ほとんどが塾専用教材の出版社の見本をコピーしたものだ。イラストも、どこかからコピーするのがおちだろう。

「ちょっと、質問です。夏合宿の中三の数学テキストですが、夏期講習の前半のテキストは二次方程式まで終わってないのに、どうして二次関数が中心になってるんですか？　夏期講習から入ってきた生徒が理解できないでしょう。このテキスト構成は納得できません」

小枝が、言った。

「納得できない？　そういう言い方をされると、こっちも感情的にならざるを得ないなあ。小枝先生、あなたは文系の講師なんだから、余計な口を出す必要はないだろう」

伸義が声を荒らげた。伸義と小枝がしばらく睨み合う。吉野が挙手をして立ち上がった。

「あの、すみません。私がテキストを作って、塾長に言われて、夏合宿の数学のテキストを作って、通常授業で二次方程式をやってるから大丈夫だと思って、すみませんでした」

えっ、ヨッシーが数学のテキストを作ったの？　だって彼女は文系出身だし経験が浅いし数学の専任がいるのにと和子は思ったが、出席者をよく見ると、数学の専任二人の姿がない、どうして？　退職した？

「しょうがないな。丸川先生、吉野さんに手伝わせて、きょう中に夏合宿用の二次方程式の補助テキストを作って印刷してください」

と、伸義が指示した。

会議の後で、丸川のテキスト作りを和子も吉野と一緒に手伝った。丸川のテキストも、既製品をコピーして輪転機で印刷しただけのものだ。印刷されたテキストを和子と吉野がホッチキスで留めていく。

「ねえ、あの西田って人ね、国語しか教えないって言ってるのよ」

和子と二人っきりになって、ヨッシーが話しかけてきた。

「数学の専任社員が二人も辞めたのに、どうして国語の専任を雇うかなあ」

吉野が、愚痴るように言った。ヨッシーは九月から出産で休む予定だ、復職が難しいかも知れないと心配しているなと和子は思った。

和子も、どうして西田を雇ったのか不思議だった。国語の専任社員は、大和教室では下田もいるし夏期講習はバイトの学生でも回せるはずだ。

「よく塾長と由利子先生がね、やっぱり女の社員を雇ったのは失敗だったたって話してるのよ」

えっ、そんな。どうして？

「これだけじゃあないのよね」と、吉野がお腹を指差した。

吉野の話では、保護者の中に男の先生の方がいいと言ってきた母親がいたらしい。

「でも、塾長と語る会で、塾長の授業が嫌だって言った母親もいたでしょ？」と、和子が言うと、あの生徒はとっくにやめたよ、と吉野は言った。

「今日の会議だって、私と青砥さんだけさん付けで、他の社員は先生って付けてたでしょ、私たちは下に見られてるのよ」

と、吉野は言った。和子は別段気にならなかったが。そもそも、会議の場以外では塾長は社員を呼び捨てにする。だが、若木教室にいると気にならないが、大和教室では塾長や由利子と毎日顔を会わせるから、いろいろあるんだろうなと和子は思った。

作業を終えて、ヨッシーをお茶に誘ったが、きょうは早く帰って寝たいと言った。和子も地下鉄の駅に一緒に行き、吉野とは反対方向の電車に乗った。

2

C棟の十三階の共用フロアまで来て、和子は手にしたペットボトルのスポーツ飲料を飲み干した。丸川に指示されて、朝から小枝と手分けしてグリーンシティのチラシ配布をやっていたが、和子はA棟からC棟まで投函したら昼休憩をとることにした。階段を上って、各部屋の新聞受けにチラシを入れていくのは夏の暑さもあって過酷だった。小枝はN棟からL棟辺りまで終えただろう。

夏合宿が終わり、明日から夏期講習の後半が始まる。和子は初めての塾合宿で疲れた。吉野は、夏期講習の前半で体調を崩して合宿には来なかったので、合宿に参加した女性社員は和子一人、いや、由利子もいたのだが、一番の問題はその由利子だった。

高原のホテルに向かう貸し切りバスの中では、合宿参加の中三と小六受験科の生徒たちは修学旅行気分だった。サービスエリアで休憩中に、生徒たちの歓声が上がった。埼玉に拠点を置く大手塾のバスが次々と入ってきた、五台、六台と。生徒たちが手を振ってエールを送り合うのを見て、和子は誇らしかったが、塾長の伸義は別のことを感じたようだった。十二台か、多いな、と伸義は呟いた。若桜スクールの三倍の数だ。

ホテルに着いて休む間もなく勉強漬けになると、生徒たちの表情は硬くなった。食事と風呂の時間以外は、ひたすら問題を解いて○×をつけるの繰り返しだ。浴場の入り口には由利子が立っていて、生徒が騒いでいるとたちまち怒鳴りつける。

夜は塾長夫婦だけ別室で、他の職員は生徒と一緒に大部屋で雑魚寝だった。夜中にしゃべっていると、由利子が下着姿のまま怒鳴り込んでくる。初日に男子部屋にも由利子が怒鳴り込んで、職員まで叩き起こされたらしい。下着のまま怒鳴り込んだそうで、小枝が翌日こっそり和子に耳打ちした、由利子先生の下着姿なんて見たくもなかったと。

二日目にトラブルが起きた。若木教室から参加した小六の卜部進の目付きが悪いと、由利子が平手打ちしたのだ。話を聞いて、小枝が猛然と抗議した、あの子は、もともとあの顔付きなんだからと。由利子は、眠そうな顔をしてると注意したら反抗的な顔をした、あれでは中学入試も面接で落とされると反論した。二人の言い争いは夕食後まで続いた。

そもそも、卜部進はなぜ合宿に参加したのか、和子は不思議だった。進は、難関中学の入試問題でもほとんど解いてしまうし、何より母親には受験する中学に拘りはないようだった。小枝は、合宿に行かないで自宅で勉強した方がよいと勧めたが、母親は進が集団行動が苦手だから合宿で慣れた方がいいと主張した。塾にとってはありがたいが、合宿の教材が進には簡単過ぎるのは明らかだった。小枝が進のために別の教材を用意していたが、それも由利子は気に入らなかったらしい。いや、由利子は塾長の伸義の怒りを代弁していたのかも知れない。塾長は、年長の小枝を疎ましく思いはじめている気がする。

和子がチラシを投函していると、エレベーターが開いて人が降りる音が聞こえた。

―第八章　夏の日にグリーンシティで北村律子と話したこと―


「チラシの配布ですか？　暑いのに大変ですね」

和子は声のした方を振り向いた。えっ？　あっ、生徒の母親かと思ったら、あの女だ、ＯＮＯ進学ゼミナールの。

女は慇懃にお辞儀するので、和子も頭を深く下げて、お邪魔しております、と挨拶した。

「ちょっと、冷たいお茶でも飲んでいかれません？」と、女は言った。和子は断ろうとしたが、

「ちょうど、よかった。あなたにお話したいこともあったの。どうぞ寄っていかれてくださいませ」

と、女は丁寧に言って、部屋の鍵を開けて和子を招き入れた。

廊下を通って広いダイニングリビングに入ると、大きめのテーブルが置いてあった。和子が女に勧められて着席すると、女は冷蔵庫からオレンジジュースを出してきてグラスに注いだ。女は北村律子と名乗った。

「塾の先生って、変わった人が多いのよね。高橋先生って知ってる？」

高橋先生？　若桜スクールの先生かな？　和子は思い当たらなかった。

「あなた、この前、白樺進学研究会に行ったでしょ？」

あっ、あの話か。あの時、小枝とあの塾の塾長が高橋という講師の名前を出していた。ヨッシーと一緒に話した二人の高校生も高橋先生の話をしていた。大学の講師をしていて、塾で無能講師撲滅運動をしているとかいうプライドの高そうな人だ。

「この前、高橋先生の家に行ったらね、自分だけコップにジュース注いで飲みはじめるの、私た

ちには勧めなくて。それからエクレアを出して、自分一人でパクパク食べてね」

そう言って、女はゴクリと音を立ててオレンジジュースを一口飲んだ。

「高橋先生って、白樺進学研究会の英語の先生だけど、大学でも非常勤で教えていてね、給料から源泉徴収されたら怒って大学の事務室に抗議したって」

何の話だろう？　和子には関係なさそうな話だ。

「高橋先生は、健康保険証や年金手帳も持ってないんですって。もう、いい歳なのに大丈夫なのかなって」

中三の社会のテキストに国民の三大義務って出ていたな、と和子は思い出した。納税の義務、教育の義務、勤労の義務って日本国憲法にある。

「ねえ、私たちのセミナーに参加しない？　毎月、この部屋でやっているの」と、北村が言った。

何のセミナーだろう？

「世界にはね、税金の無い国があるの。それから医療費もかからない国が、高度な医療が無料で受けられる国があるのよ」

えっ、そんな国ってあるの？

「科学技術が発達しててね、最先端の教育が無料で受けられるのよ」

まるでSF小説の世界だ。

「ちょっと待ってね」

と北村は別室に行って、本を二冊持ってきた。

「これが、高校のテキストなの」

北村が一冊広げると、和子の知らないアルファベットがひっくり返ったような文字で書かれていたが、量子化学のことが書かれているのはシュレディンガー方程式やπ結合の図を見ればわかる。こんな難しいことを高校で教えているのだろうか？

もう一冊の本を北村が広げると、これは朝鮮語の文字だと和子にもわかった。やはり、量子化学の説明が書いてあるようだ。さっきの、アルファベットがひっくり返ったような文字はロシア語かも知れないと、和子は思った。

「こんな難しいことを高校で教えているのですか？」と、和子が訊くと、北村は微笑んだ。

「日本では難しいと思うようなことを、誰でも当たり前に理解している国があるのよ」

北村は、また別室に行き、二冊の本を持ってきた。今度は、日本語のとても古い本だった。教育関係と遺伝学の本だ。

「私たちのセミナーは、この二人のことを研究しているの、生物学者のルイセンコ博士と、教育学者のマカレンコ先生よ。この二人の研究によって、二十世紀に歴史上初めてユートピアのような国が誕生したの」

おかしな話だ、そんな国が有るなら、もっと知られているだろうにと、和子は思った。

「日本の政府は、日本だけじゃなく他の国の政府は、この国のことは隠しているの。だって、税金は無いし、医療や教育は無料で世界最先端の高度なものが受けられるのよ。真実を知られては、政府が困るの」

ルイセンコ？　そう言えば和子はどこかで聞いた名前のような気がした。

「私たちのセミナーは、ルイセンコ博士の遺伝の理論とマカレンコ先生の教育理論を元にしているの。すでに、すばらしい成果を出しているわ。どう？　よかったら、来てみて、ONOセミナーに」

ONOセミナー？　ONO進学ゼミナールのことじゃあないの？　どうやら塾の話ではなさそうだ。

「そのルイセンコの遺伝学とはどんなものですか？」

「ルイセンコ博士の理論は、私も生物学が専門じゃないけど、簡単に言うと獲得形質が遺伝するということなの、ある環境下において獲得した能力は子孫に伝わるのよ。ダーウィンの進化論は間違っていたの、メンデルの法則も間違いだったと科学的に証明されているわ」

そんな馬鹿な、そんな説は聞いたことがない。あっ、そうだった、ルイセンコは大学の講義で聴いたことがあった、ソ連の農業政策を大混乱させた偽物の生物学者だと。

「日本の科学は遅れているのよ、私たちの仲間の尾野先生はね、実際に共和国に行って確かめたの、本当にそんな最先端の科学技術が一般化した国があるのかと。本当だったそうよ、ルイセンコ博士の理論によって農業生産は飛躍的に伸びて、飢餓の無い永遠に発展し続ける国があるんだと」

和子には宗教じみた話に聞こえた。

「いま、尾野先生は大阪で弁護士をしてるけど、秋にグリーンシティで講演会をやるわ。尾野先生の恩師の先生にも来てもらってね、よかったら参加してみて」

和子は、曖昧に頷いてジュースを飲み干して席を立った。そろそろチラシの投函に戻らないといけない。

「そのジュースも無農薬のオレンジで作ったのよ。ルイセンコ博士の理論に基づいて栽培されたの。ルイセンコ博士の理論は間違いないわ。私たちは、日本を救いたいの、そのためにグリーンシティでの試みは、是非とも成功させる必要がある。あなたの力も貸してほしいのよ」

グリーンシティでの試み？　何だろう？　よくわからない話だが、迂闊に関わらない方がいいと和子は思った。

「その本は貸してあげるから、よかったら読んでみて」

北村に言われて和子は本を受け取った、どうせ流し読みして返せばいいと思って。

教室に帰ると、先に小枝が戻っていた。

丸川は営業の電話をかけ終わって、これから教室長会議で大和教室に行くと言って出ていった。

「僕も塾長から、夕方大和教室に来いと言われたんだ」と、小枝が言った。

夕方からは、和子が夏期後期講習の準備をしながら一人で留守番することになった。チラシには、九月に入塾する生徒は夏期講習の後半が無料で受けられると書いてある。これでは、正規の講習代金を払って受けている保護者からクレームが来そうだ。

「もしクレームが来たら、在塾生には補習授業を無料でさせていただくことにしてますと伝えればいい。親は授業を増やす分には文句は言わないから」

小枝は言った。

生徒からは文句が出そうだが、まあいいか？　北村と話したことは小枝には黙っていた。白樺進学研究会の塾長と小枝の会話では、小枝は歯学部を再受験して塾業界から足を洗ったような話だったが、その後、小枝から和子には何の説明もない。謎が多い人だ。

小枝は、N棟からH棟までチラシを投函したと言った。和子はC棟までしか配れなかったので、残りを小枝が配ってくると言って、出ていった。

和子は、北村から借りた本を捲ってみた。関昭信という生物学者が書いた『新しい遺伝学の構築　メンデル遺伝学を越えて』という終戦後に出版された若者向けの本だが、どうも用語が古くて読みにくい。

もう一冊の本は、谷元龍太郎という教育学者の書いた『実践　集団指導の手引き』だが、これもなにやら古臭い用語が並んでいて読む気がしなかった。

この関昭信と谷元龍太郎が来月東京に来て、グリーンシティで講演会をやると北村は言っていた。

和子は北村から借りた二冊の本に目を通した後、しばらく夏期講習の後半のテキストの予習をしていた。階段を登ってくる音がする。誰だろう？　ノックがして事務室のドアを開けると、卜部歩が立っていた。

「卜部進くんのお母様ですね、どうされました？」

「申し訳ありません、進が失礼なことをしたようで」

そう言って、卜部歩は菓子折りを差し出した。

「そんな、お母様、こちらこそ合宿に来ていただいて、嫌な思いをさせてしまい、申し訳ありませんでした」

和子は深く頭を下げた。内心、卜部進が塾をやめるのではないかと思っていた。小枝ともそう話していたのだが。

「ちょっと、ご相談したいことがありまして、よろしいですか？」

「いま、私しかおりませんが、お母様、どうぞお入りください」

歩は、和子に促されて事務室に入り腰をかけて、しばらく考えてから話しはじめた。

「進は小さい頃から口数が少なくて、人の話は聞かないで自分だけの世界に入っているような感じでした。それで、学校の行事はいつも孤立してるみたいで、学校の先生にも心配をかけています」

和子は何と言っていいかわからなかった。

歩は、夫の親からもお前の育て方が悪いといつも怒られる、と話した。

進は塾では自分のペースで勉強していて、ほとんど手がかからない。勉強のペースが早いので、教える方の予習が大変だが。多分、進は学校での集団行動が苦手なだけなのだろうと和子は思った。

「進は、あなたの授業と小枝さんの授業は楽しみのようです。直接は話さないですが、国語と社会と理科のある日は、喜んで塾に行きます」

小六の受験科は小枝が国語と社会を、和子が理科を教えている。テキストは、小枝の指示で難関中学受験用の問題集を解かせている。

「算数の授業のある日は、嫌がるんです」と、歩は付け加えた。

算数は、丸川が教えているが、他の子と同じ教材を使っている。

お茶を淹れようと、和子は席を立った。歩は、和子の後ろの机に置かれた本を見た。

「この本は、どうされたんですか？」

「あっ、それは知り合いの方が貸してくれたんです」

歩は、立ち上がって本を手に取った。

「この谷元龍太郎先生は、私が関西の大学の学生だった時の教授でした」

「えっ、そうなんですか？」

「ええ、よく平和活動や人権活動の話をされていました」

「その本は、グリーンシティの方から貸していただいたんです」

「ＯＮＯセミナーの人からですか？」

和子は、少し躊躇して頷いた。ONOセミナーって有名なんだろうか？

「グリーンシティには、その本を書いた関先生や谷元先生の教え子や信奉者の人が何人かいて、その人たちが、その本にあるような理想の社会を創ろうとONOセミナーの活動をしています」

そういうことか。

「ONO進学ゼミナールと関係があるんですか？」

和子に訊かれて、歩は少し間を置いて話しはじめた。

「ONOセミナーは、最初は関西にできたんです。尾野俊輔という人が始めたと聞いています」

北村が「おの」先生と呼んでた人かなと、和子は思った。

「その尾野さんが、東京の大学院に進んで、白樺進学研究会という塾で仕事を始めて、そこから東京でもONOセミナーを創ろうとしたらしいです」

えっ、そういえば白樺進学研究会の塾長と小枝が「おの」という人のことを話してたが、同じ人だったのか。

バタバタと階段を駆け上がる音がした。小枝が戻ったようだ。事務室のドアが開いた。

「あっ、こんにちは。いらっしゃいませ」と、汗だくの小枝が、慌てた様子で挨拶した。

「お世話になってます」と、歩も挨拶を返した。

小枝は、いつもは事務室の水道で顔を洗うが、慌ててドアを閉めて、トイレに駆け込んで水を頭から被ってから戻ってきた。

「合宿では、申し訳ありませんでした」

小枝が言った。頭から水が滴り落ちている。

「こちらこそ、進がご迷惑をおかけして」

「あの、卜部さんからお菓子をいただいて」と、和子が、菓子折りを指差した。

「進が、塾には喜んで行くので。でも、学校には行きたがらないんです」

歩は、小枝に進路の相談をしたかったようだった。進には、孤立傾向があって友達と一緒に遊んだりすることがあまりない、このまま受験して受かっても中学校に通い続けられるか不安だと歩は話した。合宿で由利子を怒らせたようなことが、小学校でもあるらしい。

「中高一貫校に入っても、校風に馴染めなくてやめる子はいますよ」

小枝は、あっさりと言った。進くんは、文武両道を謳い文句にする学校より自由な校風の学校の方が良さそうだが、それでも途中で挫折する可能性はある。その時は、大検で大学を受けることもできるし、学校に通うことに拘ることはないと小枝は言った。

「能力的には、大検に受かる力は十分にありますよ。むしろ、学校に通うことに執着しすぎると、特に思春期には辛いかも知れませんから。私も大学は二回退学して、学歴は高卒ですが」

そう言って、小枝は笑った。

「二回もですか?」

「ええ、夜間の社会科学部を中退しましてね、いや、学費未納で除籍ですよ。塾業界から足を洗おうと歯学部を再受験しましたが、また退学して、結局、塾業界に舞い戻ってきました」

　小枝は、そう言って笑った。和子が、二人にお茶を出した。

「お菓子を、いただきます」

　そう言って和子が、歩の持って来た和菓子を出して机に並べた。歩が話しはじめた。

「私は、親から期待されて、でも大学の入試に失敗して不本意な大学しか行けなくて、それでも大学院で有名大学に行くとまた親からプレッシャーがかかって、そうやってプレッシャーをかけ続ける許せない親でした」

　歩は、そこまで言って、しばらく間をおいた。許せない親です、と俯いたまま独り言のように繰り返した。

「私も、白樺進学研究会で長く仕事してましたが」

　小枝が言うと、歩は顔を上げた。

「白樺進学研究会で？」

「ええ、あの塾は講師の出身大学を貼り出しますが、私も中退した大学を卒業したことにされてました。大学院や学士入学で有名な大学に入った講師は、そっちを卒業大学として貼り出して、かなりいい加減でしたね」

　小枝は、塾業界に長くいて学歴や肩書きに振り回される人をたくさん見てきた、と話し、私もその一人ですが、と自嘲気味に付け加えた。

「あの塾に、尾野さんていませんでしたか？」

「尾野俊輔さんですか？　親しかったですよ」

歩は、和子の方を見た。

「ONOセミナーのこともご存じで？」

「ああ、ええ、あれは元は関西にあったという話ですね」

「ええ、尾野俊輔さんが関西に作ったと聞いてます。尾野さんは、私の大学のゼミの先輩です」

「えっ、じゃあ」

「私も尾野さんと同じ谷元龍太郎のゼミにいました」

和子は、卜部歩と小枝の会話についていけず困惑した。

「谷元龍太郎は、この本の著者です」

と言って、歩は和子の手元の本を手に取った。

「この本は？」

小枝に尋ねられ、和子は北村律子から借りたと答えた。

「グリーンシティの中に、ONOセミナーの分科会があります。関西にあったONOセミナーの理論の実践場としてグリーンシティは最適な場所だと考えられているようです」

歩の話を聴いて、小枝は谷元龍太郎の『実践　集団指導の手引き』を手に取って捲っていた。

しばらく考えてから話しはじめた。

「もともと、ONO進学ゼミナールは白樺進学研究会の講師が集まって始めた塾なんだ」

小枝の話では、尾野俊輔と中川功太郎と岡村治の三人が出資して塾を始めたが、やがて三人は対立して袂を分かったという。しかし、三人がルイセンコやマカレンコの理論の正当性を疑うことはなく、その理論を教育現場で実践するための方法論で意見に食い違いがあったようだと小枝は話した。

当初は、尾野が塾長としてONO進学ゼミナールを経営し、同時にグリーンシティの岡村治の部屋でONOセミナーを開いて仲間を募った。下町の板橋に、駅から離れて地域から孤立したように聳えるグリーンシティは、尾野にはルイセンコの遺伝理論とマカレンコの集団主義教育の実証の場として理想的に見えたようだった。しかし、塾をやる傍らで司法試験の勉強を続けた尾野は、見事に合格して塾を手放した。

紆余曲折あって、塾は岡村が引き継いでいる。物理学が専門の岡村は、コミュニティが弁証法的に発展し続けるためには、対抗勢力や内部に批判勢力がいて緊張関係がないといけないと考えていると小枝は話した。

話し終えた小枝は「谷元龍太郎先生は、どんな人でした?」と、尋ねた。

「怖い先生でした。ゼミでは、毎回誰かが怒鳴りつけられていました」

歩は、大学での体験を話しはじめた。谷元は、反戦活動や人権活動に熱心で、とても穏やかな話し方をするので対外的には人格者だと思われているが、学生にはとても高圧的だった。しばしばゼミ生を講演会の雑用や、出版社への連絡や、学会への送り迎えといった私用に使うので、ゼミ生は塾僕と自虐的に自称していた。歩は、ゼミでの体験がトラウマになって教育学から社会学に専門を変えたが、いまだに谷元ゼミの呪縛から逃れられないでいるという。

尾野俊輔は、ゼミ生たちとONOセミナーという研究会を立ち上げたが、大学院は東京の大学に移って専門も法学に変わったので、谷元龍太郎の呪縛からは解放されたと思っていたが、やはり逃れられなかったようだ、と歩は言った。

「尾野さんと一緒にONO進学ゼミナールを立ち上げた中川さんと岡村さんは、ルイセンコ理論の信奉者の教授に感化されたみたいだったな」と、小枝が話した。

「関昭信先生ですね」

歩に訊かれて、小枝は頷いた。ルイセンコと関昭信の名前は、耳にタコができるほど聞いたよ、と小枝は付け加えた。

和子は、北村から借りた関昭信の著作『新しい遺伝学の構築　メンデル遺伝学を越えて』を手に取ってみた。この本は、どんな内容だろう？

「中川さんて、お医者さんですよね。メンデルの法則が間違いだと思ってるんですか？」と、和子は尋ねた。

「我々は文系出身だからさぁ、詳しいことは知らんが」

と言って、俺は歯学部を一年足らずで中退したから、と苦笑しながら小枝は付け加えた。小枝の話では、中川功太郎は医師免許を持っているが、分子生物学の研究をしているという。

「いま、ONO進学ゼミナールの塾長をやってる岡村は物理学が専門だが、素粒子理論の弁証法的発展と生物学のそれとは同じだとか言っていたな」

小枝の話では、岡村の塾では遺伝は関係なく環境ですべてが決まるということを実証するために、同じレベルの子を揃えて同じ内容を教えているという。天才は生来的なものではなく、環境によって作られると証明したいらしい。岡村が卜部進の入塾を断ったのは、進ができ過ぎたからのようだ。

小枝の話を聞いていると、まるで人体実験のようだと和子は思った。そもそも、ダーウィンの自然淘汰説やメンデルの法則を否定する根拠がわからない、ルイセンコの説を盲信しているだけのように思える。大学の講義で、ルイセンコはソ連の農業政策に大混乱を与えた擬似科学者だが、戦後の日本でも大真面目に研究する人がいたと聞いたのを和子は思い出した。

歩は、小枝と話して気持ちが落ちついた様子で、笑顔で帰っていった。


「いままで、青砥さんにも黙っていて悪かったな」と、小枝が言った。

「白樺進学研究会は歯学部に受かって辞めたんだが、結局挫折して、しばらくは田舎で塾講師をしてたんだ。まあ、それはいいが、そろそろ大和教室に行かないと、塾長から夕方に来いと言われているから。暑いからさ、チラシはちょっとしか撒けなかったよ。また明日だな」

と言って小枝は出ていった。

若桜スクールで小枝文哉を見るのは、これが最後になるとは和子は思いもしなかった。一時間ほどして由利子から連絡があった、大和教室で害虫駆除をするから、従業員は近づかないようにと。

――第九章　害虫駆除のこと――

—第九章　害虫駆除のこと—

1

夏期講習の後半初日の朝、和子が授業の準備をしていると、小枝が退職したと大和教室の宮山から連絡があった。一身上の都合だという。急遽、西田秀雄が小枝の担当していた科目を教えることになったと宮山が言ったが、西田は国語しか教えないと言っていたはずだ。そうなったら和子が、他の科目を教えるしかない。

それにしても、小枝が突然辞めるとは、信じられなかった。昨日は、小枝は何事もなく大和教室に呼ばれて行った。その後で、害虫駆除をするから、大和教室には近づかないようにとの連絡があったが、ゴキブリでも出たのかと、和子は思っていた。

丸川が来て、和子に挨拶したが、小枝の話題は出なかった。丸川も机にテキストを置き、黙々と授業の準備を始めた。事務室に重い空気が漂う。

しばらくしてバイトの学生たちも来て賑やかになった。丸川が、夏期講習後半の授業の注意点を学生に伝えた、小五のクラスが特に騒がしかったと父兄から抗議があったので、とにかく騒がせないようにと。

西田が授業開始直前に来て、取りあえず小枝が担当する予定だった小六の国語をやってもらうことにした。西田にテキストを渡して、和子も小五の算数の授業に入った。

慌ただしく午前中の授業が終わった。和子は、丸川にも西田にも、小枝に何があったか訊けなかった。昼休憩中も丸川と西田は、小枝の話題は出さなかった。避けているように、和子は感じた。

午後の授業の直前に、吉野がやってきた。夏期講習の前半で体調を崩して休職したはずだったが、宮山から電話がかかってきて、小枝の授業の穴埋めを頼まれたという。

「大丈夫なの？」と、和子が訊いた。

「大丈夫よ、無理はしないから。でも、小枝さんは突然だったね」

「そうなのよ、昨日まで普通にグリーンシティでチラシを撒いたりしてたのに」

和子は、少し落ち着いた。ヨッシーが来てくれて、話し相手がいるだけでも安心だ。事務室は二人だけだった。

「ねえ、吉野さん、小枝さんの連絡先わからない？」

「電話番号がわかんないからな、住んでるのは新河岸川の近くね。近くまで見送ったことがあるの」

小枝は関西の出身だが、大学で東京に出たと言っていた。最近まで九州に住んでいたとヨッシーには話していたらしい。もしかしたら、九州の大学の歯学部にいたのかも知れない。

「白樺進学研究会の先生とは、その後連絡あるの？」

「高見沢さんね。面白い人だから、いま付き合ってるの。洗濯やゴミ捨てもやってくれるから助かってる。クラシックの音楽がお腹の子にいいからって、カセットテープをたくさん買ってきてくれてね。すごく優しい人よ。あの高校生の男の子たちも、うちに来て古文を教えているの。楽しいよ、青砥さんにも化学教えてほしいって言ってたから、今度来てみてよ」

それどころじゃない、和子は今は小枝のことで頭が一杯だった。

「白樺進学研究会はね、もとは白樺セミナーって塾だったって、高見沢さんが言ってた。中川功太郎ってお医者さんが、遺伝の理論を教えたり研究したりする塾として始めたんだって」

えっ、そうなんだ。それじゃあ、ＯＮＯ進学ゼミナールでルイセンコやマカレンコの理論を実践するというのは、白樺セミナーが元になってるのかと、和子は思った。

「でも、現実はうまくいかなくて経営が難しくなったの。その時、あの柏木って塾長が塾を買い取って、進学塾にして成功したんだって。あの塾長も公認会計士を目指して勉強してたけどうまくいかなくて、ずっと塾長やってるそうよ」

そうか、それであの塾長は塾業界から卒業できないって、小枝にこぼしてたんだな。でも、小枝も歯学部を中退して塾業界に戻ったんだが。

「いま白樺進学研究会も教室を増やそうとしてるの。グリーンシティにも教室を出そうとしてたけど、ＯＮＯ進学ゼミナールが先に作ったから諦めたんだって。高見沢さんが言ってた」

柏木って塾長もそんな話をしてたな、でも、それで白樺進学研究会はグリーンシティへの進出を諦めたが、若桜スクールは逆に、ＯＮＯ進学ゼミナールに喧嘩を売るように隣に教室を開いた。やはり、うちの塾長は怖い、小枝さんがどうなったか気になる。

昼食に出ていた丸川と西田が戻ってきたようだ、二人の話し声が聞こえてきた。

午後は、小枝が教えていた小六の社会を吉野が受け持つことになった。吉野が慌てて準備を始めた。

午後の授業を担当するバイトの学生たちが集まってきて賑やかになった。丸川は午前中と同じ注意をした、特に中一、中二のクラスは騒がせないようにと。

和子は中三の社会を一コマ終えると次の授業はオフだから、事務室で西田と二人きりになる、何だか嫌だな、中三の数学の補習授業でもやろうかと考えながら教室に向かった。

「小枝先生、辞めたんですか?」

教室に入ると、生徒に訊かれて和子は困った。今朝、突然知らされて私も驚いたのよ、と答えるしかない。生徒が動揺してやめないかと心配だが、和子も動揺しているのが生徒に伝わっている気がする。

「さあ、社会の総合問題をやるわよ」と、和子が言うと、

「その前に夏期講習の前半でやった公民ですが、質問があります。大日本帝国憲法は天皇が定めた欽定憲法で、現在の日本国憲法は国民が定めた民定憲法だと習いましたが、日本国憲法の成立過程において日本国民がどの程度主体的に関わったのか、疑問が残ります」と、一人の生徒が口火を切った。

他の生徒が、憲法の前文に主権が国民に存すると書いてあるから問題ない、と反論し、別の生

徒は、成立過程に民主的な手続きがあったかどうかは憲法の正統性、ひいては政治体制の正統性に関わる問題だと主張した。新憲法の制定は、国民投票で決めるべきだったと主張する生徒もいた。

「わたしは、日本国憲法の第一章第一条から変だと思いました。天皇は日本国の象徴、日本国民統合の象徴だと、これは主権の存する国民の総意に基づくとありますが、実際には違う考えの人もいて、総意に基づくとは言えないと思います」と、女子生徒も議論に参加してきた。

　違う考えの人には主権はないんだよ、と茶化す声がした。

「わたしは、自衛隊は憲法違反だと思います。自衛隊が必要なら、憲法を変えなければいけないと思います」という女の子の意見に、

「うちの親父は法学部の助教授だけど、憲法や法律よりも上に自然権があって、自然権は成文化されてなくても誰もが生まれながらに持ってる自分を守る権利だから、国にも自然権として国を守る権利を持ってると言ってたよ」と反論が出た。

　和子は、生徒たちの議論に引き込まれて聞き入っていた。和子が中学生の時は、授業でこんな自由な意見を言い合える環境はなかった。中学校だけではなく高校や大学でも、いつも先生の顔色を見て、先生の喜ぶような意見を出し合っていたような気がする。

　ガチャッと突然ドアが開いて、西田が入ってきた。

「こらっ！　お前ら、何を騒いでるんだ！　先生が講義できなくて困っちょるぞ！」

　西田に怒鳴られて、生徒たちは黙ってしまった。

「女の先生じゃゆうて舐めとっちゃらワシが許さんど！」

そう言って、西田は和子の方を向いた。

「さっ、先生、講義を続けてください」

急に猫なで声で言って、西田はドアを閉めた。

しばらく沈黙が続いた。西田が、ドアの外で聞き耳を立てているかも知れない。和子は、総合問題をやるよう指示を出して、機械的に答え合わせをして授業を終えた。

事務室に戻ると、職員とバイトの学生たちでごった返していた。

「青砥さん、さっきは大変でしたなあ」と、西田が話しかけてきた。

「青砥さんの講義中に生徒が騒いでたんですよ。私が注意したんですが」

と、西田は隣に座っている丸川に話した。丸川は、笑いながら聞いている。西田が講義というのが面白いようだ。そういえばアルバイトの宮野も、よく自分の授業を講義と呼ぶ。大学院生の宮野も、教授にでもなったつもりなのかも知れない。

和子は、吉野の方を見た。和子と目が合って、吉野は浮かない顔をした。吉野も和子と話したいようだったが、吉野は次の授業がある。

和子と西田を残して、丸川やバイトが出て行った。

「本当に困った奴らでしたなあ。板橋ちゅうところは、柄の悪い生徒が多いでっしゃろ」

和子は、どう反応してよいかわからないで困った。柄が悪いのはあんただよ、と頭の中で呟いた。

「困ったことがあったら、何でも言うてええからな、ワシは、いつでもあんたの味方じゃから」

和子は、黙って次の授業の予習を始めた。昨夜、一通り終えていたが、西田の話に付き合いたくはなかった。

西田は、鞄から本を出して読みはじめた。しばらくは、西田との会話から解放されそうだ。

予習を一通り終えて、何かやることはと考えて、和子は北村から借りた本のことを思い出した。

関昭信著の『新しい遺伝学の構築　メンデル遺伝学を越えて』を鞄から出した。

西田が和子の読みはじめた本を気にしてか、表紙にチラチラ目をやった。

「何を読んどるんだす?」と、西田が、訊いてきた。

「ええと、よくわからない昔の本です、一応、遺伝学の本ですが」

西田は、理系には詳しくなさそうだから、すぐに引き下がると和子は思ったが。

「ああ、あんた、その本な。有名な先生だすな」

えっ、西田は知ってるんだ、こんな古い本を。

「ワシが読んどる本な。その本書いた先生の仲間が書いた本やがな」

そう言って、西田は自分の読んでいる本を和子の前に置いた。

「ここの塾長にも見てもらったが、感心しとった。さすがにあの塾長は頭が切れる」

和子は、本を手にしてみた。弁証法だか何だか、難しそうな題名の本だ。

「いま、私はロバート・オーエンのことを研究しとるんで、あんたも名前を聞いたことがあるでしょ？」

和子は、首を左右に振った。

「あんた、オーエンも知らんのか？　ペスタロッチは？」

和子は、また首を振った。

「そんなんじゃあ、教員採用試験は落ちいぞ。あんな、エロビデオに出とるから、勉強に身が入らんかったんやな」

西田に言われて、和子は屈辱で顔が赤くなるのを感じた。やはり、この男は和子の出たビデオを見ていたんだ、グリーンシティの講演会で和子を見て気づいていたんだ。それなら、それでいい、何も悪いことをした訳じゃあない、と和子は自分に言い聞かせた。

私は、教員を目指していた訳じゃありませんからと言いたかったが、ここは落ちついて情報を聞き出そうと和子は思い直した。

「おっしゃる通りで、返す言葉もありません。私、留学したかったんです。私、遺伝子に興味があって、ご存じのように、遺伝子は三重螺旋構造になっていることをライナス・ポーリング博士が発見して、私はポーリング博士の下で遺伝子の研究をしたかったんです」

西田の顔が、急にほころんだ。

「おっ、ポーリング博士ですか。そりゃあ、素晴らしい。ポーリング博士は偉大ですからなぁ」

ほら、引っ掛かった。ポーリングの名前くらいは知ってたんだな。ポーリングの提唱した三重螺旋構造の間違いに気付いて、二重螺旋構造を発表したワトソンとクリックのことは、きっと西田は知らないだろう。

「それに、アインシュタインが発見した不確定性原理も、ニールス・ボーアに否定されましたが、私はアインシュタインの方が正しいと思っています。生命とは何かという疑問に答えられるのは、アインシュタインの理論しかないと証明したい、それにはアメリカに留学して、アインシュタイン理論を研究したいと必死でした。あのビデオに出たのも、この塾に就職したのも留学資金を稼ぎたい一心で、でもあのビデオのことがわかったら、私も小枝さんと同じで辞めなければならないですね」

この馬鹿親父が、どうせ出鱈目だとは気づかないだろう、と和子はしゃべりながら頭の中で呟いた。

「そうでしたか。確かに、二十世紀の自然科学の分野で、本当に偉大な業績を残されたのはポーリング博士とアインシュタイン博士をおいて他にいないでしょう。

いや、しかしあなたはまだ若いから、今からでもロシア語を勉強してソ連に留学することを目指すといい。ソ連では最高水準の医療や教育が整えられ、あらゆる科学分野で最先端の研究がされているから、研究環境としては最高だと思いますよ」

「ソ連がですか？」

「もちろん。資本主義社会じゃあ、医療も教育も科学研究もバラバラにやってるから進歩がない。

ソ連のような社会主義国じゃあ、国家と国民が一丸となって取り組むから、圧倒的に進むんですよ。残念ながら、ロシア革命以前のブルジョア意識が染み付いた国民もいて、いくらかの失敗はあって、それが日本では過剰に報道されているが、今ではソ連の教育、科学研究をモデルにした東アジアの国々が飛躍的に発展している。残念ながら日本は完全に遅れをとっているが、それはブルジョアジャーナリズムが真実を隠して報道しないから日本人は知らされてないだけなんですよ」

西田のしゃべり方が急に丁寧になった気がした。和子に一目置いたのかも知れない、和子の出鱈目な自然科学の話を信じて。それにしても、西田は理系の基礎知識はまったくなさそうだ、ポーリングやアインシュタインの名前だけは知ってるようだが、いくら重要な発見をした人たちだからといっても同じ人間だ、間違うこともある。

「あなたはソ連について、ソビエト社会主義共和国連邦について、どんなイメージを持たれています？」

どんな、と訊かれても和子には答えようがない。今まで特に関心もなかったし。

「あの、飛行機を撃墜したとか」

「ああ、大韓航空機撃墜事件のことか。あれはひどい事件でしたね」

バイトの帰りに有楽町かどこかで大韓航空機撃墜の号外をもらって、その時は大して気にしなかったが、その後ニュースで大騒ぎになった。大学では第三次世界大戦になると男子学生が騒いでいて、不安になって筒井輝子と電話で長々と話した記憶がある。

「アメリカ軍が民間機を使って、ソ連の防空能力を偵察しようと挑発したのが原因だからね。人の命など何とも思ってないからな、アメリカは」

えっ、そうなんですか？　何を根拠に、と和子は訊こうとしたが言葉が出て来なかった。

「もし、青砥さんの部屋に突然見知らぬ男が入ってきたら、あなただって身を守ろうとするでしょう」

そう言われれば、確かにそうだが。

「正体不明の航空機が国境を越えて侵入してくれば脅威に感じるのは当たり前で、特にソビエト連邦のような人民の国家では、人民の軍隊は自国の国民を守るのが第一の義務なんだから」

何だか、さっきの中学生たちの議論と同じような話になってきたと和子は思った。西田は、日本国憲法の改正には賛成なのだろうか。

「日本のようなアメリカ帝国主義の傀儡国家では、国民の命などまったく顧みられることがないからね。例えば長崎大水害だが、何百人も亡くなっているのに政府は何の対策も取ろうとしなかったでしょ、だからまた同じことが繰り返されるんです」

西田は、熱を帯びたように強い口調でしゃべり続けた。

確かに、それは西田の言うとおりかも知れないと和子も思った。長崎大水害の翌年には島根でも豪雨災害があって何人も死者が出た、幸い和子の実家の付近はほとんど被災しなかったが。

「それに、こう言ってはなんだが、あなたが出たような退廃的なビデオは、健全な国家ならあり得ないものです。あなたが真摯に自然科学について学びたいなら、アメリカよりもソビエト連邦のような真面目に研究できる国に行くべきです」

くそっ、やっぱりその話に行くのか、このクソ親父が。自分もそんな退廃的なビデオを観たんだろうが。

「西田先生、お願いです。あのビデオのことは、誰にも言わないでください。みんなに知られたら、私はこの塾を辞めなければなりません」

「もちろん、もちろんです。私は口が固いし、いつでも私はあなたの味方ですよ」

「よかった、私は小枝さんにも知られたらどうしようかと思ってました」

「そうか。あんな奴は、もう二度とこの塾には来ないから安心ですよ」

「どうしてですか？」

「あいつは腹黒い奴で、挙動不審なところがあると、塾長は前から疑ってましてね。それで泳がせていたら、案の定、他の塾に生徒を紹介していたそうですよ。おそらく、頃合いを見て、生徒を引き抜いて他の塾に移ろうと画策してたようです」

やっぱり、そうか。一身上の都合とかいって、追い出したんだな。

「そうだったんですね。でも、どうしてそれがわかったんですか？」

西田は黙ってしまった。

和子は、西田の読んでいた本を手に取ってみた。小田切勝という著者の『戦後教育の弁証法的展開』という題名だ。パラパラと捲ってみた。

「この本を書いた小田切さんは私の盟友でね、私もいま日本の私教育の本を執筆してます。日本の戦後教育がどこで間違ってしまったのか、二十一世紀が希望の持てる社会になるにはどのような教育が必要か、それを私の著作で明らかにするつもりです。私は、公教育よりも私教育、特にここの塾長のような高い志を持った教育者が、どれだけ出てくるかに日本の将来はかかっていると思っています。ここの塾長も言ってました、本物の教育は公教育では無理だ、かつての適塾や松下村塾のような私塾こそが、真の教育を担っていく時代だと」

和子には、西田の言っている意味が理解できなかった。というより、少しあきれた。たった今、資本主義社会はバラバラにやるからレベルが低いと言ったばかりだ。言ってることの矛盾に気が付かないいんだろうか。それに、一ヵ月ほど前に入社したばかりの頃は、最大手の塾にいたことを自慢してたのに、今度はここの塾長を誉めちぎっている。

「ここの塾長は頭が切れるし、経営者というよりは教育者と呼ぶほうが相応しい。私も私教育、特に塾教育に関する教育論文をいくつか執筆しています。子供の教育投資に前向きな親ほど、生活が豊かでエレガントな生活が送れると、統計的に証明しました。ここの塾長は、この論文の重要性をすぐに理解して、若桜スクールの父兄会でも紹介していただけるそうです」

「すごいですね、西田先生は統計学もおできになるんですね。私、数学が苦手で次の中二の数学は代わっていただけると助かります」

西田の顔が一瞬こわばった。

「いやあ、私の数学の知識は専門的過ぎて、中学生にはちょっとついてこれないでしょう」

「小枝さんが教えていた受験算数も、西田先生がやっていただけると助かりますよ」

「いやいや、私は塾講師というのは仮の姿で、本当はある学術誌の論文審査や、ある有名教授の論文執筆を手伝ってましてね。大変忙しくて」

「へぇ、すごいですね。なんて学術誌ですか？」

「いや、だから、それは秘密だから言えないんですよ」

言えないなら、最初から話題に出すな、と和子は頭の中で呟いた。

「九月からも、西田先生は若木教室に来ていただけるんですか？」

「もちろん、もちろんです。大和教室や高島平教室には、下田君や宮野君がいますからね、しかし、下田君は大学院を中退したというが、あのレベルの大学では、大学院を出たとしてもたいした学歴にはならん。あんな大学を出ても誰も相手にしないでしょう。塾で教えようと思うのが不思議ですよ」

一言ひとこと、ムカつく男だ。

「西田先生は、大学はどちらですか？」

ふざけるんじゃねえって返ってくるかな？

「あっ、いや、いま慶應義塾大学の博士過程に在籍してます」

「すごい、慶應義塾大学の博士過程ですか？　すごいですね」

西田は、嬉しそうに顔をほころばせた。

「学部も修士もずっと慶應だったのですか？」

西田の顔から笑みが消えて、しばらく固まっていた。

和子は、『戦後教育の弁証法的展開』という本を広げて目次をみた。何だかよくわからない言葉が並んでいるが、あれっ？　これは、もしかしたら。

「その本は中学生や高校生や専門外の人には難しい内容だから勧められないが、塾の先生にも本当は勉強してもらいたい内容ですよ」

「先生は、本当にすごいですね。教育についてだけじゃなく、ポーリングやアインシュタインのこともお詳しいし、何でもご存知なんですね」

和子に言われて、西田はまた嬉しそうに笑った。

この馬鹿男！

「いやいや、まあ塾の講義じゃあ生徒に理解してもらえるように話すのが難しくてね。普段は大学の、学問の世界でしか通じない会話しかしないからね。だから、塾じゃあ国語の講義しかしないし。大和教室じゃあ、中二の英語も少し講義したが、何しろ普段使う英語のレベルと違い過ぎてね」

そう言って西田は、アハハハと声を立てて笑った。

「そう言えば、私も中学生の国語を教えていて、日本語の文法が難しくて困りました」

西田が、また声を立てて笑った。あなた、日本人でしょ、日本語の文法がわからなくて日本語は話せないでしょう、と西田は笑いながら言った。

「先生、私ね、生徒から『大きな』と『小さな』って単語の品詞を訊かれて分からなかったんですよ」と和子が言うと、

「そりゃあ形容詞ですよ。あんた、理系だけじゃなく日本語の勉強もした方がいいですよ」

また西田は笑いながら言った。

和子も笑った、ほうら、また引っ掛かったぞと思いながら。連体詞の『大きな』を形容動詞と間違える中学生はいるが、形容詞と間違えるとは、この馬鹿親父は基本的な日本語の文法を知らないらしい。

西田には、若木教室の生徒に国語を教えるのは無理だろう。ここの生徒は、答え合わせだけじゃなく、理論的な説明を求める子が多いので、アルバイトの学生も他の教室の生徒と違うと戸惑っている。連体詞と形容動詞の連体形がどう違うのか、説明できないと生徒は納得しないだろう。

和子は『大きな』がどうして形容動詞の連体形ではなく連体詞なのか生徒に質問され、小枝に頼んで生徒たちに解説してもらったことがある。『大きな』と『静かな』は一見同じ品詞だが、『静かな』は『静かだ』と終止形があるから形容動詞の連体形だとわかる。

『大きな』は『大きだ』とは活用しないから、形容動詞ではない。『大きい』は『美しい』や『若

い』と同じ形容詞だが、『大きな』は形容詞の活用形でないことは、『美しい』とか『若い』といった形容詞が『美しな』とか『若な』とは活用しないことからわかる。こうした区別は、生徒とディスカッションしながら答えを出していくのが小枝のやり方だった。

西田がトイレに立った。

和子は『戦後教育の弁証法的展開』という本を捲って、「ONOセミナーの立ち上げ」と目次にあるページを開いた。

〈私が新進気鋭の教育学者としていくつかの論文を書き始めた頃、地方の無名私立大学を卒業した西田秀雄が谷元龍太郎のゼミナールに出入りするようになった。

西田は学生時代に谷元の講義を聴講して感銘を受け、是非とも谷元の下で集団主義教育の実践を学びたいと一念発起して来阪し、ゼミの聴講生となった。当時、学部生だった尾野俊輔の発案で、私と西田と尾野の三人で研究会を立ち上げた。研究会の名前は三人の頭文字からONOセミナーとした。西田は、私や尾野に鍛え上げられて院試を突破し、翌年晴れて大学院生となった。〉

そうか、小田切と西田と尾野の名字でONOセミナーとしたんだ。それにしても著者の小田切勝という教育学者は、他人の個人情報を安易に載っける人だと和子は思った。

〈尾野はその後東京の大学の大学院に入り、ONOセミナーの東京の拠点作りに邁進する傍ら、司法試験の受験勉強もやり見事に合格した。東京の拠点は、尾野の同志となった医師の中川功太郎と物理学者の岡村治によって引き継がれている。

中川と岡村は、谷元龍太郎の盟友であった遺伝学者の関昭信の薫陶を受け、新しい遺伝理論に基づく研究と教育活動を模索していた。中川と岡村にとって、尾野との出会いは必然だったと言ってよい。修士課程を四年かけてどうにか終えた西田も、私の伝で東京の有名大学の博士課程に進み……〉

西田がトイレから出てくる音が聞こえた。和子は西田の本を戻して、何食わぬ顔で授業の予習を始めた。

2

夏期講習の授業が終わって授業報告書を書き終えると、吉野は歩いて帰ると言うので、和子も一緒に高島平方向に歩いた。蓮根商店街を歩くと、次々と生徒や母親と出会った。挨拶しながら商店街を抜けると、広い道路が地下鉄の駅方向に走っている。

「どうして塾長が西田秀雄を雇ったか、知ってる?」

歩きながら、吉野が言った。

「あの国立進学アカデミーとかいう大手塾にいたからじゃない?」

「西田は、あの塾には数ヵ月しかいなかったって、宮山が言ってた」

数ヵ月? それでも、あの塾のことをあんなに自慢してたんだ。まあ、西田らしいか。

「じゃあ、どうして西田を雇ったの？」

「西田は、有名な教育学者とコネがあるの。塾長を紹介するって、大和教室で話してた」

「その有名な教育学者って、谷元って人？」

「そうよ、谷元龍太郎よ。知ってるの？」

和子は頷いた、有名な人なんだ。

「それからね、若桜スクールのことを本にするって。西田が本を書くって言ってたそうよ」

さっき、西田自身もそんなことを言ってた。いったい、どんな本になるんだろう。

「西田は、大学院で民間教育の研究をしてるそうなの、塾教育がどうのとかって。それで、論文を書いて本にするそうよ。若桜スクールも論文で取り上げるって西田が言ったら、塾長は大喜びしてたって」

和子は思わず吹き出しそうになる。

「どんな本になるのか楽しみね」

吉野は、そう言って皮肉っぽく笑った。

二人は、高島平のファミレスで夕食を取ることにした。広い車道を渡り、高島平側に出た。こちらは下町風の蓮根の商店街とは違って、新しいビルが立ち並んでいる。

ファミレスに入り席に着くと、二人ともミックスフライを注文した。

「この子の父親が寄り付かなくなったの」と、吉野がお腹を指差して言った。

和子も、ヨッシーと男の間に何かあったのだろうとは察していた。

「小六に卜部進っているでしょ?」

えっ、卜部進? 卜部って、もしかして。

「この子のお兄さんよ」

吉野はまたお腹を指差して言った。

和子の頭に、卜部歩の顔が浮かんだ。私がこの子の保護者です、と言った時の歩の顔が。

吉野は、鞄から写真週刊誌を取り出した。

「この人が、この子の父親なの」

吉野が広げた週刊誌の記事には、ニュースキャスターの女とラブホテルから出てくる哲学者でテレビコメンテーターの卜部新一の写真が載っていた。

あっ、この人は。男のアップの顔写真を見て、和子は思い出した。

「この人は、前に塾長がやったグリーンシティの講演会で、チベット医学だかインド哲学だかの質問をしたのよ」

「そうらしいね。塾長の話の腰を折ったのよね。この人は、人の話を大人しく聴けないのよ。すぐに口を挟んで、挑発的な物言いでかき回すの。あれは一種の病気ね。テレビじゃあ、他のコメンテーターが話すのを邪魔して怒らせるのが面白いから使ってもらえてるみたいなのよ」

卜部新一は、吉野が若桜スクールに就職したと聞いて、グリーンシティの講演会に偵察に来ていたらしい。

「あの塾長は間抜けだけど、後から来た男は抜け目ない奴だと思ったらしいわ」

小枝のことだ。塾長がグリーンシティで教育セミナーをした頃は、卜部新一はヨッシーに近付く男は誰彼なく攻撃していたという。

吉野のマンションの家賃は、ずっと卜部新一が出していた。子どもの養育費も出すとは言ったらしいが、写真週刊誌にこんな記事が出るようじゃあ、どこまで信用できるかわからない。認知はしてくれるのだろうか？

「すごいね、進くんは。社会の問題は、ほぼ完璧にできてた。あんな子は、大和教室にはいないわ」

「小枝さんの話じゃあ、私立御三家も十分狙えるって」

「他にも凄い子がいるんでしょ？　ＴＩＰ進学研究会に武者修行に出ている子たちが」

和子は頷いた。あの子たちが戻ってこなかったら、小枝に責任を取らせると塾長が言ってたが、その前に小枝は追い出された。ＴＩＰの夏期講習に行った生徒たちが戻ってきたらどんな顔をするだろう、小枝が辞めたと聞いて。

「男の言うことなんて、当てにならないね」と、吉野が呟いた。

高見沢という男はどうなんだろう？

「高見沢さんはね、日雇いでも何でもやって、自分が稼ぐからって言ってくれるの。一緒に塾をやるのもいいなって」

高見沢は、卜部新一のことを知ってるのだろうか？

「高見沢さんもね、テレビ持ってないんだって。だから、卜部新一の顔は知らないけど、著書を読んだ限りは大した奴じゃないって」

ミックスフライのエビを食べながら吉野は呟いた、高見沢さんはいい人よ、と。


久しぶりに川口から電話があったが、少し怒っていた。

「ずっと話し中だったじゃないか。誰と話してたんですか？」

さっきまで筒井輝子と話していた。輝子は、また男と別れたと言った。別れたと輝子が言ってきたことは何度かあったが、今回は本当に辛そうだった。

輝子は医師の家系に生まれて、付き合う男も親のお眼鏡に適うような医者や高学歴のエリートばかりだったが、付き合いはじめると辛くなるらしい。

母親は、いつも父親の顔色ばかり見ていた、と輝子からは何度も聞いた。母親だけじゃなく、家族全員が父親の顔色ばかり窺っていたと、輝子は言っていた。高学歴のエリートと付き合うと、輝子も相手の顔色を窺うようになり、母親の姿と重なり辛くなるようだった。

今回の相手は違ったらしい。とても優しくて穏やかな人だった、と輝子は話した。

「すみません、誰と話しても青砥さんの自由ですね」

怒っておいて、川口はすぐに謝ってきた。

「何か用なの？」

和子は、少し突き放した。

「いや、特に無いけど、話したくて」

いつものことだ、さっさと切り上げたいと思ったが、いや、待てよ、小枝は以前に、川口から電話があったと話してたな。

「小枝さんとは、連絡を取り合っているの？」と、和子は尋ねた。

「小枝さん？　どうして？」

和子は、躊躇したが川口に話すことにした。

「小枝さんが、突然辞めちゃったの。理由がわからなくて、夏期講習の後半の初日に来なくなったの」

和子が話すと、川口は力ない声で笑った。

「若桜スクールじゃあ、珍しいことじゃないですよ。突然辞める社員は、何人もいましたよ」

「でも、突然辞めるなんて酷いですよ。生徒にも私たちにも、挨拶なしに辞めるなんて」

川口は、しばらく黙っていた。

和子は、小枝が大和教室の本部に呼び出され、翌日から来なくなったと話した。

「ずっと、前にあったらしいけど」と、川口が、か細い声で話しはじめた。

「若桜スクールに昔いた経理部長が、塾長に嫌われて追い出されたことがあったらしいよ」

川口の話では、経理部長は信用金庫を定年退職した年配の人で、若桜スクールの急拡大路線や広告費の急増に危惧を抱いて伸義に意見した。他にも経費の使い方について、度々苦言を言っていたらしい。

逆恨みした伸義は経理部長を教室長会議に呼び出して、田嶋健寿堂の職員も動員して寄ってたかって脅して辞表を書かせたという。

「前もって、害虫駆除をするから、本部ビルには近付かないようにと、他の職員には伝えてたらしいよ。職員の間では害虫駆除事件て、呼ばれてた」と言って、川口はまた力なく笑った。

害虫駆除事件！

小枝のことが心配だ。

「小枝さんの連絡先を知ってたら教えて欲しいの、生徒たちが動揺してるから」

和子は、つい大声を出した。

「動揺してる？　どうして？」

「小枝さんは、独自教材を使ってたの。若木教室の生徒には、若桜スクールの共用テキストが合わなくて。生徒たちもそれで小枝さんの授業のやり方に慣れていたし、急にやり方が変わると動揺するよ」

川口は、また沈黙した。和子が動揺していることが、川口に気づかれたかも知れない。

「ごめんなさいね、無理なお願いして」

川口は、いやぁ、と蚊の鳴きそうな声で言った。

しばらく沈黙が続いた後、川口が小枝の電話番号を告げた。

「さっきまで話してたのは学生時代の友達よ」

和子は、すぐに小枝に電話したかったが、もう真夜中だ、しばらく川口との会話に付き合おうと思った。

「友達が、彼氏と別れてね」

「どうして？」

医師の父親が学会で東京に来て、医学部生の彼氏のことをえらく気に入ったらしい、今どき珍しい礼儀正しい青年だと。

「だったら、別れることはないじゃん」と、川口は笑って言った。

少し川口の声が明るくなった気がする。和子も、少し気分が落ち着いてきた。もう少し輝子の話を聞いてもらおうと思って、話を続けた。

友達の父親はひどく急かした、お前にはでき過ぎの相手だ、相手がいいと言ったんならさっさと婚約しちまえ、と。

一つ問題があった。彼氏の実家に行ったとき、一家が変な新興宗教に凝っていた。実家の近くの山に巨大な近代建築の神殿のような建物があり、彼氏は、かつてユダヤ人を導いたモーゼもこの山で神の声を聞いた、と話した。三千年以上前に、どうやってモーゼはエジプトからここに来たのか、と彼女が尋ねると、空を飛ぶ乗り物があって、それに乗ってきた、と彼氏は真面目な顔で答えた。世界の宗教の始祖は、全てこの山で神の声を聞いて世界にその教えを広めた、と彼氏は語った。その頃の日本には文字も無かったはずなのに、どうしてそんな事がわかるのかと、彼女は尋ねた。漢字伝来の前に神代文字というものがあり、その文字で記録された文書からわかっている、と彼氏は答えた。彼は医学部に行ったのも、現代医療で救えない人たちを本物の宗教で救おうと思ったからだ、と語った。

東京に戻った彼女は、彼氏の実家での出来事を電話で父親に話し、とてもついていけないから結婚できない、と伝えた。父親は激怒した、問題は人柄なんだ、学歴や家柄や肩書きや宗教で人を差別するんじゃない、と諭した。

「それは、その通りなんだが、結婚は当人同士の問題だからな」と言って、川口はまた笑った。

彼女は、怒りがこみ上げてきて眠れなくなった、学歴や家柄や肩書きにこだわって、わたしを追い詰めてきたのは父親自身じゃないか、と。怒り狂って、彼女は彼氏に別れの電話をかけた。突然、別れ話をされて彼氏はひどく狼狽した。彼女は、彼氏を傷付けたことで、ひどく落ち込んでいた。さっき、和子と話して少し落ち着いたようだった。今夜は、眠れそうだ、と彼女は話した。

一通り、輝子との電話でのやり取りを川口に話して、和子もだいぶ落ち着いた。

「川口さんは、仕事はどうなの」と和子が訊くと、「相変わらずですよ」と、元気ない声が聞こえた。給与の遅配が続いている、営業も上手くいかない、転職を考えているが、と話した。塾業界で転職しても同じことの繰り返しかも知れない、今度は他の業界を経験するのも悪くないと思う、と川口は独り言のように呟いた。

青砥さんと話したら、少し気分が楽になった、いつもありがとう、と言って川口は電話を切った。

川口と話して、和子も気が紛れた。

翌日、和子は仕事から戻って、川口から聞いた番号に電話したが、この番号は現在使われていませんのアナウンスが流れた。

――第十章　ヴ・ナロードを目指した人たちのこと――

1

グリーンシティでのONOセミナーは、集会所に入りきれないほどの参加者が集まり、急遽、銀行の隣の研修室を二部屋借り切り、可動式の間仕切り壁を外して開催された。

北村律子に頼まれて、青砥和子が入り口で受付をしていると、若桜スクールの塾長の両親がチケットを持ってやってきたので驚いた。和子の顔を覚えていなかったのか、和子には目もくれないでチケットを置いて研修室に入っていった。

塾長にバレると怒られるかも知れない、勝手に他塾の関係者のセミナーに参加したのだから。和子は少し後悔した。もっとも、塾長のお気に入りの社員が、今回のセミナーの主催者側の一人だった、和子は今朝セミナーのプログラムを見て初めて知ったのだが。

西田秀雄が塾長の両親を見つけて、慌てて駆け寄って挨拶した。

西田は、研修室の入り口近くでスタッフと研修会の段取りを確認していた北村のところに両親を連れていき、若桜スクールの田嶋伸義塾長のご両親ですと紹介した。父親が、伸義がご迷惑をおかけしていますと言って頭を下げ、母親が分厚い封筒を北村に渡した。北村は、何かお礼の言葉を言って頭を下げた。

北村は、関昭信や中川功太郎と話していた岡村治のところに行き、分厚い封筒を渡して耳打ちした。岡村は、封筒の中身をちらっと確かめて背広の内ポケットに入れた。

以前に都議会議員選挙に立候補して落選した、ヒロカズ進研セミナーの島村博一塾長もやってきた。選挙のポスターとそっくりの爽やかな笑顔で和子にチケットを渡した。選挙のポスターにあった〝急げ塾長、走れヒロカズ〟のキャッチフレーズを思い出して、和子はクスッと笑ってしまった。なんだか有名人に会ったみたいだ。島村は、笑顔のまま研修室に入っていった。どうやら塾関係者が結構来ているようだ。

受付が終わり、和子は研修室の扉を閉めて、満員の研修室の最後列の隅に座った。隣には、小学校低学年くらいの女の子を連れた高齢の女性が座っていた。

和子が座った直後に扉が開いて、遅れて来た男が一人入ってきた。あっ、卜部新一だ。

和子が立ち上がって新一のチケットを受け取ると、新一は和子の顔を見て、「やあ、あんたか」と一声言って、会場スタッフが急いで用意したパイプ椅子に座った。

一瞬、ヨッシーの顔が和子の頭に浮かんだ。ヨッシーはもうすぐ出産するんだ、あの卜部新一の子を。

もともと和子はONOセミナーに参加するつもりはなかったが、ひょんなことから今回のセミナーを手伝うことになった。

数週間前、グリーンシティの北村律子の部屋を訪れた時だった。部屋のインターホンを押すと、ドアが開いて男が立っていた。

「北村律子さんは、いらっしゃいますか？　お借りした本を返しにきたのですが」

頬のこけた細身の男は、和子が手にしている本に目を落とした。

「やあ、あなたが若桜スクールのマドンナ？」

男は、にやっと笑って頬骨が更に浮き出た。

「はい、いえ、あの」と、和子が言葉に詰まっていると
「小枝が好みそうだなぁ」と言って、男はまた笑った。

若桜スクールのマドンナって、小枝が言ったのかな？　マドンナって、きっとヨッシーのことだ、この男は人違いをしている。

「一度、うちの塾の前で見たよな」

そうか、この人がＯＮＯ進学ゼミナールの塾長なんだ。確か岡村とかいったな。

「北村は、もうすぐ帰ってくるから、部屋で待つといい」

和子は、少し躊躇したが、小枝の消息が聞けるかも知れないと思い、部屋に入り奥のリビングのテーブルの前に座った。

男は冷蔵庫からオレンジジュースを出してコップに注ぎ、和子の前に置いた。また、ルイセンコ理論で栽培したとかいうオレンジのジュースだろうか？

「その本はどうだった？」

和子が借りていた本を指差して、男は訊いてきた。

どっちの本だろう、確か岡村は物理学者だと聞いたから、『新しい遺伝学の構築　メンデル遺伝学を越えて』という本のことだろうと和子は思った。

「あの、ONO進学ゼミナールの？」

「ああ、初めましてだったな、塾長の岡村だ。その本は理解できたか？」

「ええ、ちょっと、理解、できませんでした」

岡村は、少し拍子抜けしたように顔をしかめた。

メンデルの法則が間違っているとか、獲得形質が遺伝するなんて説は聞いたこともないし、論拠が曖昧で説得力がなかったと、はっきり言えばよかったと和子は思った。

「君は大学はどこ？」

ふざけんじゃねえ！

しまった、つい声に出してしまった。岡村はびっくりした顔をして一瞬固まった。

「すみません、乱暴な言葉遣いで」

「いや、その、なんだ。あなたは、理系だと聞いてたので、私も物理学科だったから」

あれっ？　マドンナってヨッシーじゃなくて、わたしのことだったんだ。でも、急に言葉が丁寧になったが、何だか、おどおどしている。そうだった、この男は、うちの塾長に電話で怒鳴られて吐血したんだった。何となく西田秀雄に似ている、西田も最初は妙に馴れなれしかったが、ポーリングなんて著名な化学者の名前を出したら、急に低姿勢になった。きっと、女だと思って甘くみてたんだろう。

「すみません、失礼しました。小枝さんから、私のことを聞かれてるんですよね」

「ええ、まあ、少し聞きましたが」

それで、小枝さんはどこに行ったんですか？　と尋ねたかったが、ストレートには訊きにくい。

「あの、先生は若桜スクールにもいたと聞きましたが、どうして若桜スクールなんかに」

「ああ、いやあ、そのお、別に偵察に行ったとかじゃなくて、白樺進学研究会を首になって、たまたまですよ、たまたま新聞で募集を見て」

自分で和子を部屋に招きいれたのに、岡村は動揺しているようだった。

「若桜スクールじゃあ、偵察要員だったんですよね？」

和子が畳みかけると、岡村は、大きくため息をついた。

「ああ、そのお、あなたは、詳しいことは知らないと思うが、私が若桜スクールに出した履歴書ね、あれは小枝の、ああ、いやあ、小枝さんの経歴を借りて捏造したもので」

何を言ってるんだろう、岡村が若桜スクールに出した履歴書なんて見たこともないのに、と和子は思った。

「だが、あの塾では細胞を増やすのに失敗して」

細胞？

話がさっぱり見えない、和子は不思議そうな顔をした。

「ヴ・ナロードですよ、その本にある通り」

えっ？　その本に？　あっ、こっちの本だ。谷元龍太郎という人の『実践　集団指導の手引き』に書いてあった、と和子は思い出した。

ヴ・ナロード、「人民の中に」は、かつてのロシアの革命運動を指す言葉だ。ナロードニキと呼ばれた革命運動家たちが、農民の中に入って農村共同体を組織しようとしたのだが、インテリのナロードニキと農民の共闘には無理があったと、本には書いてあった。

「ああ、その、要するに、我々は、ナロードニキに、真のナロードニキになることを目指してきたんですよ」

真のナロードニキ？

「平等なコミュニティを築き、それを世界に広げるためです」

そっか、細胞って活動家の下部組織のことだったな。細胞を増やすとは活動家を増やすこと、オルグとこの本には書いてあった。小枝も、同じようなことを考えていたんだろうか？

「小枝は、いや、その、小枝さんはノンポリだったが、彼が歯学部を休学して東京に戻ってきたんで、手伝ってもらおうと思ったんですがね」

休学？　退学してたんじゃないのか。

「西田秀雄先生も、あなた方の仲間なんですか？」

「ええ、ああ、まあね、彼は大阪のONOセミナーの創立メンバーの一人ですからね。だが、俗物ですよ、あいつは。本当に俗物だよ」

岡村は、吐き捨てるように俗物だよと繰り返した。小枝と西田は、前から面識はあったんだろうか？

「小枝さんは、ノンポリでONOセミナーには関心がなかったから、西田のことは知らなかったはずだが、若桜スクールを辞める頃には気づいていたかも知れませんね、西田が我々の仲間だと」

小枝は、今どうしているのかと、和子が尋ねようとしたらマンションのドアが開く音がした。

北村が帰ってきたようだと、和子は思った。

本を返して帰ろうと和子が立ち上がると、白髪まじりの中年の男とハット帽を被った高齢の男が入ってきた。

やあ、元気だったか？　と言って、高齢の男はハット帽を脱いで椅子に腰をかけた。

「関先生、ご無沙汰しておりました。茅ヶ崎からわざわざお越しいただき、ありがとうございます」

と、岡村が高齢の男に丁寧に挨拶した。

和子も軽く会釈した。関先生って、もしかして。

「こちらの女性は？」

中年の男が岡村に尋ねた。

「こちらは、例の若桜スクールの講師ですよ」

「青砥和子です。初めまして」

和子は、取りあえず名前だけ自己紹介した。

「そうか、あなたが若桜スクールの。うちの塾に来たそうだね」と、中年の白髪まじりの男が言った。

うちの塾？　誰だろう、この男は？

「こちらは、中川功太郎さんだ。医師で白樺進学研究会の講師をしてる。それから、こちらが」

と、岡村が高齢の男を紹介しようとすると
「私は、この本を書いた関昭信だよ」

と、テーブルに置かれた『新しい遺伝学の構築　メンデル遺伝学を越えて』を指差して、高齢の男が言った。

やっぱりそうだ。

関はズボンのポケットから札入れを出し、名刺を取り出して和子に渡した。

和子は名刺に目を落とした。理学博士で、国立大学と二つの私立大学の名誉教授とあった。国立大学を退職して、二つの私立大学を渡り歩いたんだ。

「あんたは、この本を読んだかね？」

関に訊かれて、和子は頷いた。

「どうだった？」

さあて、困った。何て言ったらいいだろう。

「遠慮なく言ってくれればいいからな」と、関は笑顔で付け加えた。

「セントラルドグマを先生は、どう評価されてますか？」

逆に和子が尋ねると、ワッハッハッハと関は声を立てて笑った。

セントラルドグマは、ワトソンと共にＤＮＡの二重螺旋構造を発見したクリックが、遺伝情報の伝わり方と発現の仕方を説明するのに使った言葉だ。セントラルドグマによれば遺伝情報は、ＤＮＡからｍＲＮＡに転写され、ｍＲＮＡが翻訳されてたんぱく質が合成されることで発現するとされている。このドグマに従えば、ＤＮＡの持つ遺伝情報から逸脱して、獲得形質が遺伝することはないはずだ。

「セントラルドグマは、分子生物学の重要な教義だからな。しかし、もう時代遅れの部分もある」と、関は言った。

時代遅れ？　どういう意味だろう、確かにセントラルドグマとは逆向きにＲＮＡからＤＮＡに転写するウイルスの話は聞いたことがあるが、セントラルドグマ自体は間違ってないはずだ。

「彼女も理系の出身だそうですよ」と、岡村が言うと
「そうだな。その本も、若気の至りで書いてしまったが、それでもまったくの間違いとは言えん。今時、ルイセンコ理論なんて信じる生物学者がいるとも思わんが、ルイセンコ理論とは違った視点で、従来の遺伝学では説明できない現象を探求する者もいるからな」

そう言って、関は中川の方を見た。

「中川君は、医学部出身だが学部生の頃から私の研究室に来てね。それから、岡村君は物理学科の学生だったが、やはり大学院で私の研究室に来てな、二人とも私の理論を証明しようと研究を続けておった。中川君と岡村君は、私の理論を応用して教育に実践しようと白樺セミナーを作ったんだよ。

だが、あの柏木という男が金儲けのために白樺セミナーの理念を台無しにしたんだ。許せん男だ、あの柏木という奴は。白樺進学研究会は潰さなければならん、あんな塾はあってはいかんのだ。君の塾、若桜スクールには大いに期待している。白樺進学研究会のような邪悪な経営者がやっている塾は、駆逐されるべきなんだ」

興奮してきたのか、昭信の声が大きくなった。しゃべりながら、ちらちらと関は中川の方に目を遣った。白樺進学研究会で仕事を続けている中川への当て付けのように聞こえた。

「先生、落ち着いてください。また血圧が上がりますよ」

岡村が宥めるように言うと、ワッハッハッハと、関は歯をむき出しにして笑った。

「中川君は医者だが、私の健康は心配してくれんのだよ」

「不肖の弟子ですから」と中川は笑って言った。

関は、ルイセンコたちが主張した生物学理論は、人間の手によって進化をコントロールする技術として現在でも有効なのだと話しつづけた。分子生物学の進展で、生物進化をコントロールする技術は飛躍的に発展した。まさにルイセンコの理論を受け継いだ我々の正しさが証明されたのだと。

関が話しているとマンションのドアが開いて、北村が帰ってきた。

「あら、関先生、いらっしゃってたんですね」

北村は、和子には目もくれず関に挨拶した。

「北村さん、本を返しに来ました。私はこれで」

和子は帰ろうとした。

「あなたも、来月のセミナーに来るのか？」

関が訊いてきた。和子は、首を左右に振った。

関は和子の手を強く握って、貴方なら、私たちが目指す理想の未来を実現する強力な戦力になれるのだがと言った。

「あなたもセミナーに参加しない？　チケットはほぼ完売してるけど、会場の整理を手伝ってほしいのよ」

北村が言うと、関は和子の手を握ったまま、それがいい、この子は期待に応えられる子だと言ってまた声を立てて笑った。

2

グリーンシティの研修室に、西田と他の二人の男に先導されて谷元龍太郎が入ってくると、大きな拍手が起こった。他の二人が、小田切勝と尾野俊輔だろうなと、和子は見当がついた。

谷元は写真で見た通りの高齢だが、白のスニーカーに茶色のズボン、白のシャツにライトブルーのジャケットを着こなしたダンディな雰囲気の老人だと和子は感じた。

「お待たせしました。ONOセミナーの研修会、本日は大阪から谷元龍太郎先生に来ていただきました。もう、谷元先生のことは、わたくしがご紹介させていただくまでもなく皆さんよくご存知のことと思いますが、簡単な略歴を紹介させていただきます」

司会役の北村が谷元の略歴を紹介し、谷元は話しはじめた。

「新幹線で東京駅に着いたら、まず神保町の本屋に寄ろうと思っていたんですが、昼食が終わったらすぐに会場に来いと主催者に怒られましてね、こんな綺麗なご婦人が主催者だと文句も言えない」

研修室に爆笑が起こる。

「今日の講演会は、関昭信先生が一緒ということで前座は関先生が話をするのかと、のんびり構えていたら、関先生たちは後半の討論会から加わるというので、後半では我々文系の大阪組と関先生の理系北海道組で大激論になると期待されて、大勢お集まりいただいたようです」

また大爆笑が起こった。

「この講演では、日本の教育の現状において、いかに間違った認識や誤魔化しの理論が横行し、それによって日本の社会の進歩がどれだけ妨げられているか、そして現状を打開するための正しい認識、正しい理論を示したいと意図しております」

拍手が起こった。

摑みは完璧だった。谷元は、続けて集団主義教育の理論について語った。この理論が、学校教育の現場だけでなく、社会変革のための唯一の実践理論であると谷元は何度も強調した。

「民主的な自治集団が形成され、それが中心集団となって周囲に働きかけることで、民主的自治が社会全体に拡がっていくのです。最も大切なのは、核となる民主的自治集団を育てることで、そのためには中央集権的な学校教育では不可能であり、文部省、学習指導要領などという下らんものに縛られている公教育ではなく、民間教育というものに期待するしかないことに、大学を退職してから私は思い当たった次第で、虚仮の知恵は後からと申しますか、私自身の至らなさを思い知ったわけです」

随分とへり下った言い方をするなと和子は思った。卜部歩が言っていたことを和子は思い出した、谷元龍太郎は世間的には人格者だと思われているが、学生には高圧的で、ゼミ生は雑用にこき使われていたと。

谷元はしゃべりは上手いが、話の中身は本に書いてあったことをなぞるだけで、和子には新鮮味はなかった。

「ここにいる尾野俊輔くんの発案で、小田切勝くんと西田秀雄くんが大阪にONOセミナーを立ち上げてから十年余り、その間に尾野くんは東京にもONOセミナーの拠点を作り、今は弁護士として大阪で活躍しています。

そして小田切くんは、私の後を継いで大学で教鞭を執り、西田くんも東京での活躍の場を拡げつつあります。不束ではありましたが、理論より実践を重視した私の教育は、優秀な弟子にも恵まれ、大きな収穫を得ようとしているところであります」

谷元の横に座った三人の教え子たちの誇らしげな笑顔が、和子の目に映った。西田とは同じ塾の職場で仕事っぷりも見ているので、和子には谷元の話はまったく説得力がなかった。

谷元は、著者にもあった真のインテリゲンチャについて延々と自説を展開した。真のインテリゲンチャは人民を覚醒させ、主体的に社会を変革していく中心にならなければいけない。人民が自立し主体的に構築した社会というものが真の自治体というもので、コミュニティとか地域とかいった誤魔化しの概念で社会の進歩を阻もうとする国家独占資本の自治体破壊の策略に、唯一対抗できる正しい自治体の理論を理解し実践できるのが真のインテリゲンチャというものだと語った。

グリーンシティの北村の部屋で、岡村や関や中川が話していたのも谷元の話と同じような内容だが、用語の使い方が少し食い違っていると和子は感じた。岡村が「自立したコミュニティ」と呼んでいたものが、谷元のいう「自治体」なのだろうか？　谷元はコミュニティとか地域とかいう言葉は、国家独占資本による誤魔化しの概念だと言うが、そうした用語の使い分けが和子にはよくわからなかった。

和子は谷元の講演を聴きながら、故郷の山間の村を思い浮かべた。あの村は、谷元のいう自治体のようなものなのだろうか。それとも岡村のいう自立したコミュニティなのか。それともまったく違うものなのか。村は独立した共同体のようにも思える、大地主の一家は村の外の都市部に住んでいるが、多くの住民は村の外に出ることもなく大地主の一族によって与えられた仕事をこなしながら自立自営していた。だが、村の生活は都会に比べてずっと貧しいものだった。和子の両親は、特に父親は、村の外の世界に住んでみたいなどと考えたこともないだろう。代々受け継がれた村の仕事をやりながら、棟割長屋で一生を終えるのが当たり前だと思っているような人だった。

高層マンション群が立ち並ぶ、このグリーンシティでの生活はどうなのだろうか。北村と岡村はグリーンシティに理想の共同体をつくろうと夢見ていたのかも知れないが、実際に生活してみてどう思っているのだろう。都会にある高層マンションでの生活は外から見ると便利で快適そうだが、実際に住んでみると故郷の村の長屋の生活とあまり違わないのかも知れない。塾のチラシを投函しながら高層マンションの各階に並ぶドア扉を見て、和子は実家の棟割長屋を連想した。

谷元の話が終わって、盛大な拍手がしばらく続いた。北村が前に出て、谷元からマイクを受け取る。

「谷元先生、素晴らしいご講演をありがとうございました。今一度、先生にお礼の拍手をお願いします」

また、長い拍手が続いた。

「それでは、先生の愛弟子の御三方からも一言ずついただきたいと思いますが」

爆笑の中、北村に振られて小田切は谷元ゼミや現在教鞭を執る大学の話をし、尾野は谷元ゼミから法学に転じたが谷元ゼミの精神は大切に継承していくつもりだと話し、西田は谷元ゼミの実践重視の精神を受け継ぎたいと、それぞれ無難に話した。

研修会の前半が終わって、休憩中に田嶋塾長の両親が岡村に挨拶に来た。伸義がご迷惑をおかけしてますと、父親が岡村に頭を下げた。いえ、お心遣いありがとうございますと、岡村も頭を下げた。

伸義の両親は西田に連れられ谷元、小田切、尾野の順に挨拶して回っている。

都議会議員選挙に落選した塾経営者の島村博一も、名刺を持って岡村のところに挨拶に来た。岡村が、残念でしたね、次回は期待していますと言うと、よろしくお願いしますと島村は何度も頭を下げた。島村は和子にも笑顔で名刺を渡し、関や中川たちの方に移動していった。

講演会の後半は、関と中川と岡村が左側に、谷元と小田切が右側に座り、尾野と西田が中央に座った。

「それでは、後半の討論ですが、まずは谷元先生の話された集団主義教育が社会を変革する唯一の実践理論であるという点について、関先生は生物学者の立場から、どのようにお考えでしょう？」

北村に促されて、関が話しはじめた。

「これはもう、先ほど谷元先生に教育学の立場から言っていただいた通りで、我々の生物進化の理論の根本には、環境というものがあって、環境によってすべてが決まるのです」

関は、適切な環境を与えれば生物はすべて人為的に改変できると、あれこれと実例を挙げて語った。

「現在の遺伝学の理論では進化の説明はできません。遺伝子がすべてを決める、進化は遺伝子の突然変異によるものだと決めつけているから、生物進化の本質が理解できないのです」

そう言って、関は中川の方を見て、

「中川くんは、私と違う見解のようだがね」

と、付け加えた。中川は苦笑いして、少し間を開けてしゃべりはじめた。

「違う見解というわけではないですが、ワトソンとクリックによってＤＮＡの二重螺旋構造が発見されて、分子生物学が飛躍的に発展して遺伝についてはかなりのことがわかってきましたから」

まずいぞ、西田に、ポーリングが三重螺旋構造を発見したなんて出鱈目を話したのがばれるぞと和子は思ったが、西田は弛緩した表情で天井の方を向いていた。

関が、中川の発言を受けて話を続けた。

「中川くんは、かなりのことがわかってきたというが、一般の人がそれをどう理解しているか、どう理解させられているかという問題がある。これは科学教育にも関することだが、一般の人は生物進化は遺伝子の突然変異と自然淘汰によって解明されたと信じさせられている。これは誤った理解で、ランダムな突然変異で進化が起こるなどとは確率的にはあり得ない。どうだね、岡村くん、物理学者として進化の本質がどこにあると思う？」

関に振られて、今度は岡村が口を開いた。

「突然変異と言いますか、遺伝子の変異は不確定性原理と関係があるかもしれません。極めて微視的な現象なので量子論の影響は免れないでしょう」

和子は西田の方を見たが、やはり興味なさそうに天井を向いていた。不確定性原理はアインシュタインが提唱したと和子が出鱈目を言ったことも、西田は気づいてないようだ。と、和子が思っていると。

「不確定性原理というのは、アインシュタインの発見したあれだな」と、谷元が口を挟んだ。

あちゃあ、和子は頭の中で叫んだ。西田の顔を見たが、やはり上の空のような表情だった。

「いや、その」と岡村は口ごもった。

「あなた、そりゃあ相対性理論でしょう、アインシュタインが発見したのは」

会場からの声がした。卜部新一だ、伸義を教育セミナーで怒らせた時みたいに、また何か、いちゃもんつけて混乱させるぞ、和子は嫌な予感がした。

「あっ、そうか、相対性理論でしたかな。勘違いしてました」そう言って谷元は笑った。

「アインシュタインは、不確定性原理には批判的だったでしょ」と、卜部新一は岡村に畳み掛けた。

「あっ、ええ、そうなんですが」

岡村は言葉に詰まった。

「それで、遺伝子の変異というのは量子的揺らぎが関係していると、そういう認識でよろしいのでしょうか？　それが遺伝子の変異をもたらし、選択圧によって生物進化が起こったと」

新一に更に畳み掛けられて、岡村は天井を見上げてしばらく考え込んだ。

「現在の生物進化の考え方は、おおむねあなたのおっしゃった通りです」と、中川が岡村の代わりに答えた。

「先ほど私が申し上げた通り、生物進化を現代の科学では、現代の遺伝学では説明できないのですな、この問題について、理系の専門教育を受けた若い人たちはどう考えているのか、若い人の意見も聴かせていただきたい。あのお嬢さんに話してもらいたい」

そう言って、関は和子の方を見た。

さあ、困った。正直に言おうか、わかりませんと。

「さっ、彼女にマイクを渡してあげて」

関に言われて、後ろに立っていたスタッフが、和子にマイクを渡した。

参加者の視線が和子に集まるのを感じた。西田も今度は興味津々のようで、笑顔で和子の方を見ている。

「わたしは、大学で化学、ケミストリーを専攻しましたが、生物の進化が遺伝子の突然変異と自然淘汰だけで説明できるのかどうか、偶然性だけでなく何らかの合目的的な要素があるのか、わたしはまだ勉強不足で明確には言えませんが、物質の進化により生命が生まれ、わたしたちのような意識を持つ生物が出現したのは、偶然性だけでなく何かしらの必然性があったと、それが科学的に解き明かされる日が来るのではないかと期待しています」

和子がなんとか話し終わると、一斉に拍手が起きた。合目的性とか、偶然性ではなく何らかの必然性とかいうのは、関の本からの受け売りだった。拍手が鳴りやむと、再び卜部新一が話し始めた。

「あなたの言う必然性とは、どういう意味ですかね？　客観的な科学としての理論的帰結としての必然性ですか、それともあなたの主観を述べているのでしょうか？」

いちいちうるさい男だ。

「自然科学が、すべて客観的な科学として論理的な帰結で成り立ってるのか、わたしは勉強不足で分かりませんが、合目的的な要素があったかのように思える生命現象があるとは感じています」

「科学的根拠はないのだな」

しつこい、勉強不足だって言ってるのに。

「さっきの不確定性原理とかいうのはどういうものかね、我々文系の者にも分かるように説明してもらえんかね？」

谷元が訊いてきた。和子は関と中川の方を見た。

「彼女に説明してもらいましょう。ケミストリーを専攻したのなら、我々生物系の人間よりも詳しいでしょう」

関が事も無げに言った。和子は物理学が専門の岡村の方を見たが、岡村は視線を逸らした。

こうなったら仕方ない、量子化学の講義の受け売りで話すしかない。試験で書かされた不確定性原理の説明を必死で思い出して、和子は話した。

「不確定性原理を提唱したハイゼンベルクによると、電子や原子核のような微粒子の世界では、微粒子を観測しようとすると光の粒子に攪乱されて位置と運動量を同時に正確に観測できないということです。しかし、ハイゼンベルクの説明は観測上の問題と誤解されやすいので、注意が必要です。微粒子の世界はド・ブロイ波または物質波と呼ばれる波の性質を持ち、これはアインシュタインが提唱した光量子仮説を光子以外の微粒子に拡大したもので、量子力学ではシュレディンガー方程式と呼ばれる波動関数によって量子状態が確率的に表されます。不確定性原理は、量子に特有の物理量が確率的に決定される性質を述べたものです」

研修室は静まり返ってしまった。

「岡村先生、今の説明はいかがでしたか？」

客席を見回してから、おもむろに北村が尋ねた。

「ええ、まあ、おおむねあんなもんでしょう。一言付け加えるなら、波動関数によって物理量の正確な確率分布が得られます。そこを誤解して、量子力学が決定論的な宇宙観を否定していると考えるのは誤りです」

また静まり返った。

北村が尾野と西田を見たが、二人とも目を逸らせて発言したくなさそうだった。

「ありがとうございました。ただいま会場から発言していただだいたのは、新しく仲間になっていただいた哲学者の卜部新一先生と塾講師の青砥和子先生でした。もう一度、拍手をお願いします」

新しく仲間になった？　和子は納得しないまま、盛大な拍手の中で一礼して着席した。

和子の隣に座っている高齢の女性が「こちらのお姉さん、凄いね」と、連れの女の子に話しているのが聞こえた。

「他に、ご意見、ご質問等ありましたら」と、北村が促した。

男が挙手をして立ち上がった。あの都議会選挙に落選した島村だ。

「ヒロカズ進研セミナーの塾長をしています島村博一です。先生方の素晴らしい話を聴かせていただき、感動しています。今日の話で、改めて民間教育の重要性を痛感しました、また、教育を変え、社会を変えていくには、まず政治の力で文部省を変えなければならないことも実感しました、子どもたちの未来のために私も頑張っていきます」

島村も拍手を浴びた。

「関先生、今日の話を纏めて下さい」

北村に促されて、関が口を開いた。

「先ほどの議論を聴かせてもらって、唯物弁証法の正しさが改めて実感できた有意義な研修会でしたな。谷元先生、尾野くんは関西から来ていただき、会場にも岡山から参加した方もいたそうで、素晴らしい研修会でした」

また、盛大な拍手が起こった。

どこが唯物弁証法の正しさを実感できたのか、和子にはわからなかったが、やっと終わったと少し安堵した。

「それでは、恒例の『森の歌』の合唱をします。パートごとに集まってください」

と北村が言うと、運営スタッフが動いてパイプ椅子を片付けて合唱のスペースを作った。

「これが楽しみで、岡山から来たんですよ。孫にも聴かせたくてね」

と、隣に座っていた高齢の女性が、和子に向かって言った。楽譜を取り出して、女の子の手を引いて空いた場所に歩いていった。参加者の多くが楽譜を持って各パートに陣取っていく。

和子はスタッフに、とりあえずアルトに入って下さいと言われて合唱の中に入った。合唱メンバーがスタンバイして、北村がマイクを持った。

「初めての参加の方には、歌詞カードをお配りしますが、歌わなくても大丈夫です。一緒に楽しんでください。私たちのセミナーは毎回、この曲を歌って終わります。いつもは第四曲の『ピオネールは木を植える』と第五曲の『スターリングラード市民は前進する』を合唱しますが、今日は小田切先生と尾野先生に独唱のパートを歌ってもらい、第六曲の『未来への逍遥』と第七曲の『栄光』も歌います。それでは谷元先生、よろしくお願いします」

指揮棒を手にした谷元が合唱団の前に立ち、北村の合図でスピーカーからオーケストラの伴奏が流れてきた。トランペットの印象的なメロディが流れ、かわいらしい児童合唱の曲を女声合唱が一緒に歌った。木を植える子どもたちの歌が終わると、続いて勇ましい行進の曲に変わった。和子は歌詞カードを見るだけで歌えないが、気持ちが高揚してきて身体を揺らした、まるでディスコにいるみたいな気分だ。

勇ましい行進曲が終わると、谷元は指揮棒を下ろして話しはじめた。

「次の曲は、子どもたちと市民が植えた木々が素晴らしい未来を築いていくという美しい曲です。今日は小田切くんのテノール独唱で久しぶりにこの第六曲を歌います。我々の闘いも、こんな美しい未来が待っているということを想いながら歌ってください。そして最後の栄光のフーガとクライマックスに続きます」

谷元が話し終わると、静かに曲が始まった。合唱の美しいハーモニーが流れ、テノールが歌いだす。美しいメロディに和子は、感動が込み上げてきた。和子には、音楽のことはよく分からないし合唱にも興味はなかったが、美しい響きにすっかり魅了された。夢のような合唱のハーモニーが消えるように終わり、管楽器の激しい咆哮で次の曲が始まった。合唱の掛け合いが重なって盛り上がった後、尾野のバリトンと小田切のテノールが独唱し合唱の壮大なクライマックスで曲は終わった。

拍手の中、北村がマイクを取った。

「ありがとうございました。谷元先生、関先生、大変お世話になりました。また来年、今度は関西でONOセミナーの研修会を開催いたします。関先生は茅ヶ崎から、私たちも東京から参加します。尾野さん、小田切さん、そして谷元先生、またよろしくお願いします。また、『森の歌』の楽譜とカセットテープを販売してますのでお持ちでない方はお買い求めください」

セミナーは終わった。出口のところで、小田切と西田と尾野が並んで帰っていく参加者に挨拶している。

「あなたのお話は素晴らしかったわ。一緒に頑張りましょうね」と言って、岡山から来たという高齢の女性は孫の手を引いて出ていった。

和子は、感動の余韻が残っていて、立ち去りがたかった。北村のところに行き、楽譜とカセットテープを買った。楽譜は読めないが、いつか歌える日が来るかも知れない。

「明日からは、また西田さんもあなたも商売敵ね」

北村は、そう言って笑った。

――第十一章　アウフヘーベンについて西田秀雄が語ったこと――

1

中二の授業を終えて和子が事務室に入ると、保護者からの電話が次々にかかってきていた。合格の報告とお礼の電話だった。

都立高校に合格した生徒たちが、報告にやって来て事務室は賑やかになった。受かった生徒たちは受験勉強から解放されて、喜びを爆発させていた。お菓子を食べながら談笑し、アニメソングを歌う声も聞こえた。

二月初めの中学入試から始まった入試シーズンは、三月末の都立高校の合格発表で一段落した。塾は実質三月が新年度で、中二以下の在塾生の授業は淡々と行われている。丸川と西田はまだ教室で授業をしていた。

若木教室では、若桜スクール始まって以来初めて私立御三家と呼ばれている最難関中学に合格者を出した、しかも三人も。卜部進と他の二人は夏期講習でＴＩＰ進学研究会に武者修行に行った子たちだった。高校入試でも最難関と言われる私立高校に三人合格した、すべて若木教室の生徒たちだ。今までの若桜スクールにとっては、驚異的な合格実績だった。若桜スクールの新聞チラシには、〈最難関突破、中学・高校各三名合格〉の文字が踊っていた。若桜スクールでは初めての合格実績を載せた広告だった。新聞チラシを配布した直後、若木教室には入塾の問い合わせ電話がひっきりなしにかかってきた。入塾説明会も大盛況で、四月からは教室が足りなくなるからと急遽近くのビルに若木第二教室を開くことになった。

高島平教室にも入塾生が殺到して、もうすぐ高島平第二教室が白樺進学研究会のすぐ近くに開校する。田嶋塾長は若木教室での合格実績を足掛かりに、今まで進学実績で圧倒的に優勢だった白樺進学研究会を脅かすつもりだ。他の若桜スクールの教室も入塾希望者が例年になく増えているという、やはり合格実績の宣伝効果は絶大だった。

昨年の夏に小枝文哉が突然辞めた時は生徒や保護者に動揺があったが、丸川が小枝の残した自主教材に最難関校向け問題集も使って試行錯誤しながら教えていった。和子も、小枝の自主教材と難関校の過去問を中心に授業をした。西田の国語は最初は大学の講義のような一方的な授業だったが、生徒が西田の講義を聴かずに勝手に問題集を解いて質問してくるので、西田なりに工夫して難関校の過去問演習を中心にした授業に切り替えた。

若桜スクールのチラシ広告には西田の顔写真と、〈生徒の潜在能力を引き出す若桜スクール式教育の成果だ〉とのコメントが載っていた。西田の顔写真の下には、教育哲学者、慶応義塾大学出身と紹介されていた。田嶋塾長の顔写真とコメントは毎回折り込みチラシに載せてあるが、教室長の丸川はコメントも顔写真も載ることはなかった。

「こんばんは、久しぶりです」

吉野秀実が、赤ちゃんを抱いて事務室に現れた。

「あらっ、久しぶりね」

和子は立ち上がってヨッシーのそばに行き、志織ちゃんの顔を覗いた。ぐっすり眠っている、かわいい！

「志織ちゃんはミルクを飲ませたばかりよ。さっき、大和教室にも寄ってきたの。若桜スクールはすごい実績を出したってね、みんな若木教室の生徒でしょ？」

吉野に言われて、和子は笑顔で頷いた。和子にとっては塾の仕事で初めて出した合格実績だ、やはり褒められれば嬉しい。

「志織も、お兄ちゃんみたいに頭がよければいいけどね」

そっか、志織ちゃんは卜部進の妹になるんだ、と和子は頭の中で呟いた。ヨッシーも複雑な気持ちだろうな。

顔見知りの生徒たちが吉野の周りに集まってきた。小枝が辞めてから、しばらくは吉野が代わりに授業をやって生徒たちには大人気だった。

「娘の志織ちゃんです」

吉野が赤ちゃんを紹介すると、生徒たちの、可愛い、可愛い、の声が連鎖した。

丸川と西田が授業を終えて事務室に戻ってきた。和子は、電話で聞いた都立高校の合格報告を二人に伝えて事務室を出た。

廊下にいる生徒たちの笑い声を背に、和子は建物の外に出てマンションの裏に回り、ＯＮＯ進学ゼミナールのある古いビルの下に行った。まだ灯りはついていて生徒たちもいるようだったが、若桜スクールの生徒に聞いた話では、三月末でＯＮＯ進学ゼミナールは閉鎖されるという。春期講習会を無料でやるから、その間に次の塾を探すようにと塾長の岡村治が生徒たちに伝えたらしい。以前に小枝が、もうすぐＯＮＯ進学ゼミナールは閉鎖になると言ってはいたが、こんなにあっさりやめてしまうとは思わなかった。

谷元龍太郎が書いた集団主義教育の本には、集団の内部に批判勢力を置き、外部にも対立する集団を作り、絶えず緊張関係を保つ事が弁証法的発展を続ける上で大切だと書いてあった。ＯＮＯセミナーの研修会での講演を聴いて、若桜スクールとＯＮＯ進学ゼミナールが競合関係を維持することが互いに発展する上で必要なのだと和子は解釈していた。どうして、ＯＮＯ進学ゼミナールは閉鎖するのだろう。やはり、若桜スクールとの競争に負けたのだろうか。今年、最難関校に合格した若桜スクールの生徒たちも、卜部進以外は元々はＯＮＯ進学ゼミナールの生徒だった子たちだ。若桜スクールだったら囲い込んで何としても退塾させないようにしただろうに、岡村のやり方はまるで敵に塩を送るようなものだったと和子は思った。

きょうの昼に、ＯＮＯ進学ゼミナールが閉鎖になると西田が田嶋塾長に電話で伝えていた。あのＯＮＯ進学ゼミナールの塾長は無能を絵に描いたような阿呆ですから、と西田が電話で言ってゲラゲラ笑っていた。西田は大和教室に来る度にＯＮＯ進学ゼミナールの塾長の悪口を言って田嶋塾長の機嫌を取っていると、大和教室の職員が話していた。だが、西田も岡村も同じONOセミナーの仲間のはずだ。どうして、これだけ悪し様に言えるのか和子は理解できなかった。だが、その西田に対しては、岡村や尾野も陰でひどい言葉を吐くのを和子は聞いていた。仲間同士で批判し合うのが、谷元の本に書いてあった「弁証法的発展」と何か関係があるのだろうか。

二月には最難関校に多数の合格者を出して歓喜に沸いた若木教室の雰囲気が、三月に入って日増しに重苦しくなっている。丸川とは毎日顔を合わせるが、表情が暗い。去年の夏に小枝が辞めて、代わりに西田が若木教室に来るようになって、教室長の丸川より西田の方が教室の主導権を握っているような感じになった。今では入塾説明会でも、西田が一人でしゃべり続けて、丸川はアシスタントのように笑顔で横に立っているだけだ。

四月から若木教室の教室長は西田になるとの内示があったと、先日の教室長会議の後で西田自身が和子に耳打ちしてきた。丸川は平の専任職員に降格されるという噂も、大和教室の職員から流れてきた。普段は、丸川と西田は事務室にいてもほとんど口をきかない。和子も、最近は丸川とも西田とも事務的な仕事の話以外はしなくなった。若桜スクールは今年の三月に都内と埼玉に二教室開校し、夏を目処に更に三教室増やす計画で講師も大量に採用しているが、これから若木教室がどうなっていくのか、和子は不安だった。

去年、グリーンシティで開かれたONOセミナーの研修会を手伝ってから、和子は北村律子にセミナーの会員になるよう電話で誘われたが、結局断った。あのセミナーの活動の目的が和子には今ひとつ理解できなかった。それに、ONO進学ゼミナールは若木教室の競争相手だ、岡村のセミナーに関わっていることが田嶋塾長にバレたら怖い気がした。

グリーンシティの研修室で出会ってから、和子は尾野俊輔としばらく付き合っていた。あれが付き合ったといえるか微妙だが。最初は、俊輔から猛烈にアタックしてきた。研修室でのONOセミナーが終わり、和子が最後に歌われた『森の歌』の余韻に浸っていると、俊輔が話し掛けてきた、あなたの知識は素晴らしい、驚きましたと。理学部の学生ならあのくらいのことは知っていて当然だと思ったが、『森の歌』のバリトン独唱を歌った俊輔の渋くて甘い声で話し掛けられて、和子は胸が熱くなるのを感じた。

研修会の後で、グリーンシティの近くのレストランを借り切ってやる懇親会に北村から誘われて、和子も参加した。懇親会では、俊輔はロシア民謡やらロシア語の歌曲やらを歌い、イタリア語のカンツォーネを歌った小田切勝と美声を張り合った。俊輔に連絡先を尋ねられて和子は住所と電話番号を書いて渡した。俊輔は関西で弁護士をやっていて度々東京に来ているという。東京に来るときは連絡しますから食事でもご一緒しましょうと言われて、和子は半信半疑ながら少し舞い上がった。

それから一週間もしないうちに俊輔から電話があった。来月、東京に行くから週末にホテルで食事でもと誘われた。いきなりホテルで食事かと、ちょっと躊躇したが断る理由もない。翌月、土曜日の塾の仕事が終わってから新宿に直行し、ホテルの近くのレストランで食事をしてからカウンターバーで一緒に飲んだ。和子が島根の出身だと話すと、私の家も島根にゆかりがあると言って、俊輔は尾野家の話を始めた。俊輔が言うには、尾野家の先祖は後鳥羽上皇に仕えていた小野氏の一族で、上皇が隠岐に流されたとき中国山地の山里まで供としてついていき、そこに住み着いた。その後、尾野家は何世代にもわたって再び上洛の機会を窺いながらひっそりと暮らしていた。島根にある尾野の本家には、後鳥羽上皇から賜ったとされる扇が代々受け継がれているという。島根の本家から出て畿内に移り住んだ俊輔の曾祖父は、事業に成功して財を成したが尾野家の誇りは受け継いでいて、俊輔も尾野家に生まれたことを誇りに思うようにと祖父や父親から教えられて育った。俊輔は、由緒あるという尾野家の歴史を語りつづけたが、和子には苦手な話だった。生まれや育ちの自慢話などどうでもいいと思いながら聞いていた。

尾野家の歴史を一通り話し終え、「あなたの島根のご実家はどんな家です？」と俊輔が訊いてくるので、和子は何とかはぐらかそうとした。わたしは鄙びた田舎で育ったので都会に憧れていました、東京に来て、塾に就職して、よかったと思っています、凄く素敵な人たちと出会うことができて、西田先生とも一緒に仕事ができていろいろ教えてもらえています、と和子は無難に返事したつもりだった。だが、俊輔は少し気色ばんだ様子で「西田は調子のいい奴ですからね」と吐き捨てるように言ってカクテルを呷った。

俊輔は酒癖があまりよくないようだった。酔いが回ると俊輔は、関西の大学で先輩だった小田切勝のことをこき下ろした。小田切は谷元龍太郎にうまく取り入って今のポストに就いたが研究者としてのオリジナリティが全くない、などと。話しながら俊輔は右手を何度も和子の腰に回して這わせてくるので、和子は座り直して少し距離を置いた。

西田に対しては、俊輔は更に辛辣だった。西田は何年も浪人して田舎の三流大学にやっと入ったくらいで自分に能力がないのを自覚しているから、権威のある者に媚びる傾向がある、うちの大学院には谷元の教え子のコネで入れたが、ゼミの中で西田を評価する学生は一人もいなかった、谷元が、媚びるのがうまい西田を気に入ってしまったからゼミ生は皆我慢して相手をしていただけだと俊輔は西田を貶しつづけた。西田が権力者に媚びるというのは、田嶋塾長への西田の振舞いを見ていて和子も同じような印象を持っていたが、それにしても関西のONOセミナーは俊輔が小田切と西田を誘って始めたと聞いていたので、和子はどうして俊輔が二人を悪し様に言うのか不思議に思いながら聞いていた。

すると、今度はONOセミナーのできた経緯を俊輔は語りはじめた。ONOセミナーの「ONO」は、小田切と西田と自分のイニシャルから取ったのではなく、本当は自分の苗字のオノを元にしたんだと俊輔は話した。学生時代に、俊輔が学費の足しにと自宅で始めた学習塾がONOセミナーだった。それを谷元が、小田切と西田を仲間に入れてやるようにと言って介入してきて、やがて谷元の息の掛かった文化人を講師に呼んで市民大学講座を俊輔の塾の教室で開くようになった。俊輔の家が大学に近く、教室に使える広い部屋があったので谷元には好都合だった。この市民大学講座は好評で、社会人がたくさん受講にきたが、収益のほとんどは谷元のものとなった。結局、学習塾の方は中途半端になってやめてしまい、谷元の講座がＯＮＯセミナーと呼ばれるようになった。ＯＮＯが小田切と西田と尾野のイニシャルから取ったというのは、後から谷元がこじつけたものだ。俊輔は、谷元たちと関わるのが嫌で大学院進学を口実に東京に出てきて司法試験の予備校に通ったのだが、結局谷元たちとの関係を絶つことはできなかった。

ＯＮＯセミナー設立時の話は、以前に聞いていた話と違っていて和子には興味深かったが、俊輔の愚痴っぽいしゃべりを聞きつづけるのも鬱陶しくなって、明日も仕事なのでこれで失礼しますと言って五千円札を置いて、カウンターバーを後にした。俊輔は憮然とした顔で、出ていく和子を見ていた。帰りのタクシーの中で和子は、薬学部にいた筒井輝子のことを考えた。輝子は、親を満足させようとエリートの男と付き合ってもうまくいかないと言っていた。今の和子も同じ気分だ、弁護士なんてエリートとはとても無理だ。もう、俊輔から電話してくることもないだろうと思った。

ところが、年末に俊輔からまた電話があった、大晦日に東京に行くから年越しそばでも一緒にどうかと。正月特訓の予定があるので長居はできないがと言って、和子は池袋で会うことにした。和子は、ＯＮＯ進学ゼミナールの設立時の話を聞きたいと思った、もしかしたら小枝の消息もわかるかも知れない。

池袋の喫茶店で俊輔と落ち合い、ミックスサンドイッチで空腹を満たしてから、ＯＮＯ進学ゼミナールも尾野さんが創られたのですねと、和子は単刀直入に訊いてみた。俊輔はフッと笑って、

「いやあ、あれは岡村たち四人で始めたんですよ」と言った。四人？　岡村と中川と尾野と、あと一人は誰だろう、わたしの知らない人かな、もしかしたら北村律子かも知れないなどと和子が考えていると「もともと四人のイニシャルを塾名にする予定だったんだ、谷元がONOセミナーをこじつけたのを真似てね」と言って俊輔はまたフッと笑って「そしたら一人抜けてONOになってしまった、ONOセミナーとは全然関係なかったんだが、たまたまだよ」と付け加えた。俊輔は、司法試験の予備校の学費と生活費を稼ぐために最初は白樺進学研究会に勤めていたが、塾長の柏木と合わなくて仲間を募ってグリーンシティの近くに塾を開いた、グリーンシティは白樺進学研究会も進出の計画があったから当てつけの意味もあったという。だが、塾を開いた翌年に司法試験に受かったので岡村たちに任せて手を引いたと俊輔は言った。

もう一つ、和子は気になっていたことを尋ねた。北村律子さんが言われていましたが、と和子は切り出した。尾野さんは共和国に行かれて直接見てこられたそうですね、税金がなくて高度な医療や教育が無料で受けられる国があるのを、と和子が訊くと俊輔は一瞬顔をこわばらせた。コップの水を一口含んで、しばらく考えてから俊輔は話しはじめた。学生時代に谷元に勧められて共和国を訪れた、その時の体験を北村たちに話したことはある、あれは間違いなく真実だった、共和国の国民は魅力的な笑顔で迎えてくれた、国民は皆幸福に暮らしているようだったと俊輔は語った。「ただ、あのような共和国を創るには」と言って俊輔は言葉を探すように少し間を置いて、「人間を改造しなければいけない」と、言った。

人間を改造する？　どういう意味だろう。和子は考えを巡らせたが、思いつかなかった。

西田とは一緒に仕事をしているが、ＯＮＯセミナーのことを話題に出すことはなかった。

ただ、以前は西田は妙に馴れなれしい態度で和子に話し掛けていたが、あの研修会の後からは和子に対して随分と低姿勢になった気がする。以前の和子は舐められていたのかも知れない。そういえば、西田は生徒や学生のバイトにはとても高圧的だが田嶋塾長に対しては見ていて恥ずかしくなるほど媚びた物言いをする、あれが改造された人間なのだろうか。

きょうは僕が払うよ、と言って俊輔は伝票を持ってレジに向かった。

喫茶店を出て公園の方向に俊輔は歩いていく。和子がついていって横に並ぶと、俊輔は腕を回して和子の肩に手を置き力を入れて抱き寄せ、顔を近づけてきた。舐められている、嫌だ、と和子は思った。

顔を背けて俊輔から離れ、和子は何か言おうとしたが言葉が見つからなかった。視界の先にラブホテルの看板が光っていた。俊輔が、和子の顔を凝視しながら口を開いた。

「青砥さん、あなたのご両親のことですが」

和子は全身がこわばった。

「あなたの、本当のお父さんは、由緒ある家柄の方ではないのですか？」

どうして俊輔がそんなことを詮索するのだ、全身の毛が逆立っているような気がした。中学生の頃、和子の出生の経緯についてクラスの子たちが噂していたのは何となく耳に入っていた。きっと、大地主に仕えている大番頭だとか総支配人だとかと呼ばれている偉い人に近い筋から出た話だろう、でも和子には関係ない話だ、和子の父親は、代々あの棟割長屋に住み大地主の家に雇われて山仕事をしてきたあの父親しかいない。それにしても、この尾野という男はどうして家柄とか血筋とかにこんなに拘るのだろう、どうして勝手に人の家のことを調べたりするのだろう。弁護士だからって、いや、弁護士だからこそ、人のプライバシーは尊重すべきなのに。和子は怒りが込み上げてきた。

「あの、尾野さん。失礼ですが、関昭信先生の本にも書いてあって、遺伝は関係ないと」

言いかけて、和子はやめた。関昭信の馬鹿げた遺伝論を持ち出すまでもない、家柄や血筋は人間としての価値には関係ないのは当たり前のことだ。この男は筒井輝子の父親と同じで、学歴や肩書きや出自は人の価値には関係ないと頭でわかっていても拘ってしまうようだ、輝子は父親といくら言い争っても無駄だったと言っていた。

「関先生たちの遺伝学なんて、そんな話に興味はないんですよ」と、俊輔は、吐き捨てるように言った。

「関先生たちは、中川も岡村もそうだが、我々とは話が噛み合わないことが多い。やはり理系の人たちは頭が硬いからね。まあ、白樺進学研究会で中川と岡村に出会ったときは、この二人と一緒に東京でＯＮＯセミナーを作って、関西の連中の鼻を明かしてやろうと思ったがね。じっさい、岡村や中川は熱心に活動するから、グリーンシティのＯＮＯセミナーは関西よりも会員が多くなってるんです」

そう言って、俊輔は皮肉っぽい笑みを浮かべた。

「こんな話は止めにして、年越しそばを食べにいきましょう」

俊輔は和子の手を握って歩きはじめた。

「すみません、明日からの正月特訓の準備ができてないので、またの機会にしてもらっていいですか」

そう言って、ごちそうさまでしたと頭を下げて和子は池袋駅の方に向かって駆け出した。もう二度と会う気はない。

年が明けてしばらくして、また俊輔から電話があって、東京に行くから会いたいと言ってきた。和子は、受験前で忙しいからと断った。それからも、何度か俊輔から電話がかかってきたが、口実を付けて早めに電話を切った。俊輔はやたらと和子の島根の実家について聞きたがるし、自分の家柄や経歴を自慢気に話すのも相変わらずだった。電話が鳴ると、俊輔ではないかといつもびくびくする。電話に出て川口の声を聞くとほっとする、川口の下らない話に付き合ってる方がよっぽど気が休まると和子は思った。


「そろそろ帰るね」

赤ちゃんを抱いた吉野が、ＯＮＯ進学ゼミナールの教室を見上げていた和子に後ろから声をかけてきた。

和子は振り向いて頷いた。

道路の反対側に停まっていた車が、ゆっくりと近づいてくる。ドアが開いて、男が顔を出した。

「高見沢さんよ」

吉野が和子に言った。男は軽く会釈した。和子も頭を下げた。

真面目で温厚そうな感じの男だった。この人が労働組合を作ったり、デモ隊を組織したりしたのだろうか？　白樺進学研究会の塾長から見せられた、高見沢の書いたアジビラの難解な文言を和子は思い出した。

「私たち、高校生の塾をやるんだ。高見沢さんが英語と数学を教えて、私が古文を教えるの。白樺進学研究会の生徒だった子たちが来るから、ここの生徒たちにも宣伝しといたよ、よろしくね。田嶋塾長にも挨拶しておいた、塾が軌道に乗って資金が貯まったら、若桜スクールのフランチャイズに入りますからよろしくってね。青砥さんも時間ができたら化学を教えにきて」

そう言って、吉野は車に乗り込んだ。

走り去っていく車を見送りながら、ヨッシーはいいな、と和子は少し妬ましく思った。和子は、しばらくは若桜スクールで頑張ってみるつもりだ。もっと稼げるようになったら島根の両親を東京に呼び寄せたい、そのためにも勉強して実力を付けないといけないと思った。

こうして、青砥和子の若桜スクールでの一年は終わった。

後年、吉野秀実が執筆してベストセラーとなった評伝『本物の教育を求めて　田嶋伸義の闘い』には、この一年間の記述の最後を次のように締め括っていた。

〈当初は大苦戦を強いられた若桜スクールのグリーンシティをめぐる攻防は、西田秀雄の登場によって状況が一転し、圧倒的な勝利に終わった。

教育哲学者として数多くの業績を挙げてきた西田秀雄が若桜スクールに加わったことで、田嶋伸義の本物の教育を求める闘いは更に高いステージへと上がっていくことになる。〉

2　エピローグ

＊

訃報は突然だった。筒井輝子の薬学部の同窓生から、深夜に電話があった。体調を崩したから、しばらく休職して地元に帰ると、輝子から電話があったのが和子との最後の会話だった。

同窓生は、年度始めでみんな忙しいから、来月に市ヶ谷の教会でお別れの会をやる、と伝えてきた。電話を切ってから、涙が溢れてきた。こんなことなら、もっと輝子と話しておくんだったと、和子は後悔した。

輝子から塾のバイトの話を聞かなかったら、和子が若桜スクールに就職する事もなかっただろう。いや、もっと前に輝子からスナックのバイトを紹介してもらったときだ、あのスナックで若桜スクールの塾長を見てからだ。

輝子と大学の図書室で出会ってから、和子の人生は変わったんだ、輝子と出会ってなかったらどんな人生を送っていただろう。別の人生があったにしても、今の自分があるのは輝子と出会ったからだ。和子は、輝子からいろんなものを授かったと思った、自分は輝子に何をしてあげただろう?

ごめんね輝子、ごめんね。頭の中で呟きながら、和子の意識は薄れていった。


教会でのお別れ会は、呆気ないものだった。輝子の家族も、職場の関係者もいなかった。薬学部の同窓生の有志だけが二十人ほど集まっていた。和子と同年代だが、顔も名前も知らない人がほとんどだ。遺影は、おそらく卒業式のものだろう、着物姿の輝子が笑っていた。

牧師の話は耳に入らなかった。ただ、涙が止めどなく流れた。

男の同窓生が、病院実習で輝子に助けられた思い出を話した。女の同窓生は、輝子と一緒にスキーに行った話をした。

教会を出て、一同で神楽坂のレストランに行った。ここに来るのも久しぶりね、卒業してから

—第十一章　アウフヘーベンについて西田秀雄が語ったこと—

初めてよ、と同窓生たちの声がした。和子は初めて入るレストランだが、輝子の同窓生たちには懐かしい場所らしかった。

「あなたが青砥さんね、輝子ちゃんからよく話を聞いたわ」

隣に座った女が話しかけてきた。

「輝子ちゃんが、よく羨ましいって言ってた。あなたのことを」

「えっ、私のことをですか？」

女は、頷いた。

「青砥さんは自由でいいなって」

「そんな、私は二回留年したし」

和子から見れば、薬学部の学生はエリートだ。

「ベックマン転位のレポートは、青砥さんから教えてもらったって筒井さんから聞きました」と、和子の向かい側の女が言った。

和子は、有機化学の英語版テキストに悪戦苦闘して、よく図書室で勉強していた。輝子と知り合ったのも図書室だった。有機化学のレポートの書き方を、何度かアドバイスした事があった。

「輝子ちゃんが、薬剤師より塾講師の仕事の方が楽しかったって言ってたよ」

隣の女が言った。バイトの学生は営業がないから楽だろうが、社員は授業だけじゃないからな、と和子は思った。

「青砥さんが塾に就職してから付き合いが悪くなったって、よく輝子ちゃんが愚痴ってた」

何を言いたいんだろう、この女は。和子は、黙々と料理を食べつづけた。

隣の女が席を外した。

「ごめんなさいね、あの子は青砥さんが羨ましいの。筒井さんは、薬学部じゃあみんなの憧れだったのよ」

と、向かい側の女が言った。変な人たちだ。薬学部は女子学生が多いからかな？

「青砥さん、きょうはありがとうございました」

教会で病院実習の思い出を語った男が、スキーの話をした女と一緒に挨拶してきた。

「こちらこそ、お招きいただいて」

和子は、言葉に詰まった。また、涙がこぼれそうになる。

「薬学部で一緒だった有志でお別れ会をと思ったんですが、学生時代に筒井と一番親しくしていた青砥さんにも来てもらわないといけないと、こいつに言われて」

男が、女の方を指差した。

「毎年、偲ぶ会をやりたいと思ってます。よかったら、青砥さんも、また参加してやってください」

と女は言って勤め先の製薬企業の名刺を差し出した。

男も慌てて背広やズボンのポケットに手を突っ込んで、名刺を探しているようだったが、見付からず、いま大学院で研究をしています、と言った。

向かい側の女も、勤め先の薬局の名刺を差し出して言った。

「学生時代に、筒井さんは青砥さんの話ばかりしてました。私たちの間では、青砥さんは特別な存在だったのよ。これからも、よろしくね」

和子は、また涙が溢れてきた。

隣の女が戻ってきた。和子の前に置かれた名刺を見て、女も名刺を出した。幡野安美、輝子から聞いたことのある名前だと思った。和子も知っている大手製薬企業の名刺だった。

「あなたが勤めている塾のオーナーは、田嶋健寿堂の関係者でしょ？」

幡野に訊かれて、和子は頷いた。

「田嶋健寿堂の創業者はね、薬事法違反で何度か摘発されているそうよ。それから国会議員にも立候補してね、落選した後で選挙運動の責任者だった従業員を腹いせに左遷させたって話よ」

田嶋塾長の父親のことだなと、和子は思った。

「輝子ちゃんが、あなたのことを心配してた、あんな塾に就職して大丈夫かなって」

いちいちムカつく女だ、さっきは羨ましがってたと言ってたのに。向かい側の女に目を遣ると、和子と目が合ってクスッと笑った。

「うちの会社も、塾経営を考えているのよ」と、幡野が言った。

えっ、製薬企業が？　和子は少し驚いた。

「これからは、多角経営の時代よ。ＴＩＰって塾があるでしょ？」

「ＴＩＰ進学研究会ですか？」

「そうよ、有名な塾でしょ？」

「ええ、進学実績はすごいようですが」

「うちの会長の息子が、塾経営に関心があってね、その塾に出資してるの」

そうなんだ、大手の製薬企業が。

「あっ、この話は企業秘密だからね。その塾の従業員は誰も知らない話よ。でも、塾はこれからの成長産業だから、大手企業が先を争って参入してくるわよ。ＴＩＰって、何の略か知ってる？」

幡野に訊かれて、和子は頭を左右に振った。

「テクニカル・インスティテゥート・オブ・サイコロジーよ。サイコロジーの綴りはＰで始まるでしょ。心理学の技術を応用して教育に活かそうということで設立したらしいよ」

幡野は、煙草を出してライターで火をつけた。

「どうして薬剤師って、煙草を吸う人が多いのかしらね。病院実習に行ったら、吸ってたのは薬剤師ばっかりでね。医療従事者の自覚がないのよ」

しゃべりながら、幡野は口から煙を吐いた。

「あなたも塾業界で生きていくなら、情報が大切よ。これからは、大企業が参入して食うか食われるか、負け馬に乗ったら酷い目に遭うからね。塾は何の資格も要らないから誰でも始められるけど、資格がない分、転職が大変だからね」

和子は、輝子が言ってたのを思い出した、三浪して入ってきた超嫌な女がいるって。

「私も、国家試験落ちて無資格なんだけどね」

そう言って幡野は笑った。

「私も首になったら、塾講師でもやろうかな。三浪したから、受験はプロなのよ」

やっぱり、この女か、受験のプロなら国家試験くらい受かれよ、と和子は頭の中で呟いた。向かい側の女は、笑いを噛み殺したような表情で、幡野の話を聞いている。

幡野が、新しい煙草を口に運ぶと、和子がライターで火をつけた。

「ありがとう、気が利くのね」

つい、和子はスナックで働いていたときを思い出した。

「山崎、あんたも国試駄目だったでしょ？」

幡野が、先ほど挨拶に来た男に向かって言った。男は笑って頷いた。

「ね、あいつも三度目の失敗よ。まあ、研究頑張って薬学博士になってもポストがあるかどうかよね。オーバードクターなんて最悪よ」

幡野は、スパッと音を立てて煙草を吸い込んだ。

「あいつも、私と同じで病院実習に行って薬剤師に向いてないって悟ったのよ。薬剤師なんて陰に籠ってやる仕事だからね」

そう言ってから幡野は、輝子ちゃんは真面目だったよ、真面目過ぎたのね、と付け足した。

二次会を断り、同窓生たちと別れて国電の駅まで行き、駅舎の前で和子は大学のキャンパスの方を振り返って見た。輝子と過ごした日々の記憶が甦ってきて、また涙が溢れてきた。

「青砥さん、どちらまで?」

お別れ会に出ていた女が訊いてきた。女も二次会を断ったようだ。同じ電車に乗って、しばらく女と話した。

「筒井さんの有機化学のレポートね、教授がすごく誉めて、まるで修論みたいだって。こんな学生に、うちの研究室に来てほしいって言ってたの。後で筒井さんから、二部の化学科の知り合いに教えてもらってるって聞いてね、それからは、青砥さんは、私たちの間では有名人だったのよ」

和子は不思議な感じがした。学生時代は単位を取るのが精一杯で、誉められた記憶がなかったのに。

「私は島根の田舎育ちで、東京に出るのは親に反対されて、筒井さんとは正反対の両親でした」

和子は言った。

「そうだったんですね」

「女は大学に行かなくていいって、行くなら自分で稼いで行けって言われてたんです」

和子は、薬学部の人たちとは世界が違う感じがしていた。輝子だけは特別なんだと思っていた。

「筒井さんが言ってました、青砥さんには塾業界で頑張ってほしいって。青砥さんには夢を叶えてほしいって」

夢？　わたしの夢？　何だろう、わたしの夢は。

「青砥さんは真面目でしっかりしているから、自分で塾を経営しても、きっとうまくいくって。筒井さんが言ってた」

輝子がそんなことを言ってたんだ、知らなかった。

和子は新宿駅で乗り換える。別れ際に女から「これからもよろしくお願いします」と、名刺を渡された。和子は、女に手を振って電車を降りた。

駅の雑踏の中で寂しさがこみ上げてきた。これからは輝子のいない世界を生きると思うと辛かった。輝子とゆかりのあった人たちとの関係は続くとしても、もう輝子と一緒にいた頃の自分には戻れないと感じた。

＊＊

「おそらく、小枝さんあたりが唆したんじゃあないかと思いますが」

由利子と電話で話している宮山の声が上擦っていた。宮山は四月に大和教室の教室長から教務部長に昇格した。若桜スクールでは社長の田嶋塾長に次ぐ立場だった、重役扱いの由利子を除けば。

「生徒の情報を持ち出したようなら、法的手段も取るべきですが」

和子は宮山の由利子との遣り取りを聞きながら、机の上に置いてある塾の折り込み広告に目をやった。〈有名進学塾の名物英語講師と驚異の進学実績を誇るカリスマ数学講師が塾業界最強のペアを結成〉の宣伝文句とともに、丸川ともう一人の男が笑顔で握手する写真が載っていた。この人が高橋幸雄だなと和子は思った。裏面には難関中学、難関高校への必勝勉強法が解説されていた。参考書の選び方から計画表の作り方まで、ほぼ小枝が話していたのと同じような内容だった。塾は九月に上板橋駅前に開校する。名前は「進学セミナリヨ」となっていた。

「青砥さん、あなたは何も気付かなかったんですか？」

由利子との電話を切って、宮山は和子の方を向いて言った。

「丸川先生は退職まで、何も変わったことはありませんでしたよ。お父さんが倒れて家を継ぐからって話でしたから」

和子は、由利子から今朝電話が掛かってきた時に話したのと同じことを言った。今朝の新聞に入っていた進学セミナリヨの折り込みチラシに丸川の写真が大きく出ているのを見て、由利子は慌てて和子に電話してきた。

由利子には話さなかったが、和子はヨッシーから、白樺進学研究会で英語の講師をしている高橋幸雄が上板橋に新しい塾を開くとは聞いていた。以前から、髙橋は大学の常勤職が見つからなければいずれ独立するつもりらしいと、ヨッシーが話していた。だが、まさか丸川と一緒に始めるとは思わなかった。二人は、どこで繋がっていたのだろう。

誰かが階段を上がってくる音がする、どうやら西田が出勤してきたようだ。事務室の扉が開くと、若木教室教室長の西田秀雄が立っていた。西田は短大の講義がある日は遅れて出勤してくる。

「こんにちは、あれっ？　宮山先生、どうしました？」

「西田先生、こんにちは」

挨拶を返した宮山の顔が一瞬歪んだ。やはり、二人の関係は微妙なようだ。西田は四月から丸川に代わって若木教室の教室長になっていたが、同時に短大の非常勤講師の職にも就いていた。塾での肩書きは若木教室の教室長だが、週の半分は本部のある大和教室で国語の授業を受け持っていて、いずれは西田が若桜スクールでの宮山の地位も脅かすのではと噂されていた。大和教室の職員たちは、宮山と西田を若桜スクールの右大臣と左大臣と陰で呼んでいた。

「私はこれから大和教室の本部に戻ります。西田先生には、いずれ詳しい事情を説明しますから」

そう言って、宮山が事務室から飛び出していった。

「何で、あんなに慌ててるんだね」

西田に尋ねられ、和子は進学セミナリヨの折り込みチラシを見せた。西田がちらっと丸川の写真に目を遣った。

「これは、丸川君が独立したのかね」

和子は頷いた。

「田嶋塾長が独立をサポートした訳じゃあないな、これは」

西田が愉快そうに笑顔で言った。

和子が、また頷いた。

「そうか、とうとうやったんだ。もっと早くやればよかったのに、ハハハハハッ」

西田は、声を立てて笑った。

西田は何か知っていたのだろうか、どうして宮山は西田に尋ねなかったのだろう。もっとも今更聞いても後の祭りだろうが。

丸川は夏期講習の前に退職した。夏期講習前は塾業界では人が動く時期だ、若桜スクールは都内と埼玉に新しく三教室開校し夏期講習から授業を開始するために大量に社員を募集していた。その時期に丸川は退職していったのだ。和子が丸川から聞いたのは、父親が倒れて急に実家に帰ることになったという話だった。だが実際は新しく塾を開く計画だったようだ、しかも若木教室に近い上板橋駅の近くに。

田嶋塾長は六月末にアメリカの大学の視察に旅立って不在だ。西田の話では、アメリカには簡単に学位を出す大学がいくつかあって、田嶋塾長もそうした大学の一つに秋から籍を置く予定らしい。おそらく西田が塾長に入れ知恵したのだろう。

塾長のアメリカ行きが決まった直後に、丸川は退職すると言いだした。塾長不在の間隙を狙って、丸川は独立に動いたのかも知れない。

「これがアウフヘーベンだな」と、西田は上機嫌で言った。

アウフヘーベン？

「そうだよ、丸川君はここの教室の教室長たる自分が否定された、だが、ここでの経験を基に新しい段階に進んだんだよ。ONO進学ゼミナールがなくなり、新たに丸川君の塾がこの教室のライバルになる、それが若木教室の発展にも繋がる。これが弁証法的発展というものだ」

と言って、西田はまた満足気に笑った。

「それより、青砥さん。ちょっとこれを見てほしいんだが」

西田がそう言って、鞄から書類を取り出した。履歴書のコピーだった、和子が知らない男の。

あれっ、東大卒だ。

「田嶋塾長が秋からアメリカに留学する、それで私が塾長代行に指名されて、大学の講義が忙しいから断ったんだが、断り切れなくて結局引き受けざるを得なくてね」

何が大学の講義が忙しいだ、週二コマだけの短大の非常勤講師が大袈裟に。

「それで、申し訳ないが、若木教室の講義をこの人に代わってもらおうと思ってね。先週、うちの面接を受けにきた人なんだが、由利子先生とも話し合って若木教室に来てもらうことにした」

へぇ、東大卒の職員なんて、若桜スクール始まって以来じゃないかな。うちの給料で大丈夫なんだろうか。特別に高額な給与を出すつもりかも知れないが。

「東大を出ても使い物にならないのもいるから、こっちで鍛えなきゃいかんと思ってるが、私も大学の講義と塾長代行の両方で手一杯だし、しばらくは君が中心になってこの教室を回してほしいんだ」

えっ、わたしが。じゃあわたしが教室長になるのか、給料が上がるなら、それは願ってもないことだ。

「一応、将来的には教室長はこの人になってもらう予定だが、しばらくは私が塾長代行とここの教室長代行を兼務しますから、青砥さんは心配しなくていいからね」

なあんだ。和子は少しがっかりした。でも、西田がいなくなれば若木教室の雰囲気も少しはよくなるだろうと、和子は思い直した。

「きょうから研修に来てもらう。五時前に来るように言ってあるから、まずは青砥さんの授業を見学してもらって、それから私の講義を代わりにやってもらえばいい。もし問題があれば私は大和教室の本部にいるからすぐに伝えてほしい。報告は毎日電話でするように」

えっ、きょうからいきなり授業をやるのか。

「それじゃあ、私は大和教室の本部に行くから、何かあったら電話してくれ」

そう言って、西田は出ていった。

もう一度履歴書のコピーに目を通すと、男が和子と同い年だと気が付いた。眼鏡をかけた真面目そうな硬い表情の顔写真が貼ってあった。東大の文学部を出て財閥系の商社に勤めたエリートのようだが、なんで若桜スクールなんかに転職するんだろう。

和子がしばらく一人で授業の予習をやっていると、階段を上がってくる音がして事務室のドアがノックされた。

ドアを開けると、履歴書の顔写真の男が笑顔で立っていた。

「こんにちは。初めまして、きょうからこちらで研修を受ける若宮幹夫です。よろしくお願いします」

長身の男が頭をさげた。履歴書の写真よりずっとずっとハンサムだ、和子は胸が高鳴るのを感じながら会釈を返した。


授業が終了し、和子は道路の反対側のビルにある若木第二教室に行って鍵をかけてきた。大和教室に終了後の電話報告をし、若木教室の事務室の鍵をかけて和子は若宮と一緒にビルの外に出た。西田には若宮の授業は問題なかったとだけ報告したが、実際には西田の講義と称する授業より遙かによかった。説明の仕方も授業の盛り上げ方も堂に入った感じの見事な授業で、和子はベテランの塾講師だった小枝文哉の授業を見学させてもらったときのことを思い出した。研修と称して先に和子の授業を見学させたのが恥ずかしいと思った。

「ONO進学ゼミナールはどこにあったんですか？」と、若宮が訊いてきた。

こっちよ、と言って和子はビルの裏に回り、ONO進学ゼミナールの入居していたビルの下に連れて行った。

「うわーっ、本当にボロいビルですね」

本部のある大和教室の職員たちがポンコツビルと呼んでいた建物だ。でも、どうして若宮がONO進学ゼミナールのことを知っているのだろう。さっき生徒から聞いたのかも知れない。しばらく、下からONO進学ゼミナールの看板を見ていた。塾は閉鎖したのに看板はまだ付いたままだ。白地に黒のペンキでONO進学ゼミナールと書いてあるが、ONOの前にある一文字が上からペンキで消されていた。尾野俊輔の話では、最初は四人で始める計画だったというから、消された文字は途中で計画を降りた人のイニシャルだろう。

「さあ、食事に行こうか」

和子が言った。授業の後でファミレスで食事しようと和子が誘っていた。二人は、高速道路の高架橋の下をファミレスに向かって歩きはじめた。

「あなたは、塾講師の経験があるの？」

「ええ、学生時代にアルバイトしてました」

「なんて塾？」

和子が訊くと、若宮は少し逡巡した感じで黙ってしまった。

訊ねてみたものの、和子もそんなにこの業界が長いわけでもない、どうせ知らない塾だろう。

「白樺進学研究会ですが」と、若宮は小さな声で言った。

えっ、白樺進学研究会！

「青砥先生はご存知ですか？　白樺進学研究会を」

和子は頷いて、柏木って塾長の塾ですね、と返した。

「ええ、実は僕も白樺進学研究会の生徒でした」

そうだった、白樺進学研究会は難関大学に入った元生徒をアルバイト講師に雇うと聞いていた。

若宮は高見沢や高橋のことを知ってるのだろうか？

「どうして、白樺進学研究会に就職しないで若桜スクールに？」

まずいことを訊いたかな？

若宮は少し考えて、話しはじめた。

「白樺進学研究会は生徒にとってはいい塾でしたが、就職するにはちょっと問題があって」

そうか、あの柏木という塾長もワンマンタイプみたいだったからな、でも、うちの塾はもっと大変だと思うが、と和子は頭の中で呟いた。

「白樺進学研究会は小規模な個人商店みたいな塾です、あれ以上大きくはならないでしょう。西田先生がおっしゃってました、今、塾業界は戦国時代で、若桜スクールはこれから伸びていく若い塾だから、首都圏を制圧して全国制覇をめざせると。塾業界は総合商社よりずっと面白い業界だと思います」

また西田が、田嶋塾長が西尾要一の話を受け売りしたのを、そのまま受け売りしている。それにしてもこの男は、西田なんかの話を真に受けるほど単純なのかな。

歩行者信号が緑色になり、二人は高速道路下の道路を渡ってファミレスの前に着いた。小枝がいたころは授業が終わってから、よくこのファミレスで一緒に食事した。小枝の話す塾業界の体験談が面白かったし、和子自身の授業にも参考になった。

ファミレスの席に座って料理を注文し、和子は鞄から進学セミナリヨのチラシを出した。

「この人を知ってますか？　白樺進学研究会にいたそうですが」

和子は、高橋のことを訊こうと思った。

「あっ、丸川さんだ」

えっ、丸川？　どうして丸川を知ってるんだ。

「これは、丸川さんと高橋先生ですね。一緒に塾を始めたんですか」

写真を指差しながら若宮は言った。

「丸川さんとあなたはどういう関係？」

「丸川さんは、高橋先生が教えていた医歯薬受験予備校の生徒だった人です」

えっ、そうか、そういう関係だったのか。

「丸川さんは、うちの、若桜スクールの社員でしたよ」

和子が言うと、今度は若宮が、エッと声を出して口を大きく開けたまま、しばらく固まっていた。

「今年の三月まで若木教室の教室長だったの。六月に退職したけど」

と和子が言うと、若宮はコップの水を口に含んで少し間をおいてから、高橋と丸川のことを話しはじめた。

若宮の話では、高橋は白樺進学研究会と掛け持ちで医歯薬受験専門の予備校で講師をしていた。若宮は、大学入学後に高橋の紹介でその予備校でチューターのアルバイトを始めて、予備校生の丸川と知り合った。丸川はその頃すでに何年も浪人を続けていて、若宮よりずっと年上だった。丸川は親が不動産会社を経営しているから資金はあるが家業を継ぎたくないと話していて、医学部から歯学部か薬学部に志望を変えようか迷っていたという。

「予備校のチューターをやめて白樺進学研究会でアルバイトをしていた頃に高橋先生から聞きましたが、丸川さんは大学受験を諦めて就職したということでした」

そうか、その時就職したのが若桜スクールだったのかも知れない。和子がスナックでバイトしていたとき、客として来た田嶋塾長が言っていたのを思い出した、うちの塾は実力主義だ、学歴は関係ないと。でも、結局は若桜スクールで丸川は冷遇されていた。

「この塾は上板橋の駅前にできるんですね」

若宮がチラシを見ながら言った。

「そうよ、若木教室から近いよ。歩いて十五分くらいね。うちの教室のライバルになるよ」

「うわあ、高橋先生とタイマンを張るのか」

そう言って、若宮は嫌そうな顔をした。

注文した料理がテーブルに置かれた。若宮がステーキをナイフで切っていく。和子はジャンバラヤをスプーンで掬って口に入れた。初めて食べるが、スパイスが効いていて美味しい。

少し食べて、コップの水を一口飲んでから和子が口を開いた。

「この高橋先生というのは、どんな先生だったの？」

高橋の変な噂は北村律子や白樺進学研究会の生徒だった子たちから聞いていたが、和子は改めて訊いてみた。

「高橋先生はとにかく厳しい先生ですが、僕は先生のおかげで英語が凄く伸びたので、ずっとついていきました。高橋先生の授業で英語がぐんと伸びた生徒は多かったですよ」

そうか、やはり高橋は手強い相手なんだ。丸川も若桜スクールでは冷遇されていたが、今年の合格実績を出したことで自信を持ったのかも知れない。それに丸川は、岡村が若桜スクールにいたころに難関校受験の指導法を教えられたと聞いていた。岡村がONO進学ゼミナールで教えていた生徒の学力は驚異的に高かった。高橋と丸川が一緒に近くで塾を始めれば、若木教室にとっては大変な脅威だ。

「あなたが高橋先生と知り合いだってことは、若桜スクールの他の職員には黙っておきましょう」

「その方がいいですか？」

和子は頷いた。害虫駆除とか言って小枝が若桜スクールから追い出されたときのことが、和子の頭を過った。

「あなたが白樺進学研究会にいたことは、宮山先生や西田先生には話してないですね」

「ええ、若桜スクールの誰にも話してないですが、みやま先生というのは？」

教務部長の宮山が人事部長も兼ねているはずだ。塾長が渡米してからは、採用面接はすべて宮山がやっていると聞いた。

「大和教室の本部であなたを面接した人です」

「僕を面接したのは、田嶋という女の人だけでした」

えっ、由利子が？　由利子一人で採否を決めた？

「履歴書を見ただけで、明日から来てくださいと言われて」

採用試験も受けてないのか。もっとも、東大卒なら学力試験をするまでもないが。だがまてよ、前に数学の採用試験で満点を取った人を田嶋塾長が不採用にしたことがあった。田嶋塾長なら、東大卒のようなエリートは嫌って雇わなかったかもしれない。

「採用面接でどんなことを訊かれました？」

「前職の商社でどんな仕事をしてたのかと、きょうの夜は時間が空いてるかって」

夜は空いているか、何でそんなことを。

「それで、大和教室の授業を見学した後、飲みに連れて行かれました」

飲みに、由利子と？

「居酒屋で飲みながら、田嶋さんから若桜スクールのことを聞きました」

どんな話をしたんだろう、由利子は。

「若桜スクールは、塾長が経営者というよりも教育者としての信念を持ってる人なので、今まで会社としての体を成していなかったと言われていました」

「塾長がどんな人かは、聞きました？」

「詳しくは聞いていませんが、教育学の研究でアメリカに行ってると。今までも、何度も研究で海外に行かれているそうですね」

居酒屋で由利子は、若宮のような人が来るのを待っていた、商社勤めの経験を活かしてこの塾の経営に参加してほしいと言ったらしい。由利子は、塾長が自分の夫だとは若宮には言わなかったようだ。

「でも、僕にはそんな才覚はないし」

若宮は断ろうとした。だが、居酒屋を出てから六本木のナイトクラブに連れて行かれ、ＶＩＰルームで由利子は説得を続け、結局、研修に来るように約束させられたという。

どうやら由利子が独断でこの男を口説いたようだ。田嶋塾長が渡米したのをいいことに、若桜スクールは由利子のやりたい放題になりつつあるのかも知れないと和子は思った。

「でも、僕には経営なんて無理です、どうしようかと迷っています」

若宮は、大きくため息をついた。若宮の話に和子もため息が出そうだ。

「それじゃあ、しばらくは若木教室で研修しながら考えてみれば？」

和子が言うと、若宮は「そうですね」と言って、しばらくは黙々とステーキを食べていた。和子もジャンバラヤを平らげていった。

「田嶋さんが言ってましたが」

ステーキを食べ終わって、コーヒーを一口飲んでから若宮が口を開いた。

「若木教室は移転するそうですよ」

スプーンを持つ和子の手が止まった。

「いつ？」

「今、移転先を探しているそうです。あっ、この話は社員は知らないから黙っておくようにと田嶋さんに口止めされました」

こんな、採用したばかりの男にそんな話をして、どういうつもりなんだ由利子は。

「どうして？　今は生徒が増えて第二教室まであるのに」

「それが、問題のようです。教室が離れていて管理が難しい、それに」

それに？

若宮は、またコーヒーを一口飲んで口を開いた。

「田嶋さんが言うには、若木教室は最寄り駅から離れていて不便な場所にあるし、不便な割に教室の維持コストがかかるそうです。若桜スクールの経営理念はどこの教室も同じ条件で授業が受けられることだと」

若木教室は合格実績を出すことに特化した教室にするはずじゃあなかったのか。小枝がいる頃にさんざん田嶋塾長と議論したのに、話がまた振り出しに戻った感じだ。

「それから」

それから？　まだ何かあるのか。

「言いにくいのですが」と言って、若宮はまた逡巡した。

何だろう？　じれったい、早く言え！

「田嶋さんは、社員にやる気を出させるために塾長が女の社員を雇ったが失敗だったと。これからは、女は事務員だけにすると言ってました」

なにっ！　和子はスプーンを持つ手が震えた。

「若木教室に女の社員がいるから、首にするかどうかは僕に判断してほしいと田嶋さんは言ってました。でも、僕は青砥先生の授業を見学して、とても丁寧でわかりやすい授業でした。こんなに上手い授業をする人は、白樺進学研究会にもそんなにいないと思いました」

お世辞かとも思ったが、和子は怒りで震えていたのが少し収まってくるのがわかった。

「これは僕だけの感想じゃあないです。さっき授業の後で生徒たちと話しましたが、生徒も青砥先生の授業が一番わかりやすくて好きだと、みんな言ってました。この塾の先生は大和教室もそうですが、無理やり教え込もう、覚え込ませようとし過ぎています。僕が見た範囲では青砥先生だけです、生徒に考えさせて、生徒が答えを見つけ出すような授業をできるのは」

若宮に言われて、和子は小枝の顔が浮かんだ。小枝文哉から学んだんだ、今のような授業のやり方は。ヨッシーもそうだった、初めて小枝と三人で話した日、小枝と一緒に高島平まで地下鉄で帰り、ヨッシーの部屋で塾の授業のやりかたを特訓してもらったと後から聞いた。ヨッシーは若桜スクールに就職してからも、中学生のとき通っていた塾で一番授業がうまかった先生にも時々会って指導法を教えてもらっていたと言っていた。それでヨッシーも自信をつけていったんだ。和子もヨッシーも最初は自信がなかったから、必死で塾の講師になるために頑張ったんだ。

「白樺進学研究会では考えられないことですが、この塾の講師は大学のサークル活動みたいな遊び感覚で仕事をしています。僕が塾長なら、青砥先生以外は首にします。西田先生も含めてです。きのう見学した西田先生の授業は特にひどかった」

一気に話して喉が渇いたのか、若宮はコップに水を入れにいった。

和子は気持ちが落ち着いてきた。由利子の考えがわかってよかった、こちらもいつ首になってもいいように実力を付けておかなければいけない。

「すみません、余計なことを言いました」

戻ってきて若宮が言った。

「いいのよ、話してくれてありがとう」

硬い表情だった若宮が、少し和んだ感じがした。

「それでＯＮＯ進学ゼミナールのことは前から知ってたの？」

和子は、知りたかったことを質問した。

若宮は頷いた。

「あの塾のことは、白樺進学研究会の生徒の間でも有名でしたから。建物が汚いことも」

「白樺進学研究会にいた先生が創ったんですよね」

「ええ、生徒にすごい人気のある先生が立ち上げに加わろうとして塾長の柏木先生が慌てて止めたようですが」

そう言って、若宮が微笑んだ。

「岡村先生のことですか？」

「いえ、柏木先生は岡村先生のことは嫌ってました。僕も岡村先生の数学の授業をちょっと受けましたが難しくてついていけませんでした」

難しい！　東大に受かるような生徒でも難しい授業だったのか。

「そもそもは、白樺進学研究会は白樺セミナーとして岡村先生や中川先生が始めたと聞きましたが」

「ええ、白樺セミナーの時代は僕は知りませんが、僕が白樺進学研究会に入塾した頃は柏木先生が塾長で、難関校にたくさん受かってました。中川先生は医師免許を持っていたそうですが、存在感はなかったですね」

中川は無能講師だと高橋が言ってたと、白樺進学研究会の生徒だった子から聞いたのを和子は思い出した。

「それじゃあ、柏木塾長が止めようとしたのは尾野先生？」

和子が言うと、若宮は笑みを浮かべた。

「尾野先生は、ちょっと問題があって」

問題？

「僕がバイトしてた頃、白樺進学研究会の忘年会で柏木先生が言ってました、尾野さんは首にするって」

えっ、どうして？

「生徒に手を出したって、お母さんたちが抗議に来て困ったそうです」

手を出した！

「卒業した女子高生にですが、それも一人じゃなくて。生徒の間でも有名でしたから、尾野先生はよく触ってくるって」

あの馬鹿野郎が！　あんなのが弁護士なんかになっていいのか。でも、若桜スクールには宮野にしても下田にしても、女子生徒にやたら触りたがるやつが多い。やつらはやはり異常だ。

和子は気を取り直して質問を続けた。

「それじゃあ、柏木塾長が止めようとしたのは？」

「僕はその先生の授業を受けたことがないので名前は知りませんが、生徒には凄く人気のある先生でしたから」

そうか、尾野が言っていた四人のうちの最初に降りた人のようだ。和子が知らない人だ。それから、小一時間ほど他愛ない話をして、割り勘で払ってファミレスを出た。和子はタクシーで帰るから送っていくと言うと、若宮は高島平団地の自宅に歩いて帰ると言って断った。

別れ際に、力になれなくてすみませんと若宮が頭を下げるので、大丈夫よ、あなたは身の振り方をじっくり考えて後悔のないようにしてください、と和子は返した。


翌日、西田が若木教室に出勤してきて苛ついた感じで和子に言った。

「若宮くんが就職を辞退したそうだよ、青砥さん、きのう何かあったのか？」

「さあ、何も。普通に研修して帰りましたよ」と、和子はとぼけて返事をした。

「これだから、今の若いもんは困るんだよ。ちゃらんぽらんもいいとこだ、東大を出ても、あれじゃあ社会人として失格だな」

西田はブツブツ言いながら、国語の授業の準備をはじめた。

＊＊＊

池袋駅の西口近くにある大型書店でのサイン会は、それなりに人が集まって行列ができていた。

田嶋塾長の指示で、和子はサイン会の手伝いに休日返上で来ていた。書店員に案内されて控え室に行くと、西田秀雄がテーブルの前の椅子に腰をかけていた。和子がお辞儀すると、西田は右手をあげてヤアッと声を発した。

「西田先生、ご無沙汰しておりました。先生が国立大学の助教授になられて、私たちも大変喜んでおります」

和子が言うと、西田は嬉しそうに目を細めて笑った。西田は三年前に若桜スクールを退職し、西日本の大学の常勤職に就いた。そして今年からは、九州にある国立大学の助教授になった。若桜スクールの宣伝用広報誌やチラシには、大学教員となった西田のコメントが度々載せられている。

「先生の書かれた本、社員全員が読ませていただいています」

和子が言うと、また西田は嬉しそうに笑った。

「どうでした？」

「やはり、民間教育の現場にいる者として、とても勉強になりました。こんな素晴らしい本を書かれた先生と一緒に仕事をしていたなんて、信じられないとみんな言ってます」

よく、こんな歯の浮くようなお世辞が言えるなと和子は自分でも呆れた。西田秀雄の新著『日本の民間教育にみる集団主義教育の先進性』には、アメリカの大学院で学位を取った教育学博士で若桜スクール塾長の田嶋伸義の教育理念と実践記録も紹介されている。若桜スクールの職員は全員買わされてレポートを提出させられた。嘲笑するしかないような、お粗末な内容の本だと和子は思ったが、職員同士で迂闊な話をするといつ伸義や由利子の耳に入るかわからないから、塾内では絶賛するような感想を語り合って、当たり障りない内容をレポートに書いて出した。

「しかし、東京を離れている間に、関東の塾業界の勢力図も随分変わりましたな」

西田が言った。実際、千葉の東大進学セミナーは若桜スクールに買収され、TIP進学研究会は幡野安美の勤めている製薬企業が買収したが昔の難関校受験塾のブランド力はなくなりじり貧状態のようだ。他の塾でも、講師の引き抜きやら独立の話やらは相次いでいる。勢力図が大きく変わったのは、塾業界だけではない。世界の勢力図も大きく変わった。

「そういえば、ソ連が崩壊しましたね」

和子が、何食わぬ顔で西田に言った。

「ああ、そうだな。ソ連が崩壊するのは、ずっと前からわかってたよ。あんな軍人の威張っているような国は、ああなるんだよ」

西田は平然と言った。

あんたはつい六年前、ロシア語を勉強してソ連に研究に行くといい、ソ連は医療も教育も最先端だからと私に言ったじゃないかと、和子は頭の中で呟いた。

「ソ連が崩壊したことで、我々の理論が正しかったことが、ますます強固に証明されたんだよ。弁証法的には、否定され崩壊した後、素晴らしいものが新たに創造されるんだ。ソ連の崩壊によって、正しい哲学を学んだ人民が世界中に広がり、新しい連邦ができるはずだ」

「新しい連邦？」

「そうだな、世界連邦のようなものが」

「世界連邦が、ですか？」

和子は不思議そうな顔をして言った。西田は頷き、したり顔で続けた。

「早ければ二十世紀の末までに、遅くとも二十一世紀の最初の十年までにはできるだろう。歴史の発展は必然だから、動きはじめたらあっという間に変わるよ」

何を根拠に言ってるんだろうか？

「アウフヘーベンだよ」

「アウフヘーベン？」

「そうだ、崩壊と創造、対立と融合によって、より発展した未来は造られていくんだよ。唯一の正しい哲学が証明したんだ、ソ連の崩壊と更なる発展的再生をね」

西田は、そう言って笑った。

そろそろサイン会が始まると、書店員が告げにきた。

池袋駅の地下道を歩いていて、和子は女と目が合った。あっ、あの人は。

「確かグリーンシティにいらっしゃった？」

「はいっ、旧姓北村です。あなたは若桜スクールの？」

「はい、旧姓青砥です」

「そうだった、青砥和子さんね。あなたは、まだ若桜スクールに？」

「ええ、まだ何とか、しがみついています」

二人は笑った。あれから六年経っていた。

「ちょっとお茶でも飲んでく？」

和子は頷いて、女の後について西口の出口方向に戻った。

「きょうは東京芸術劇場でコンサートがあるの」と、女が言った。

何のコンサートだろう？　そう言えば西口の広場にたくさん人がいたが。階段を上がって、さっきまでいた西口の広場に出た。

「あれが東京芸術劇場よ。入ったことはある？」

和子は首を左右に振った。昔はラブホテルの看板が目立っていたような場所に二、三年前巨大な建物ができた。劇場だとは知っていたが、和子は中に入ったことはない。

「きょうはここでハンガリーの交響楽団の演奏会があるの。共演する合唱団に知り合いが出るから聴きにきたのよ」

合唱団？　ONOセミナーの研修会で聴いた『森の歌』のメロディーが、和子の頭の中でよみがえってきた。ショスタコーヴィチという作曲家が、ソ連の自然改造計画を讃えるプロパガンダの曲として作ったと後から和子は知ったが、それでもあの時の感動は忘れられなかった。

「ヴェルディのレクイエムをやるの」

ヴェルディのレクイエム？　クラシック音楽に疎い和子にはどんな曲かわからないが、聴いてみたいと思った。

「まだ時間があるから、お茶でも飲む？」

和子は頷いた。

女の後について西口横のビル地下にエレベーターで下り、レトロな感じの喫茶店に入った。

ケーキセットを二つ注文してから、女が口を開いた。

「あれから私もいろいろあって、今は所帯を持って子育てに忙しくしてるの。若桜スクールは大きくなって、そこら中に教室ができたわね」

和子は苦笑いした。

「グリーンシティのONOセミナーはどうなったんですか？」

和子が尋ねた。ONO進学ゼミナールが閉鎖されてしばらくして、チラシの配布でグリーンシティに入ったついでに、岡村の部屋の前に行ってみたが表札がなくなっていた。

「あのONOセミナーをやっていた部屋は売ったの。買ったときより高く売れてね、岡村と山分けしたのよ」

そう言って、女はにっこり笑った。

「谷元先生も関先生も、グリーンシティで講演したのが最後の晴れ舞台だった」

「お二人とも亡くなられたのですか？」

女は笑って首を左右に振った。

「まだご存命よ、でも、もうご高齢ですからね、二人とも。あの研修会の翌年、関西でやった講演会には関先生は出られなくてね。茅ヶ崎の実家で倒れて入院されていたの」

でも、あれだけ大勢の人がグリーンシティの研修会に集まっていたのに。

「その後、関西のONOセミナーは空中分解してしまって、昔から小田切さんと尾野さんは仲が悪いというか、互いに張り合うところがあってね。谷元先生の御威光に陰りが見えてくると押さえが利かなくなったの。あっ、ごめんなさい、あなたには関係ない話ね」

関係なくもないぞ。あのセミナーの後、尾野俊輔には言い寄られて散々嫌な思いをさせられたからな。

「あの頃はよかった。グリーンシティでONOセミナーの活動をしながら、岡村とONO進学ゼミナールをやっていたときが人生で一番楽しかった」

若桜スクールが若木教室を出したことで、ONO進学ゼミナールは潰れたんだと思うと辛い。

「申し訳ありませんでした」

和子は、ちょこっと頭を下げた。

「あら、あなたが謝ることはないのよ。あのときが、ちょうど潮時だったの。撤退の口実ができて、岡村もよかったんじゃない。それに」

それに？

「田嶋健寿堂の親父には見舞金をもらって、岡村はほくほくだったの。ONOセミナーの賛助金名目で寄附してもらってね」

そうか、あの父親は伸義を溺愛してるからな。今は、伸義を千葉から国政選挙に出すという話も具体化しつつある。

「あの親父があんなに甘やかすから、我がままなどら息子になるのよ」

そうだった、この旧姓北村という女も、田嶋健寿堂で働いてたと話していたな。

コーヒーと苺のショートケーキが運ばれてきた。

「ここのショートケーキ、おいしいのよ」

女に言われて、和子はフォークで一切れ口に入れた。おいしい、甘酸っぱい味と香りが広がった。

「グリーンシティでONOセミナーをやってた頃は、よく池袋に本を買いにきて、ここでショートケーキを食べながら本を読んで勉強したの」

「そうなんですね。実は、さっきまで西口の書店で西田秀雄先生の新著のサイン会に付き合ってました。若桜スクールの塾長命令で」

「あら、そうだったの。西田さんは国立大学の助教授になったんでしょ？」

和子は頷いた。

「西田さんか、懐かしいな。彼はうまくやったな。一番上手く立ち回ったのよね。どこの塾に行っても使い物にならないって言われて、中学生からも馬鹿にされてたって尾野さんから聞いてたけど、今は国立大の助教授だものね。きっと教授にもなるんでしょうね」

そう言って、クスッと女は笑った。

昔を懐かしむように、しばらく二人は黙って手元のコーヒーカップを眺めていた。

ONO進学ゼミナールの建物は、どうなったのだろう？　若桜スクールが若木教室を移転する時は、あの古いビルの部屋には新しい借り手もなくONO進学ゼミナールの看板が付いたままだった。

「ONO進学ゼミナールは、もともとは白樺進学研究会の講師だった四人が共同出資して始めるはずだったのよね。でも、大学のポストがどうだの、司法試験を受けるだので、結局岡村が一人残されて棚ぼたで塾長になったはいいけど、貧乏くじを引いたって、よく愚痴ってたわ」

どうして、貧乏くじと思ったんだろうか？　若桜スクールが進出したから？

「グリーンシティは、高層マンションの中にも自宅で塾をやってる人が何人かいてね、看板も何もないから税金なんか納めてないんじゃないかって、岡村は羨ましがってた。塾は看板を付けると税金を払わないといけないって愚痴ってばかりいてね。看板を付けてたばっかりに、税務署に目をつけられて、こっぴどくやられたのよ。出納簿もろくに付けない人だったから。岡村も大学の常勤職に就いて、ONO進学ゼミナールから手を引きたかったの。若桜スクールが出てきて、ちょうどよかったのよ。その前の塾長の尾野さんも司法試験に受かって手を引いたしね」

なるほどな、塾の経営者なんていい加減なもんだ。

「高橋さんは、西田さんよりずっと優秀だって岡村は言ってたけど、結局大学でのキャリアは築けなかったし、塾もうまくいかなかったみたいだしね、今はどうしてるのかしら」

丸川と高橋が始めた塾は二年程で呆気なく潰れた。

進学セミナリヨが上板橋駅近くに開校した翌年、若桜スクールの若木教室が上板橋駅近くに移転して上板橋教室になった。これは丸川と高橋も想定していただろう。田嶋塾長が、喧嘩を売るように知り合いが経営する塾の近くに教室を出すのは丸川も知っていた。まして、丸川は若桜スクールを退職して近くに塾を開いたのだから、塾長が黙っているはずはない。

だが、丸川たちが不運だったのは、進学セミナリヨの入居するビルに別の大手塾が進出してきたことだった。同じビル内で二つの塾が生徒を取り合うことになって大混乱になったらしい。高橋は激怒して、ビルの管理者やらオーナーやらに保証金の全額返還を求めたが交渉はうまくいかなかったと和子は聞いた。丸川と高橋は袂を分かち、丸川は別の場所に進学セミナリヨを開いたが、高橋の消息については和子は聞いていない。

「あなたは、あの若木町のONO進学ゼミナールがあったビルに最近行った？」

女に訊かれて、和子は首を左右に振った。

「ONO進学ゼミナールは、またあのビルで営業してるわよ、名前を変えて」と女は言った。

えっ、あの古いビルで？　誰が経営してるんだろう。

「あっ、開演三十分前だ。そろそろ行かないと」

女は伝票を持って立ち上がった。和子も後に続く。

外に出ると、西口広場は東京芸術劇場に向かう人で溢れていた。人の流れについていって建物の中に入ると、巨大な屋内空間の中央付近に見たこともないような長いながいエスカレーターがあり、次々に人が乗っていくのが見えた。

「あれで五階の大ホールに上がるのよ。一緒に行ってみる?」

女に訊かれて、和子は頷いた。女の後について、巨大なエスカレーターに乗った。まるで未来都市にいるみたいだ、こんなものが池袋にできてたんだ。

「ここは、途中の階に中ホールがあるし地下にも演劇をやるホールがあってそれぞれ別のエスカレーターで行けるの。時々演劇も観にくるのよ」

女が言った。

長いながいエスカレーターを降りると、五階の大ホールのエントランスはコンサートを聴きにきた人でごった返していた。和子はエントランスの不思議な空間を見回した。五階のエントランスからは、地下のスペースまで円形の吹き抜けになっていて見下ろすことができた。天井には三つの丸い原色の壁画が描かれている。

「あっ、知り合いがいた」

旧姓北村だった女が声を発した。知り合いに手を上げて合図する。

「懐かしいお話ができてよかった。ここまで付き合ってくれてありがとう」

女が和子の方を振り向いて言った。わたしの方こそ、懐かしかったです、ありがとうございましたと言って和子はお辞儀をして別れた。

上りのエスカレーターからは人が次々と上がってくるが、下りのエスカレーターに乗る人はいなかった。下りのエスカレーターから先を見下ろすと怖い程の高さだ。

和子は下りのエスカレーターに乗った。上りのエスカレーターに乗った人たちが、一人で下りていく和子に目を向けてすれ違っていく。

あっ、あの黒いドレスの女は！

女も和子に気がついて手を振った。

嬢だ、一緒にアダルトビデオに出た人だ。本名は知らないが、みんなから嬢と呼ばれていた、劇団を主催していた人だ。こんなところで会うとは。

すれ違いざまに、嬢の声が聞こえた。

「うちのおひいさまが合唱団で出るの」

おひいさま？

「うちの旦那の連れ子なの、お姫様みたいな子でね。音大落ちたけど合唱団で頑張ってる」

そっか、嬢も所帯を持ったんだ。

「うちの劇団員だった子たちが、今度ここで舞台やるから観にきて。それからね」

嬢はまだ何か言っていたが、和子には聞き取れなかった。

エスカレーターを降りて、和子は五階のエントランスの方を見上げた。上りのエスカレーターには、急ぎ足で乗っていく人たちがまだまだ続いていた。

嬢は劇団をやっていたころより更に綺麗になってる、昔より垢抜けした貴婦人のような雰囲気だったと和子は思った。

上板橋駅で電車を降りて、和子は北口のバス停に出た。生憎、バスは出たばかりのようだ。和子は歩いてグリーンシティの方に行くことにした。

駅前にあるビルを和子は仰ぎ見ながら通り過ぎた。かつて丸川と高橋が立ち上げた進学セミナリヨが後からきた大手塾としのぎを削っていたビルだが、今は大手塾の看板しかない。突き当たりの三叉路の一角には、若桜スクール上板橋教室の入るビルがある。

和子は三叉路の歩道を右に曲がり、グリーンシティの方向に歩いた。

若桜スクールの若木教室が上板橋に移転するのに伴って、和子は埼玉県の鶴瀬駅近くに開校する新教室に異動させられた。車のない和子には通勤が大変だったが、ようやく慣れた頃にまた新しい教室の立ち上げに加わるよう指示された。鶴瀬教室には一年間しかいなかった。次は更に都心から遠い霞ヶ関駅の教室だ。都心の霞が関とは関係のない埼玉県の川越駅より更に先の駅だ。さすがに板橋のマンションからの通勤は難しいので、和子は霞ヶ関駅近くのマンションに引っ越した。和子の後から入社した男の社員たちは次々と教室長や教科責任者や地区責任者といった役職に就いていったが、和子は平のままだった。新入社員も多いが、退職者も多いのがうちの塾だ。

塾長や由利子が嫌いそうな海千山千の塾講師経験者が採用されることもあったが、たいがい一年くらいで塾長と喧嘩したり何らかのトラブルを起こして辞めていく、それでも募集すれば人材は集まってくる、の繰り返しだった。

結局のところ和子は若桜スクールでは、新しい教室の立ち上げ要員として便利に使われているだけだろう。今年からは、鶴ヶ島駅の新教室に配属された。教室長は教員養成系の大学を出たばかりの若い男だ。頼りないから、和子が手取り足取りで教室を回している。今度また異動させられるなら転職も考えようと和子は思いはじめていた。

飲食店の外壁に、都議会議員になった島村博一のポスターが貼ってある。塾経営者から立候補した島村を田嶋塾長は応援するどころか、何とか落選させようとしゃかりきになっていたが、結局前回の選挙で島村は当選した。塾長が渡米していたときの選挙で、若桜スクールの社員には八つ当たりはこなかったのが幸いだったが。

グリーンシティの高層マンションが見えてきた。坂を下って行けば、高層マンションの間にある小学校の前にでるはずだ。

きょうは偶然にも、久し振りに行った池袋で懐かしい知り合い二人と出くわした。グリーンシティでも、昔の生徒か顔見知りと出会うかも知れないと和子は思った。

グリーンシティに入るのは五年ぶりだ。団地内の小学校の前に来ると、高層マンションに囲まれた校舎の風景は昔のままだった。若木教室で仕事をしていた頃はチラシを配りに来て、しばしば塾の生徒たちに声を掛けられたものだ。あの子たちも、今は高校や大学に進学して社会に出た子もいるだろう。

団地の中庭を通って、銀行やレストランのあるモールを抜けた。顔見知りとは出会わなかった。

団地の外に出て、高速道路の下の歩道を歩いて若桜スクールの若木教室があったマンションに行ってみた。若木教室の事務室があった部屋は、健康食品か何かを売る会社のオフィスになっているようだ。

裏に回って、古びた三階建てのビルの前に行くと塾の看板がまだ付いていた。汚れて読みにくいが、よく見るとKONO進学ゼミナールと読めた。真下で見ると、Kの文字だけ色褪せてなくて後から書き加えられたのだとわかる。灯りがついていて、人が居るようだった。

和子は階段を上って鉄製の扉を開けた。塾のドアをノックすると、人の歩く音が聞こえた。ドアが開いて白髪交じりの男が出てきた。

アッと、二人が同時に声を出した。

「小枝さん、ここに居たんですね」

和子は、懐かしさで目が潤んだ。

（おわり）

〈この物語はフィクションであり、実在の人物・団体等とは関係ありません。〉

あとがき

私の物語を読んでいただき、ありがとうございました。
この物語は当初『板橋塾戦争』の題名でパンデミック下の二〇二一年四月頃から書きはじめ、二〇二一年六月二十日に最初の稿が完成しました。その後、改訂していくうちに構想が膨らみ、題名を『東京塾戦争』に変え、序章やグリーンシティでのセミナーのエピソード等を書き加えるなどして『板橋開戦一九八六』の副題を付けました。改訂の途中、二〇二二年二月二十四日にロシアのウクライナ侵攻が始まり、この物語の改訂にも少なからず影響しました。

昔、この物語の舞台となった東京で、私も塾業界の仕事をしていました。その頃出会った、若いころ脚本家志望だったという少し年配の塾講師の方が、塾生活者を主人公にした物語を書いてみたいと話しているのを聞いたことがあります。塾生活者とは、おそらくプロレタリア作家小林多喜二の『党生活者』をもじったものだったのでしょう。その後、私は別の職場に移り、その講師の方とは縁がなくなりました。

しばらくして、私は塾業界から足を洗って東京を出ました。その頃から、いつか私も当時の個性的な塾生活者の物語を書いてみたいとの思いがありました。

戦後の教育界で、塾敵視政策を続けていた文部省を始めとする公的機関が、九〇年代半ば頃から塾を公教育の中に取り込もうという政策転換があったと聞いています。こうした塾業界の正史とでも言うべきものは、高嶋真之氏の『戦後日本の学習塾をめぐる教育政策の変容』（日本教育政策学会年報　第二六号　二〇一九年）や鈴木繁聡氏の『学習塾研究の特徴と課題』（東京大学大学院教育学研究科紀要　第六〇巻　二〇二〇年）など数多くの論考がネット上に公開されているので読むことができます。

私の物語は、このような塾業界の正史からはこぼれ落ちたような、塾生活者たちによるインターネット上の匿名掲示板に残された書き込みを参考にして書かせていただきました。バブル崩壊と少子化によって、九〇年代末頃から塾業界は大きな転換期を迎えていたようです。経営は盤石だと思われていた、いくつかの大手や中堅の塾が崩壊していく様子が、塾生活者たちの阿鼻叫喚と怨嗟の声とともに、あたかも実況中継のように書き残されている掲示板を見つけ、私は夢中になって読み漁った時期がありました。

物語にルイセンコ学説にまつわる論争を登場させました。ずいぶん古い話を出してきたと思われた方もいらっしゃるかも知れません。しかし、生化学を学んだ私の知人に言わせると、ルイセンコ思想の呪縛は、今でも日本の教育界や生物医学系の世界に深く根付いていると感じることがあるそうです。それを実感するような体験が、私にも少なからずあります。

スターリン時代のソ連で持て囃されたルイセンコの遺伝理論は、スターリン批判とフルシチョフ失脚後にはそのインチキ性が曝かれ、歴史から忘れ去られたというのが科学史における一般的な認識のようです。『スキャンダルの科学史』(『朝日科学』編/朝日新聞出版)や『背信の科学者たち』(講談社ブルーバックス)などの科学史の汚点を扱った書籍には、必ずと言っていいほどルイセンコの名前が登場します。

ちなみに、こうした書籍に日本人の不正研究の代表例として野口英世の名前がしばしば登場するのは、小学生の頃に偉人伝として学んだ私たちの世代には複雑な気持ちがあります。野口英世については、渡辺淳一の伝記小説『遠き落日』が面白いのですが、生物学者の福岡伸一氏の著書『生物と無生物のあいだ』(講談社現代新書)には、野口英世にゆかりのあるロックフェラー大学に留学したときの興味深いエピソードが載っています。

参考文献には挙げませんでしたがルイセンコ論争に関しては、一九六七年に出版された中村禎里の労作『日本のルィセンコ論争』(みすず書房)やジョレス・メドヴェジェフの『ルイセンコ学説の興亡』(河出書房新社)、近年では藤岡毅氏の『ルイセンコ主義はなぜ出現したか』(学術出版会)など数多くの書籍が出版され、またネット上でも発生生物学者の岡田節人を始め、多くの回想や論考が残されています。

私が参考文献に挙げた『ソヴェト生物学論争　ルイセンコ学説を中心に』と『大地の支配者ルィセンコ』は、近くの大学の図書館に蔵書してあったものを読ませていただきました。あえて終戦後間もなくに出版されたルイセンコ礼賛のような書籍を参照して物語を書いたのは、先ほども書かせていただいたように、現在でもルイセンコ思想は形を変えて生き続けているのではと思えるような事に私自身も最近何度か出くわしたからでした。

コロナ禍前の二〇一九年に、生化学を学んだことのある知人と一緒に聴講した講演会でのことです。人権活動家の講師の方が優生学の問題について語ったとき、分子生物学の発展によって人間の個性には遺伝は関係ない、すべては環境で決まることが科学的にわかっているとおっしゃいました。聴講者の中に疑問に思った方がいたのか、遺伝子の変異と疾病との関係などについて質問しようとしましたが、途中で司会者に止められ十分な議論はされませんでした。更に講師の方は、メンデルの法則は間違いであると科学的に証明されていますと語り、私は混乱した気分で講演会場を後にしました。

後で知人と一緒に講演の資料を検討し、遺伝学に関して講師の方が言及した部分には、戦後の日本の思想界、科学界でも長く持て囃されたルイセンコ思想の影響があるのではといった話になりました。

参考文献に挙げた『武谷三男の生物学思想』には、ルイセンコ学説が出鱈目だと明らかになった後でも、著名な物理学者であった武谷三男を始め、弁証法的唯物論の洗礼を受けた多くの学者がルイセンコ流の解釈に拘り続けたことが述べられています。

政治権力を握った為政者が擬似科学的なものに入れ込んだ挙げ句、国家の教育政策や科学研究を大混乱させるということは、現在でもしばしば起こっています。ルイセンコ事件は、その象徴といえます。

人間の個性には遺伝や生来的なものは関係しない、すべては環境によって決まるという前提に立つと、例えば発達障害といわれるような特性を持つ子は、親の育て方が悪いと非難されたりすることになりかねません。

物語の舞台になった一九八六年に、大手予備校の河合塾から『マザコン少年の末路 女と男の未来』(河合文化教育研究所/一九八六)というブックレットが出版されています。このブックレットは当時新進気鋭の社会学者でフェミニズムの旗手と目されていた上野千鶴子氏が、前年に河合塾大阪校で予備校生を前に講演した内容を記録したものですが、そこには、自閉症は母子密着による病理であるといった記述があり、後に問題化します。

一九九三年に『マザコン少年の末路』で語られた内容が、自閉症への差別を助長すると抗議を受け、関係者との話し合いの結果、上野氏のこの問題に関する総括文〈『マザコン少年の末路』の末路〉を加えた『マザコン少年の末路　女と男の未来［増補版］』（河合文化教育研究所／一九九四）と、関係者の意見集として『河合おんぱろす増刊号　上野千鶴子著「マザコン少年の末路」の記述をめぐって』（河合文化教育研究所／一九九四）が出版されます。

この二つの刊行物は現在は在庫切れで入手困難ですが、インターネット上には読んだ人たちの様々な解説や考察が残っていました。私は、ネット上の書き込みを参考にしながら、この物語を書き進めました。

灘本昌久氏の「新しい差別論のための読書案内」にある書評や、黒木玄氏の〈上野千鶴子の『マザコン少年の末路』の末路〉、布施佳宏氏の『自閉症の神話』（京都外国語大学研究論叢）や他にも匿名の方たちの考察も含めてとても勉強になりました。

この〈あとがき〉を書くに当たり、私も近くの図書館にリクエストして『マザコン少年の末路　女と男の未来［増補版］』と『上野千鶴子著「マザコン少年の末路」の記述をめぐって』を蔵書している図書館から取り寄せてもらい、読み終わったところです。

一読して感じたのは、当事者の保護者の方が書かれたもの、発言されたことがもっとも心に響いたということでした。どんなに著名な専門家、有識者の言説も机上の空論に過ぎないのではと思えるほど、当事者の保護者の方たちの言葉には説得力がありました。

私の拙い物語は、まったくのフィクションですが、青砥和子とその周辺の人たちの目を通して、社会の様々な事象を描こうと奮闘しました。

リアル感を出すために、差別的な表現を使った箇所があります。不快に思われたら、申し訳ありません。

当時の中学受験の象徴的存在だった四谷大塚のみ、実在の塾名を使わせていただきました。多くの中学受験塾が四谷大塚の予習シリーズをテキストにしていました。

物語に登場する他の塾名は、実際にあった塾の名前を適当に組み合わせましたが、同じ名前の塾が実在しているかも知れません。ご容赦ください。

学歴信仰の象徴的存在である東大以外に、津田塾大学と慶應義塾大学のみ実在の大学名を出しましたが、大学名に塾が付いているのが面白いと思ったからで、他意はありません。たまたまですが野口英世も含めて、新旧の紙幣の肖像に二つの大学の創立者がなっていて、筆者としては面白い偶然です。

この物語の完成後に、今度はイスラエルのガザ侵攻が始まりました。本物の戦争は、勘弁してほしいです。早く、すべての紛争が解決して平穏な日々が来ることを願いたいです。

鳥影社の編集の方には大変お世話になりました。私の原稿を丁寧に読み解いていただき、いくつかの錯誤を指摘していただき本当に助けられました。ありがとうございました。

二〇二四年七月某日

パリ五輪開催中の蒸し暑い山陰にて

三尾野　秀代

〈追記〉

この物語の出版準備をしていた二〇二四年九月に、NHK・Eテレの「100分de名著」に、アーサー・ウェイリー版の『源氏物語』が取り上げられました。

この小説の中で吉野秀実が語る『源氏物語』の英訳版の話は、塾業界で出会った和光大学出身の方から聞いた話を思い出しながら書きました。その方からは、和光大学の共同研究を基に出版された『源氏物語の英訳の研究』という本を見せていただいた記憶があります。とても懐かしい思い出です。

参考文献

・『都市の論理　歴史的条件─現代の闘争』（羽仁五郎／勁草書房／一九六八）
・『現代生物学と弁証法　モノー『偶然と必然』をめぐって』（武谷三男、野島徳吉／勁草書房／一九七五）
・『大地の支配者ルィセンコ』（高梨洋一、永田喜三郎／北隆館／一九五〇）
・『ソヴェト生物学論争　ルイセンコ学説を中心に』（八杉龍一、高梨洋一／ナウカ社／一九四九）
・『武谷三男の生物学思想　「獲得形質の遺伝」と「自然とヒトに対する驕り」』（伊藤康彦／風媒社／二〇一三）
・『滝山コミューン一九七四』（原武史／講談社／二〇〇七）
・『チュチェ思想概説　愛と統一の実践哲学』（井上周八／雄山閣／一九八七）

〈著者紹介〉

三尾野 秀代（みおの　ひでよ）
岡山県生まれ。現在、島根県在住。
塾業界、薬局業界に勤務しながら劇の脚本を執筆。
近年、小説の執筆も始める。
好きな小説は桜庭一樹著『少女を埋める』、井上荒野著『生皮』。
主要作品『Sinfonia Humana（人間の交響曲）』。

東京塾戦争
板橋開戦・一九八六

2025年2月20日初版第1刷発行
著　者　三尾野秀代
発行者　百瀬精一
発行所　鳥影社 (www.choeisha.com)
〒160-0023 東京都新宿区西新宿3-5-12トーカン新宿7F
電話 03-5948-6470, FAX 0120-586-771
〒392-0012 長野県諏訪市四賀229-1（本社・編集室）
電話 0266-53-2903, FAX 0266-58-6771
印刷・製本　シナノ印刷

ISBN978-4-86782-129-9 C0093